U0906147

四部要籍選刊・集部

蔣鵬翔 主編

清寶笏樓藏版

李長吉歌詩

（典藏版）

〔唐〕李賀 撰

〔清〕王琦 彙解

浙江大學出版社

傳古樓據上海圖書館藏清乾隆王氏寶笏樓刊本影印原書框高一七〇毫米寬一二八毫米

出版説明

李長吉歌詩四卷外集一卷，唐李賀撰，清王琦彙解，首一卷，清王琦輯，據上海圖書館藏顧起潛先生過録何義門批校清乾隆王氏寶笏樓刻本影印。

李賀字長吉，唐德宗貞元六年（七九〇）生於昌谷（今河南宜陽縣境内）。宗室鄭王之後。其父名晉肅，嘗爲邊上從事、陝縣令，母鄭氏。《新唐書》本傳稱其『爲人纖瘦，通眉，長指爪，能疾書。』[一]唐憲宗元和三年（八〇八），居父喪，以選書爲務。元和五年（八一〇），服闋期滿，舉進士入京，然應考前，争名者以避諱譭之，故未能就試。次年爲奉禮郎，居崇義里。元和八年（八一三），告病歸昌谷，復至洛陽，終返長安。元和九年（八一四），辭奉禮郎之職，至潞州（今山西長治市）入郗士美幕，爲其友人張徹幫辦文書。元和十一年（八一六），離潞歸昌谷，整理舊作，授摯友沈子明，當年冬季，病卒於家。[二]

長吉畢生潦倒，英年早逝。以宗孫視之，良足歎惋，然其『七歲能辭章』，[三]弱冠即『名溢天下』，[四]『當時文士從而效之，無能髣髴者』，[五]則以詩人視之，又不可謂爲不幸。聲名既著，傳聞亦興。《唐摭言》稱其總角荷衣，即興操觚，作《高軒過》，令韓文公、皇甫湜大驚，以所乘馬命連鑣而還所居，親爲束髮。[六]《劇談録》稱其倨傲難近，斥元微之曰：『明經擢第，何事來看李賀』，微之慚憤而退，後爲禮部郎中，因議賀祖禰諱『晉』，不合應進士第，以報舊仇。[七]李義山爲作小傳，云其騎驢出遊，背負錦囊，遇有所得，即書投囊中，及暮歸，太夫人使婢受囊出之，見所書多，輒曰：『是兒要當嘔出心始已耳。』又云其將死時，晝見一緋衣人，秉命召其爲天帝之白玉樓作記，然後氣絶。[八]凡此種種，虛實不一，然皆人所樂道，因知其出處之困頓，實無掩其天賦之卓異也。

長吉命蹇而早夭，於世事體會尚淺，其述情言理每流於膚廓，不及老杜諸篇之沉鬱動人，又因早夭，筆墨未臻純粹，故或以『奇過則凡，老過則稚』（王世貞《藝苑卮言》語）病之，[九]或議曰『穿幽入仄，慘淡經營，都在修辭設色，舉凡謀篇命意，均落第二義』[十]，率中肯綮。然長吉之所以爲天才，固不在此不及人處，而在其人不及處。人不及處謂何：境界奇怪而情節支離，意象鮮明而全局變幻，若嬰兒觀世，所見繽紛繚亂而萬物有靈，雖描摹鬼魅，亦令讀者心有戚戚，但覺其可憐可敬可愛可悲，未嘗以悚人毛骨爲能，[十一]故陶爾夫稱其詩如童話，[十二]此其一也。化流易爲凝重，同時又能險急，於是别開生面。『其每分子之性質，皆凝重堅固，而全體之運動，又迅疾流轉，故分而視之，詞藻凝重，合而詠之，氣體飄動。……此如冰山之忽塌，沙漠之疾移，勢挾碎塊細石而直前，雖固體而具流性』，[十三]此其二也。其『文心如短視人之目力，近則細察秋毫，遠則大不能睹輿薪，故忽起忽結，忽轉忽斷，復出傍生，爽肌戛魄之境，酸心刺骨之字，如明珠錯落』。[十四]雖然，其於錯落明珠中，每出驚人之句，如『劫灰飛盡古今平』（《秦王飲酒》句）、『筆補造化天無功』（《高軒過》句），境界之宏，意氣之壯，衡諸全唐，亦鮮瑜亮。至於『天若有情天亦老』（《金銅仙人辭漢歌》句）、『雄雞一聲天下白』（《致酒行》句），尤百世傳誦，毋庸贅言者。芥子須彌，備於筆下，此其三也。後世學長吉者衆，然肖者僅得一端，不肖者徒爲畫虎，蓋以此童心、險易、壯辭三事絶難兼具之故也。

杜牧之敘沈子明編長吉歌詩云『離爲四編，凡二百三十三首』。[十五]按『二百三十三』當作『二百二十三』，『三』字乃傳刻之譌，余季豫先生已正之。[十六]其稿初分四卷，後復有一卷本、兩卷本、五卷本及所謂逸詩者見諸載籍，如《直齋書録解題》云『《李長吉集》一卷』，[十七]《宋史·藝文志》云『《李賀集》一卷，又外集一卷』，[十八]《新唐書·藝文志》云『《李賀集》五卷』，[十九]《郡齋讀書志》云『《李賀集》四卷外集一卷』，[二十]《東觀餘論》云：『李賀逸詩凡五十二首。……今世行杜牧所敘賀歌詩篇，纔四卷耳，此集所載豈非李藩所藏之一二乎。』[二一]長吉詩傳於今之較古者有宋刻九行本、宋刻十二行本及蒙古憲宗六年（一二五六）趙衍刻十行本，[二二]皆白文，九行本爲五卷（正集四卷外集一卷），十二行本與十行本爲四卷（無外集）。厥後輾轉傳刻，而以五卷本居多。評注全書始自宋人劉辰翁、吴正子，明清兩代，治者蜂起，若本書卷端所列徐文長、董懋策、曾謙甫、余希之、姚仙期、姚經三等皆名較著者。至清乾隆時，王琢崖彙集衆説，間申新義，撰《李長吉歌詩彙解》，雖或譏其『附會穿鑿、引據失當』，[二三]然集成之功終不能掩，故讀者至今猶倚仗焉。

清人何義門『以校勘名家，一時名卿巨儒争相推詡』，[二四]校長吉詩，先後閲二十年，聞見廣而用功勤，洵爲昌谷功臣，惜《彙解》未及採用。其校記迭經傳鈔，經歷尤爲曲折，又成一新公案。傅沅叔《題何義門校宋本李長吉詩集》云：

庚午秋，余主講清華研究院，適典書周君以義門手勘長吉詩見眎。卷端跋語二則，云康熙丙戌校碣石趙衍本，庚寅過録毛斧季校南宋本。有『俊明』『孝章』二印，蓋金耿菴舊物也。余盛稱其佳。不數日，劉君叔雅挾以過訪，命余記其略。蓋當日同觀是書，叔雅深信余言，已出重金收得之矣。……此書十餘年前爲貴陽陳國祥所藏，陳氏殁逝，楹書不守，友人王君以八千金傾篋輦歸。時王君與余比隣而居，晨夕過從，因從之假讀，臨寫於近刻本。近年王君舉藏書百篋，以五萬金歸之鄧君翔。俄而鄧氏緣商業耗貲，藏書析鬻殆盡，此書遂散入内城坊肆。嗟夫，區區一帙之微，而十餘年間親見其流轉數姓，幸得有識者鑑而藏之，差免沈湮於故紙堆中，亦足慨矣。

或疑此帙爲弟子所傳録，故流散肆中，久無留眄者。然以余諦審之，則確爲真蹟無疑也。義門弟子中如沈寶硯巖、蔣子遵杲、金梧亭鳳翔諸人傳校師門諸書，余咸有之，用筆率依仿其體，而秀逸俊麗之致終不能逮，況卷中所鈐『彭城藥房』

『花香竹色』諸章往往見於他書，足爲佐證耶。又其校書自核定版本異同外，多隨文評騭，益以標點，頗沿明季批尾之習，爲大雅所不尚。然取其精要，摘其瑕纇，覽之心目開朗，要於誦習爲便，是又烏可廢耶。且其徵引古來類書、總集，旁稽博辨，已開乾隆以來考訂之風，視茅、孫、鍾、譚迥不侔矣。

嘗考義門平生踪迹，在鄉時得交毛斧季，入都後識徐健菴，故得多見古本祕籍。此南宋本《昌谷集》即從斧季假校者也。迨橐筆王府，供奉内廷，又獲窺天禄、石渠之藏，而廉親王在當時亦號爲風雅，多藏善本，因益得窮搜博采，肆力丹鉛。近時風尚，宋元刊本之外兼採名人校本，而黄氏蕘圃最爲世重，以潘鄭堂、繆藝風先後有《士禮居藏書題識》之輯，而訪書之官又從而倡導之也。以余衡之，黄氏晚出，多見古槧，且以收藏而兼校讐，其博識自越常人。然視義門之筆墨精嚴，考核翔實，固當遠遜。顧蕘翁手蹟，一册入市，懸直千金，選祕抽奇，見者惟恐弗獲，而何氏此書流落經年，不得邀藏家之一顧，設非叔雅之特具精鑑，什襲珍儲，其不飽蠹魚之腹者，殆幾希矣。[一二五]

王欣夫《李長吉歌詩四卷外集一卷（清無名氏臨長洲何焯評校本並跋）書録》云：

義門于康熙二十九年庚午得曾益注本，用《文苑英華》《唐文粹》改定。四十五年丙戌，得見金碣石趙衍刊本校過。四十九年庚寅，又從毛斧季借校南宋本，又校而跋之。先後亦閱二十年。宋、金兩刻，以金刻爲長，故校多從之。……乾隆二年丁巳，其弟心友傳閱一過而跋之。其底本爲金孝章舊藏，而不言何刻。此朱校又似從心友本出，惟用王琢崖注本，雖非同刻，而審别極細。吴正子注有點抹者，以墨筆録原文而加朱焉。筆跡秀麗，惜不著姓名。或出義門弟子乎。余先有《温飛卿詩集》評校本，得此侶之，誠雙璧也。傅沅叔先生《藏園群書題記》有義門校本跋，亦有『俊明』『孝章』二印，或疑爲弟子傳録，而沅叔先生極言爲真跡無疑。然以此本心友第二跋證之，可知必心友臨本，而後人去其跋以售高價耳。沅叔先生所鑒，猶未達一間也。[二六]

何校長吉詩之源流經歷，至此初曉究竟。心友係何義門之弟，名煌，號小山，嘗自署何仲子，亦好校勘舊籍者。[二七]今此本之識語、校記、跋文與傳、王二先生所記若合符節，足證一脈相承，復增辛丑（一九〇一）正月翁之廉跋，[二八]是其過録本後經玉蘭軒遞藏之證。卷尾小字署『中華民國二十九年六月廿八日過録一通　廷龍記』，因知此本批校悉爲顧起潛先生手澤。檢先生《年譜》，該年已至滬上主持合衆圖書館事務，六月下旬前後，先生主要校勘《尚書》《周禮故書疏證》《周秦名字解詁》等書，而《年譜》記六月廿六日『過録何焯批校《李長吉集》』，廿七日『校《李長吉集》』，[二九]至廿八日畢，之前並無關注唐人集部之端倪，當屬偶見舊本，亟爲傳寫者。先生學問、書藝世所共仰，此本校記過録周詳，有裨讀長吉詩者匪淺，而其筆墨醇美，體勢遒逸，尤悦人心目。爰影印之，以作紀念，前賢風度，或可於斯想見一二耳。

嶽麓書院　蔣鵬翔

［一］宋歐陽修、宋祁《新唐書》卷二百三，第五七八八頁，中華書局一九七五年版。

［二］據劉衍《李賀年表》撮述，《岳陽師專學報》一九八二年第四期。按《舊唐書·李賀傳》稱其『卒時年二十四』，而杜牧《李長吉歌詩敘》與《新唐書·李賀傳》皆稱其卒年二十七，今從後者。

［三］宋歐陽修、宋祁《新唐書》卷二百三，第五七八七頁。

［四］唐沈亞之《送李膠秀才詩序》語，見吴企明編《李賀資料彙編》第六頁，中華書局一九九四年版。

［五］後晉劉昫等《舊唐書》卷一百三十七，第三七七二頁，中華書局一九七五年版。

［六］見吴企明編《李賀資料彙編》第一六至一七頁。

［七］見吴企明編《李賀資料彙編》第一三頁。

［八］見吴企明編《李賀資料彙編》第八至九頁。

［九］見吴企明編《李賀資料彙編》第一一八頁。

［十］錢鍾書《談藝録》第四六頁，中華書局一九九三年版。

［十一］錢鍾書以爲長吉寫鬼，『意境陰悽，悚人毛骨』，恐非確論。見《談藝録》第五〇頁。

［十二］參見陶爾夫《李賀詩歌的童話世界》，《文學評論》一九九一年第三期。

［十三］錢鍾書《談藝録》第四九至五〇頁。

[十四] 錢鍾書《談藝録》第四六頁。

[十五] 見本書卷首。

[十六] 余嘉錫《四庫提要辨證》卷二十，第一二九六頁，中華書局二〇〇七年版。

[十七] 宋陳振孫《直齋書録解題》卷十九，第五六五頁，上海古籍出版社一九八七年版。

[十八] 元脱脱等《宋史》卷二百八，第五三三九頁，中華書局一九八五年版。

[十九] 宋歐陽修、宋祁《新唐書》卷六十，第一六一一頁。

[二十] 宋晁公武撰、孫猛校證《郡齋讀書志校證》卷十八，第九〇五頁，上海古籍出版社一九九〇年版。

[二一] 吴企明編《李賀資料彙編》第二六頁。

[二二] 九行本曾經董康誦芬室影印，十二行本與十行本已收入《中華再造善本》。按前人多誤認此蒙古刻本爲金刻本，如下文所引欣夫先生書録。

[二三] 清永瑢等《四庫全書總目》卷一七四，第一五三五頁，中華書局一九六五年版。

[二四] 傅增湘《藏園群書題記》卷十二，第六二四頁，上海古籍出版社一九八九年版。

[二五] 傅增湘《藏園群書題記》卷十二，第六二三至六二五頁。

[二六] 王欣夫《蛾術軒篋存善本書録》庚辛稿卷四，第二三六頁，上海古籍出版社二〇〇二

年版。

［二七］參見白嵇《關於何煌》，《讀書》一九九一年第十二期。

［二八］參見鄭偉章《文獻家通考》第一六一一頁，中華書局一九九九年版。

［二九］沈津《顧廷龍年譜》第一二五頁，上海古籍出版社二〇〇四年版。

目録

首卷

卷之一

卷之二

卷之三

卷之四

外集

補遺

王琢崖彙解

李長吉歌詩

寶笏樓藏板

李長吉詩編稽唐宋兩史藝文志及鄭氏通志畧皆
曰李賀集後人不欲指斥其名而依其所居之地以
名之改題曰昌谷今稱李長吉歌詩從吳西泉本及
杜樊川序也按昌谷在洛陽地誌多失載詩中原註
謂昌谷與女几山嶺坂相承山即蘭香神女上昇處
其谷東有隋之福昌宮焉按其地皆在今河南宜陽
縣中宜陽于唐宋時爲福昌縣故王氏困學紀聞謂
昌谷在河南福昌縣三鄉東張文潛有春遊昌谷訪
長吉故居詩及福昌懷古一章專指長吉宅而言皆
灼然可據註者數家俱畧而不考或且因詩中有隴

西長吉之辭遂妄擬以爲地在隴西謬解紛如反爲疣贅又樊川序中反覆稱美喻其佳處凡九則後之解者秖拾其鯨呿鰲擲牛鬼蛇神虛荒誕幻之一則以爲端緒煩辭巧說差爽尤多佘集所見諸家箋註刪去浮蔓而錄其確切者間以鄙意辨析其間有竟不可解者多因字畫訛舛難可意揣寧缺無鑿期于不失原詩本來面目勿令後之覩者因箋釋之不明而反墮冥冥雲霧中也長吉下筆務爲勁拔不屑作經人道過語然其源實出自楚騷步趨于漢魏古樂府朱子論詩謂長吉較怪得些子不如太白自在夫

太白之詩世以爲飄逸長吉之詩世以爲奇險是以宋人有仙才鬼才之目而朱子顧謂其與太白相去不過些子間蓋會意于比興風雅之微而不賞其彫章刻句之跡所謂得其精而遺其麄者邪人能體朱子之説以探求長吉詩中之微意而以解楚辭漢魏古樂府之解以解之其于六義之旨庶幾有合所謂鯨呿鰲擲牛鬼蛇神者又何足以駭夫觀聽哉

乾隆二十五年冬至後七日西泠王琦琢崖氏記于平安里居之寶笏樓

評註諸家姓氏爵里考

劉辰翁字孟會號須溪廬陵人少登陸象山之門景定壬戌以太學生廷試對策忤賈似道抑置丙第後以薦除太學博士不起有李長吉詩評

吳正子字西泉時代爵里未詳有長吉詩箋註

徐渭字文長山陰人明嘉靖中以諸生入總督胡宗憲幕府有昌谷詩註

董懋策爵里未詳有昌谷詩註合徐註刊之

曾益字謙甫山陰人有昌谷詩註李維楨王思任皆爲作序益其同時人也

琢崖王君編注李長吉歌詩落成用同林倡和韻以奬其美

趙　信

樂府才名張與王爭如李氏擅彫蒼千秋甄解文中子一代奴騷協律郎莫信篇章投溷廁長留絃管在歌堂雲鳳呵活真神筆纂緒希功詎可忘余希之有昌谷詩注最稱精贍惜未得一見

意林趙君賜詩過奬昌谷詩解因次原韻用誌感謝

王　琦

疎慵不稱事侯王日爲編摩兩鬢蒼章句漫追韓太傅異書難訪蔡中郎長愁錯謬同燕說那意流聞到

錦堂嘶媿荷君昌歌嗜贈言珍重豈能忘

琢崖次韻見荅謙謝再用前韻寄之　信

箋疏精贍昔推王（王逸注騷亦分疏句下）淹博如君軼雅蒼仙鬼才華窮二李（前注太白集已行世）時流名譽過三郎高懷嘉與酉天地妙諦真詮滿室堂撥盡秋雲拂塵鏡從教事釋意無忘

次和意林再用前韻之作　琦

詩教誰能繼素王清才時復降穹蒼雄跨天寶騎鯨客籍甚元和奉禮郎諷興真堪追大雅奇音允合奏明堂鯫生解詁殊毛鄭秖作烟雲過眼忘

李長吉歌詩目錄

首卷

卷之一

外集卷

以上原本終
別書採出二首附後

李長吉歌詩　目錄　十八

靜女春曙曲　少年樂

[illegible]歌詩目錄

李長吉歌詩首卷

錢塘　王琦琢崖編輯

縉　端臣較

李長吉歌詩敘　「杜牧」

太和五年十月中半夜時舍外有疾呼傳緘書者牧曰必有異亟取火來及發之果集賢學士沈公子明書一通曰我亡友李賀元和中義愛甚厚日夕相與起居飲食賀且死嘗授我平生所著歌詩離為四編凡二百三十三首「今本昌谷集只四卷疑即沈氏所得離為四編之本也其詩實出自長吉手授非他人掇拾編次者無真贋雜陳之患可知矣劉後村作昌谷集題跋曰樂府惟李賀最工張

籍王建輩皆出其下然全集不過一小冊世傳賀中表有妒賀才名者投其集溷中故傳于世者絕少予竊意不然天地間尤物且不多得況佳句乎使賀集不遭厄必不能一一如今所傳本之精善疑賀手自詮擇者耳鍾伯敬作李長吉詩辨曰杜牧李長吉執友也敘長吉詩曰賀且死嘗授我平生所著歌詩凡二百三十三首今二百三十三首具在則長吉詩無逸者矣其逸者非逸也皆賀所不欲存者也而李藩者乃從賀外兄搜其逸者且恨其以夙怨悉投堰中不亦紛紛多事乎少陵云文章千古事得失寸心知況如賀等者皆于心的有所據而于世一無所與者乎夫以于心有所據而于世無所與之人死而授其友之知我者以詩詩止于二百三十三首則此外皆其所不欲存者必矣乃不足以定長吉詩而必欲別傳其所不欲存者甚矣無識者之禍人詩也然則投賀詩與恨其投者其爲庸人無識則同要其得投堰中則長吉之幸而二百三十三首傳于世而無一字之亡者皆長吉文章之神之所爲也若長吉者已所不欲存雖舉世之所欲傳而必毅然自去之者也則二文議論皆確後村之似未見杜序而神解暗合伯敬則

全本之杜序然以杜爲長吉執友謏矣又賀將卒時以平生所著歌詩授沈子明今讀其文似以歌詩授之杜者則亦未嘗細檢杜序殆所謂得其精而忘其粗者歟但今世所傳諸本有二百十九篇者有二百四十二篇者與序中所載之數不合恐亦不能不爲後人淆亂矣

數年來東西南北良爲已失去今夕醉解不復得寐即閲理篋帙忽得賀詩前所授我者思理往事凡與賀話言嬉遊一處所一物候一日一夕一觴一飯顯顯然無有忘棄者不覺出涕賀復無家室子弟得以給養䘏問嘗恨想其人詠味其言止矣子厚于我與我爲賀集序盡道其所來由亦少解我意牧其夕不果以書道不可明日就公謝且曰世謂賀才絶世前讓居數日牧深惟

此實字疑當在後甚懋上

公曰公于詩爲深妙奇博且復盡知賀之得失短長
今實叙賀不讓必不能當公意如何復就謝極道所
不敢叙賀公曰子固若是是當慢我牧因不敢復辭
勉爲賀叙然終甚慙賀唐皇諸孫字長吉元和中韓吏
部亦頗道其歌詩雲烟綿聯不足爲其態也水之迢
迢不足爲其情也春之盎盎不足爲其和也秋之明
潔不足爲其格也風檣陣馬不足爲其勇也瓦棺篆
鼎不足爲其古也時花美女不足爲其色也荒國陊
殿梗莽丘壠不足爲其怨恨悲愁也鯨呿鰲擲牛鬼
蛇神不足爲其虛荒誕幻也蓋騷之苗裔理雖不及

辭或過之騷有感怨刺懟言及君臣理亂時有以激發人意乃賀所爲得無有是賀復探尋前事所以深歎恨古今未嘗經道者如金銅仙人辭漢歌補梁庚肩吾宮體謠求取情狀離絕遠去筆墨畦徑間亦殊不能知之賀生二十七年死矣世皆曰使賀且未死少加以理奴僕命騷可也北夢瑣言予嘗覽李賀歌篇慕其逸才奇險雖然嘗疑其無理未敢言於時輩後於奇章集中見杜紫微牧有言長吉若使稍加以理即奴僕命騷可也是知通論若符不相遠也賀死後凡十有五年京兆杜牧爲其敘劉須谿曰舊看長吉詩固喜其才亦厭其澀落筆細讀方知作者用心料他人觀不到此是千年長吉猶無知己也以杜牧之鄭重爲序直取二三歌詩而止始知牧亦未嘗讀也即讀亦未知也微一二歌詩將無道

李長吉歌詩　首卷　三

長吉者矣謂其理不及騷未也亦未必知騷也騷之荒忽則過之矣更欲僕騷亦非也千年長吉予甫知之之耳詩之難讀如此而作者嘗嘔心何也又曰樊川反覆稱道形容非不極至獨惜理不及騷不知賀所長正在理外如惠施堅白特以不近人情而聽者惑焉是爲辯若眼前語衆人意則不待長吉能之此長吉所以自成一家歟琦按須谿二説蓋欲翻杜序中語耳杜于全集中特提出二詩是證其能探尋前事爲古今未嘗經道者上下文意顯然未嘗祇取二詩而盡棄其餘也須溪以爲直取一二歌詩而止而嗤其未嘗讀長吉詩予乃咀須溪未能細讀收之序至于理不及騷自是長吉短處乃謂賀所長正在理外是何等語耶覩其評賞屢云妙處不必可解試間作詩至不可解妙在何處覩古今才人歎賞長吉諸詩歎賞其可解者乎抑嘆賞其不可解者乎歎賞其在理外者乎抑歎賞其不在理外者乎予謂須谿評語疑誤後人正復不少而自附于長吉之知己諺矣末滑溪嘗呰劉氏評詩如醉翁齅語終不能了了可謂知言之耳食者喜奇辭過人出自前人之筆不惟不敢異同又從而附述之是不可以不辨也

李長吉小傳

唐李商隱撰□□

京兆杜牧爲李長吉集敘狀長吉之奇甚盡世傳之長吉姊嫁王氏者語長吉之事尤備長吉細瘦通眉長指爪能苦吟疾書最先爲昌黎韓愈所知所與游者王參元楊敬之權璩崔植輩爲密每旦日出與諸公游未嘗得題然後爲詩如他人思量牽合以及程限爲意恒從小奚奴騎距驢背一古破錦囊遇有所得卽書投囊中及暮歸太夫人使婢受囊出之見所書多輒曰是兒要當嘔出心乃已爾上燈與食長吉從婢取書研墨疊紙足成之投他囊中非大醉及弔

李長吉歌詩　首卷　四

而長吉不為歌笑不同也

喪日率如此過亦不復省王楊輩時復來探取寫去長吉往往獨騎往還京雒所至或時有著隨棄之故沈子明家所餘四卷而已長吉將死時忽晝見一緋衣人駕赤虬持一板書若太古篆或霹靂石文者云當召長吉長吉了不能讀歘下榻叩頭言阿㜷長吉學語時呼太夫人云老且病賀不願去緋衣人笑曰帝成白玉樓立召君為記天上差樂不苦也長吉獨泣邊人盡見之少之長吉氣絕常所居窗中焞焞有烟氣聞行車嘒管之聲太夫人急止人哭待之如炊五斗黍許時長吉竟死王氏姊非能造作謂長吉者實所見如此

天上固不能多世所傳神仙詩曾有過劉李杜者耶

嗚呼天蒼蒼而高也上果有帝耶帝果有苑圃宫室觀閣之玩耶苟信然則天之高邈帝之尊嚴亦宜有人物文采愈此世者何獨眷眷于長吉而使其不壽耶噫又豈世所謂才而奇者不獨地上少即天上亦不多耶長吉生時二十七年位不過奉禮太常時人亦多排擯毁斥之又豈才而奇者帝獨重之而人反不重耶又豈人見會勝帝耶

——書李賀小傳後　陸龜蒙□□□

玉溪生傳李賀云長吉常時旦日出遊從小奚奴騎距驢背一古破錦囊遇有所得即書投囊中暮歸足

成其文余爲兒時在溧陽聞白頭書佐言孟東野貞元中以前秀才家貧受溧陽尉溧陽昔爲平陵縣南五里有投金瀨瀨南八里許道東有故平陵城周千餘步基阯陂陁裁高三四尺而草木勢甚盛率多大櫟合數十抱藂條蒙翳如塢如洞地窪下積水沮洳深處可活魚鱉輩大抵幽邃岑寂氣候古澹可喜除里民樵罩外無入者東野得之忘歸或比日或間日乘驢領小吏經驀投金渚一往至得蔭大櫟隱巖蓧坐于積水之旁吟到日西還爾後衮衮去曹務多弛廢令乃馳卞急不佳東野之爲立白王府請以假尉

代東野分其俸以給之東野竟以窮去吾聞漁畋漁者謂之暴天物天物既不可暴又可抉擿刻削露其情狀乎使自萌卯至于槁死不能隱伏天能不致罰耶長吉天東野窮玉溪生官不挂朝籍而死正坐是哉正坐是哉

「冬日有懷李賀長吉　戴叔倫

歲晚齋居寂情人動我思每因一樽酒重和百篇詩月冷猿啼慘天高雁去遲夜郎流落久何日是歸期

讀李賀歌集　僧齊己

赤水無精華荊山亦枯槁元珠與虹玉璨璨李賀抱

清晨醉起臨春臺吳綾蜀錦胸襟開狂多兩手揻蓬萊珊瑚掇盡空土堆

福昌懷古　張耒

少年詞筆動時人末俗文章久失真獨愛詩篇超物象祗因山水與精神清溪水拱荒凉宅幽谷花開寂寞春天上玉樓終恍惚人間遺事已成塵李賀宅

讀李長吉詩　李綱

長吉工樂府字字皆雕鎪騎驢適理外五藏應爲愁得句乃足成還有理致不嘔心古錦囊絶筆白玉樓遺編尚如此嘆息空搔頭

長歌哀李長吉　郝經

元和比出屠龍客三斷章編兩毛白黄塵草樹徒紛
披幾人探得神仙格青衣小兒下玉京滿天星斗兩
手摘胷中旁魄銀河湧驅出鱣鯨頭霜雪逸氣似與
秋天杳辭鋒忽劃青雲裂剌空一劍斷晴霓齊梁妖
孽皆泣血上帝俄驚久不來恐向塵寰覆迷轍赤虯
嘶入造化窟千丈虹光遶明月人間不復見奇才白
玉樓頭耿光潔自此雄文價益高琴華灼爍紫霓掣
我生不幸不同時安得縱横鶩清絶思君岳岳嬌首
立扣破元闕天地絶忽驚鳳鳥入寥廓恍惚渾疑見

顏色車聲嘒管縹緲間亂霞顛倒無蹤跡六龍驤翼
夾秋日神鼎俄空鉉華碧丹霄盤礴冠元精縱有新
詩抬不得煙淒淒兮鎖瑤臺望王孫兮去未迴瑛瑛
玉樹生瑤堦有瑤花兮花不開仰天三嘆天無語萬
里長風酒一杯

觀明發畫李賀高軒過圖　　　　　　　僧道濳

唐年茂宗枝時平多俊良長吉尤震爍春林擢孤芳
退之于孔門屹屹真棟梁筆力障百川風瀾息其狂
破衣繫麻鞖右顧生輝光一朝與湜輩命駕驚煌煌
賀初爲兒童隨父事迎將須臾命賦詩英氣加激昂

長安衆詞客聲問爭推揚風流垂異代尚想古錦囊
君今亦宗英韻勝斯人方少年肯事事苦學志獨強
風騷擬屈宋妙處相頡頏丹青出戲弄配古猶擅場
形容示往事彷彿如在旁一徑入幽遠古垣繚林莊
平橋跨綠水薄叢含蔥蒼晴窗爲披拂佳興杳難忘

李賀晚歸圖　徐俯

近代推名畫諸君作薦書皇都開藝學博士是新除
高柳長安道亂雲昌谷居丹青聊置此僕馬晚歸歟

李賀醉吟圖　劉因

赤虬翩翩湫無開望之不見劇可親浮世浮名等濁

涸眼中擾擾投詩人心肝未了人間春麗眉尚作哦詩纍太平瑞物不易得昌黎仙人掌中珍北風蕭蕭吹野鱗千年淚雨埋青雲乾坤清氣老不死丹鳳再來須見君

事紀十二則

李賀字長吉宗室鄭王之後父名晉肅以是不應進士韓愈爲之作諱辯賀竟不就試（韓昌黎諱辯云愈與李賀書勸賀舉進士賀舉進士有名與賀爭名者毀之曰賀父名晉肅賀不舉進士爲是勸之舉者爲非）手筆敏疾尤長于歌篇其文思體勢如崇巖峭壁萬仞崛起當時文士從而效之無能髣髴者其樂府數十篇至

于雲韶樂工無不諷誦補太常寺協律郎卒時年二
十四 舊唐書

李賀字長吉系出鄭王後七歲能辭章韓愈皇甫湜始聞未信過其家使賀賦詩援筆輒就如素搆自目曰高軒過二人大驚自是有名爲人纖瘦通眉長指爪能疾書每旦日出騎弱馬從小奚奴背古錦囊遇所得書投囊中未始先立題然後爲詩如他人牽合程課者及暮歸足成之非大醉弔喪日率如此過亦不甚省母使婢探囊中見所書多卽怒曰是兒要嘔出心乃已耳以父名晉肅不肯舉進士愈爲作諱辨

然卒亦不就舉辭尚奇詭所得皆警邁絕去翰墨畦逕當時無能效者樂府數十篇雲韶諸工皆合之絃管爲協律郎卒年二十七與遊者權璩楊敬之王恭元每撰著時爲所取去賀亦早世故其詩歌世傳者鮮焉新唐書

李賀字長吉唐諸王孫也父瑨肅邊上從事賀年七歲以長短之歌名動京師時韓愈與皇甫湜見賀所業奇之而未知其人因謂曰若是古人吾曹不知者若是今人豈有不知之理會有以瑨肅行止言者二公因連騎造門請其子總角荷衣而出二公不之信

因面試一篇賀承命欣然操觚染翰旁若無人仍目曰高軒過二公大驚遂以所乘馬命聯鑣而還所居親爲束髮年未弱冠丁内艱他日舉進士或謗賀不避家諱韓公特著諱辯一篇不幸未壯室而終太平廣記

隴西李賀字長吉唐鄭王之孫稚而能文尤善樂府詞句意新語麗當時工于詞者莫敢與賀齒由是名聞天下以父名瑨肅子故不得舉進士卒于太常官年二十四其母夫人鄭氏念其子深及賀卒夫人哀不自解一夕夢賀來如平生時白夫人曰某幸得爲夫人子而夫人念某且深故從小奉親命能詩書爲

文章所以然者非止求一位而自飾也且欲大門族上報夫人恩豈期一日死不得奉晨夕之養得非天哉然某雖死非死也乃上帝命夫人訊其事賀曰上帝神仙之居也近者遷都于月圃搆新宫名曰白瑶以某榮于辭故名某與文士數輩共爲新宫記帝又作凝虛殿使某輩纂樂章今爲神仙中人甚樂願夫人無以爲念既而告去夫人寤甚異其夢自是哀少解太平廣記

元和中進士李賀善爲歌篇韓文公深所知重于縉紳之間每加延譽由此聲華籍甚時元相國稹年少

以明經擢第亦工篇什常願結交賀一日執贄造門賀攬刺不荅遽令僕者謂曰明經擢第何事來看李賀相國無復致情慚憤而退其後自左拾遺制策登科日當要路及爲禮部郎中因議賀祖禰諱不合應進士舉賀亦以輕薄爲時輩所排遂成轗軻文公惜其才爲著諱辯錄明之然竟不成事劇談錄

李藩侍郎嘗綴李賀歌詩爲之集序未成知賀有表兄與賀爲筆硯之舊召之見託以搜訪所遺其人敬謝且請曰某盡得其所爲亦見其多點竄者請得所葺者視之當爲改正李公喜并付之彌年絶跡李公

怒復名詰之其人曰某與賀中外自小同處恨其傲忽嘗思報之所得兼舊有者一時投于溷中矣李公大怒叱出之嗟恨良久故賀篇什流傳者少幽閑鼓吹

有人謁李賀見其久而不言吐地者三俄而文成三篇文筆噤喉雲仙雜記

張司業籍善歌行李賀能爲新樂府當時言歌篇者宗此二人因話錄

進士李爲作淚賦及輕薄暗小四賦李賀作樂府多屬意花草蜂蝶之間二子竟不遠大文字之作可以定相命之憂劣矣因話錄

李益長于歌詩德宗貞元末與宗人李賀齊名冊府元龜

李賀樂府數十首流播管絃李益與賀齊名每一篇出樂人輒以重賂購之樂府稱爲二李談薈

唐昭宗光化三年十二月左補闕韋莊奏詞人才子時有遺賢不霑一命于聖明沒作千年之恨骨據臣所知則有李賀皇甫松李群玉陸龜蒙趙光遠溫庭筠劉德仁陸逵傅錫平曾賈島劉稚珪羅鄴方干俱無顯遇皆有奇才麗句清詞徧在詞人之口啣冤抱恨竟爲冥路之塵伏望追賜進士及第各贈補闕拾遺敕獎莊而令中書門下詳酌處分容齋三筆

詩評三十二則

宋景文諸公在館嘗評唐人詩云太白仙才長吉鬼才文獻通考

人言太白仙才長吉鬼才不然太白天仙之詞長吉鬼仙之詞耳滄浪詩話

太白仙才長吉鬼才然仙詩鬼詩皆不堪多見多見則仙亦使人不敬鬼亦使人不驚嚴滄浪評李太白詩

張碧貞元中人自序其詩云碧嘗讀李長吉集謂春折紅翠闢開蟄戶其奇峭者不可攻也及覽李太白辭天與俱高青且無際鯤觸巨海瀾濤怒翻則觀長

吉之篇者陟嵩之巔視諸阜者耶（唐詩紀事）

李賀較怪得些子不如太白自在又曰賀詩巧（朱子語類）

李賀有太白之語而無太白之才太白以意爲主而失于少文賀以詞爲主而失于少理（歲寒堂詩話）

張爲作詩人主客圖序以孟雲卿爲高古奥逸主上入室韋應物入室李賀杜牧李餘劉猛李涉胡幽正升堂李觀賈馳李宜古曹鄴劉駕孟遲及門陳潤韋楚老○飛香走紅滿天春（上雲樂句）酒酣喝月使倒行（秦王飲酒句）蹋天磨刀割紫雲（紫石硯句）右張爲取作主客圖（唐詩紀事）

元和歌詩之盛張王樂府尚矣韓愈李賀文體不同皆有氣骨退之等作前賢稱之詳矣若長吉者天縱奇才驚邁時輩所得離絶凡近遠去筆墨畦徑嗚呼使假之以年少加以理其格律豈止是哉【唐詩品彙】

大曆以後吾所深取者李長吉柳子厚劉言史權德輿李涉李益耳○玉川之怪長吉之瑰詭天地間自欠此體不得【滄浪詩話】

李長吉玉川子詩皆出于離騷未可以立談判也【漁隱叢話】

或問陸放翁曰李賀樂府極古今之工其眼或未許

之何也放翁曰賀詞如百家錦衲五色眩曜光奪眼目使人不敢熟視求其補于用無有也予謂賀詩妙在興其次在韻逸若但舉其五色眩曜是以兒童才藻目之豈直無補已乎趙宧光彈雅

大曆以後解樂府遺法者惟李賀一人設色穠妙而詞旨多寓篇外刻于撰語渾于用意中唐樂府人稱張王視此當有奴郎之隔耳○譚友夏云詩家變化盛唐已極後又欲別出頭地自不得無東野長吉一派毛馳黃詩辯坻

臞翁詩評李長吉如武帝食露盤無補多慾詩人玉屑

李長吉語奇而入怪　周紫芝古今諸家樂府序

篇章以平夷恬淡爲上怪險蹶趨爲下如李長吉錦囊句非不奇也而牛鬼蛇神太甚所謂施諸廊廟則駭矣　珊瑚鉤詩話○李嵩岑曰此語未盡然雁門悲壯銅仙哀怨黃家洞貴主征行足垂勸誡亦平淮夷雅之一也

昔人謂詩能窮人或謂非止窮人有時而殺人蓋雕琢肝腸已乖衞生之術嘲弄萬象亦豈造物之所樂哉唐李賀本朝邢居實之不壽殆以此也　周益公平園續稿

李長吉詩字字句句欲傳世顧過于劇鉥無天真自然之趣通篇讀之有山節藻梲無梁棟知非大厦也

○李賀詩有奇句盧仝詩有怪句好處自別麓堂詩話

鍾伯敬稱長吉刻削處不留元氣自非壽相此評極妙譚友夏謂從漢魏以上來謬以千里詩辯坻

長吉好以險字作勢然如漢武秦王聽不得直是荆軻一片心原自渾老通雅

李賀雁門太守行首句云黑雲壓城城欲摧甲光向日金鱗開摭言謂賀以詩卷謁韓退之韓暑臥方倦欲使閽人辭之開其詩卷首乃雁門太守行讀而奇之乃束帶出見宋王介甫云此兒誤矣方黑雲壓城時豈有向日之甲光也或問此詩韓王二公去取不

同誰是予曰宋老頭巾不知詩凡兵圍城必有怪雲變氣昔人賦鴻門有東龍白日西龍雨之句解此意矣予在滇值安鳳之變居圍城中見日暈兩重黑雲如蛟在其側始信賀之詩善狀物也 楊升菴外集

李賀金銅仙人歌魏官牽車指千里牽與輴相近車輴相關而行也世多不識此字溷作牽牛之牽詩林猶能存此字形而本集中反多謬矣 彈雅

李長吉有羅浮山人詩云欲剪湘中一尺天吳娥莫道吳刀澀正用老杜題王宰畫山水圖歌焉得并州快剪刀剪取吳淞半江水之句長吉非蹈襲人後者

疑亦偶同不失爲好語也容齋續筆

王右丞詩楊花惹暮春李長吉詩古竹老稍惹碧雲溫庭筠暖香惹夢鴛鴦錦孫光憲六宮眉黛惹春愁用惹字凡四皆絕妙楊升菴外集

唐人詩曰足知造化力不給使君須吾有取焉薛敬軒讀書錄

李長吉詩云楊花撲帳春雲熱才力絕人遠甚如柳塘春水漫花塢夕陽遲雖爲歐陽文忠所稱然不迨長吉之語許彦周詩話

王直方詩話云李賀高軒過詩中有筆補造化天無

功之句予每爲之擊節此詩人之所以多窮也漁隱叢話

李長吉詩作不經人道語然繡幕圍春風古樂府中全句也餘冬序錄

復齋漫錄云長吉有桃花亂落如紅雨之句以此名世予觀劉禹錫云花枝滿空迷處所揺動繁英墜紅雨劉李出一時决非相爲剽竊漁隱叢話

世目李長吉爲鬼才夫陶通明博極羣書恥一事之不知曰與爲頑仙寧爲才鬼然則鬼才豈易言哉長吉名由韓昌黎起司空表聖評昌黎詩驅駕氣勢若掀雷挾電撐决天地之垠而長吉務去陳言頗似之

譬之草木臭味也由其極思苦吟別無他嗜阿㜷所謂嘔心乃已是以隻字片語必新必奇若古人所未經道而實皆有據案有原委古意鬱浡其間其庀蓄富其裁鑒當其結撰務其鍛鍊工其丰神超其骨力健典實不浮整蔚有序雖詰屈幽奧意緒可尋要以自成長吉一家言而已杜樊川序謂騷之苗裔令未死且加以理可奴僕命騷未爲不知長吉亦未爲深知長吉詩有別才不必盡由于理請就騷論朱子以屈原行過中庸辭旨流于跌宕怪神怨懟激發不可爲訓林應辰則以詞哀痛而意宏放興寄高遠如崑

崙閶風西海陞皇之類類莊氏寓言劉舍人指其詭異譎怪狷狹荒淫四事異乎經典而自有同乎風雅者騷詣絕窮微極命庶物力奪天巧渾成無跡長吉則鋒穎太露蹊徑易見調高而不能下氣峻而不能平是于騷特長擬議未臻變化安得奴僕騷也傳稱其細瘦通眉長指爪貌與人殊而諸樂府亦若九歌東皇太乙以至國殤禮魂諸體信乎其為鬼才矣或言元微之以詩謁長吉曰明經擢第何事來看微之怒以父諱事阻其進元韓同時是長吉前輩語或失真然以彼其才目睫中寧置微之屬者海內稱詩以

元白爲宗鄙俚枯淡稚弱猥雜會委巷歌謠之不如間好爲長吉鬼語而不察長吉胸有萬卷書筆無半點塵奈何率爾信腕信口無所取裁妄自攀附猶優子假鬼面效鬼聲相戲相恐也終身論墮鬼趣才何有焉

李維楨昌谷詩解序

有明霞秀月之賞則必有崩雲湧雪之驚有練川楮陸之平則必有雁蕩龍門之怪有典謨訓誥之正則必有竹墳石鼓之奇有魯論孟子之顯則必有墨兵蒙寇之幻窮則必至于變通則適反其常此不易之理也唐以律取士猶今日之時文也人守其韻世工

其體幾于一管之吹矣李賀以僻性高才抝腸吁眼
跳梁其間其最稱筆硯知者鏡深繹隱之韓愈而所
極臧隸視者明經中第之元稹也賀旣吐空一世世
亦以賀爲蛇魅牛妖不欲盡掩其才而借父名以錮
之益不待涸中之投而賀之傲忽毒人將姓氏不容
人間世矣賀旣孤憤不遇而所爲嘔心之語日益高
渺寓今託古比物徵事大約言悠悠之輩何至相嚇
乃爾人命至促好景盡虛故以其哀激之思變爲晦
澀之調喜用鬼字泣字死字血字如此之類幽冷谿
刻法當天之顧其冥心千古涉目萬書嘿空繡閣擲

地絶塵時而蛩吟時而鶗鴂語時而作霜鶴唳時而花肉媚眉時而冰車鐵馬時而寶鼎熇雲時而碧燐劃電阿閃片時不容方物其可解者拖獨知之契其不可解者甘遯世之悶郎杜牧之顛接最寄猶以爲殊不能知也王思任昌谷詩解序

李賀所賦銅人銅臺銅駝梁臺慟興亡歎桑海如與今人語今事握手結胸愴淚漣洏也賀亦尋常今之人耳千年心眼何爲使賀獨有鬼名哉夫唐人以賀赴帝召共慕之爲仙今千年學士乃畏之爲鬼以爲仙則賀死而生以爲鬼則賀生而死矣然則賀之死

不在二十七年之後乃在二十七年之前也賀之死又不在借諱錮身投瀾掩名之日而在千年來疑賀摘賀贊愛賀自以爲知賀之人也劉會孟曰千年長吉子甫知之耳賀所長乃在理外如惠施堅白特以不近人情而聽者惑焉是爲辨耳夫鬼亦人盡而已旣以外理又不近人有物如是者奚但鬼而已哉雖然長吉不諱死亦自知其必復生唐人已慕之爲仙矣賀自言則曰幾迴天上葬神仙又曰彭祖巫咸幾回死是謂仙亦必死也後人旣畏之爲鬼矣賀自言則曰秋墳鬼唱鮑家詩是謂鬼定不死也故生死非

賀所欣戚也意賀所最不耐者此千年來擠賀於轗昏沈屯中非死非生若魘不興者終不能豎眉吐舌噀血雪腸于天日之前是賀所大苦也乎 李世熊昌谷詩解序

李長吉才人也其詩諳當與楊子雲之文詣同所命止一緒而百靈奔赴直欲窮人以所不能言并欲窮人以所不能解當時嘔出心肝已令同儕辟易乃不知己者動斥之以鬼長吉掉不受也長吉詩總成其為才人耳儻得永年而老其才以暢其識與學之所極當必有大過人者不僅以才人終矣 方拱乾昌谷集註序

嘗讀韓愈三上宰相書為之感憤流連士何不幸而

李長吉歌詩　首卷　序

生元和之時哉李賀阨於讒不得舉進士愈作諱辯可謂愛賀矣然讒者百而愛者一是愛不勝讒也古今仇才者首上官子蘭而成屈子以千古未有之離騷則愛者且千萬人讒何傷賀才學騷者也而處時不同德宗猜忌用人不信宰相憲宗英主也裴度爲相當賀七歲愈與皇甫湜深器之及愈爲御史在貞元十九年而賀年二十有三矣數上封事何難一薦之度而考之史卒無聞焉或曰中原時當用兵無事儒生而叔文之黨方錮天下賢士大夫不使登進即愈之身一貶陽山再貶潮州躬之不恤何暇爲賀遠

後爲彰義行軍司馬用其文而已而賀適以是年死豈不悲哉或又曰賀之阨于讒宜也屈子悼宗國之亡其憂大故其辭歷賀嘗平世何至哀憤楚激嘔心作詭譎之辭以致忌者披詩溷厠斯已過矣曰非也賀王孫也所憂宗國也和親之非也求仙之妄也藩鎮之專權也閹宦之典兵也朋黨之釁成而戎寇之禍結也以區區奉禮之孤忠上不能達之天子下不能告之羣臣惟崎嶇驢背託諸幽荒險澀諸咏庶幾後之知我者而世不察以爲神鬼悠謬不可知其言既無人爲之深繹而其心益無以自明不亦重可悲

乎

宋琬昌谷集註序

世之苛於律才人與才人之苛于律世兩相厄也人文淪落之日處才難人文鼎盛之日處才尤難屈原賈誼才同而世不同世不同而處才之受困又同楚襄漢文殆猶胥褭離騷鵩賦後先同悲然則才不問時代而所遇皆窮天亦何必重生此才爲詩人困耶詩三百篇大抵不得志於時者之所作也詩亡而後春秋作孔子之不得志也以春秋續詩也屈賈輩以騷續詩是以詩續詩也是又以詩續春秋也其辭異其旨同也唐取士以詩是不欲詩亡也是將欲續王

風非欲續騷也而唐之才人歷數百年爲特盛終唐之世才最傑者稱兩王孫焉嗟乎唐之祖宗創制立法以網羅奇俊兾無一失其雲礽秀出宜爲舉世所推坐致通顯乃邀其福于祖宗者卽厄其遇于子孫吾何能不爲李白李賀惜唐才人皆詩而白與賀獨騷白近乎騷者也賀則幽深詭譎較騷爲尤甚後之論定者以仙予白以鬼予賀吾又何能不爲賀惜自與賀俱不遇而一時英賢蔚起泥者出其中愛者出其中卒至廢棄寢滅而以賀視白則白之處天寶也不較愈于賀之處元和哉白于至尊之前尚能毗睨

驕橫徵指隱擊一時宮禁欽仰亦足傾倒一世其擠之也不過一閹人婦子耳乃賀以年少一出即攖塵網姓字不容人間其擠之也則皆當世人豪焉賀之孤憤恨不即焚筆硯何心更事雕繢以自喜乎且元和之朝外則藩鎮悖逆戎寇交訌內則八關十六子之徒肆志流毒爲禍不測上則有英武之君而又惑于神仙有志之士即身膺朱紫亦且鬱鬱憂憤矧乎懷才兀處者乎賀不敢言又不能無言于是寓今托古比物徵事無一不爲世道人心慮其孤忠沉鬱之志又恨不伸紙疾書纚纚數萬言如翻江倒海一

指陳於萬乘之側而不止者無如其勢有所不能也故賀之爲詩其命辭命意命題皆深刺當世之弊切中當世之隱倘不深自弢晦則必至焚身斯愈推愈遠愈入愈曲愈微愈減藏哀憤孤激之思于片章短什言之者無罪聞之者不審所從來不已弄一世之奸雄才俊如聾瞶喑啞且令後世之非者是者惡者好者不得其所爲是非好惡之真心又安得其所爲是非好惡之敢心哉姚文爕昌谷詩註序

昌谷生二十七歲然無年譜可考茀揆之杜牧之序則太和五年稱賀死後十有五年矣自太和五年溯

之是賀卒于元和之十二年丁酉又自元和十二年溯之是賀生于建中之二年辛酉琦按長吉之生當在貞元七年辛未數至元和十二年丁酉恰二十七年也若云生于建中二年辛酉多却十年矣歷德宗順宗憲宗三朝詩多感諷誹怨當世忌之者多故不敢自係以年且若早卒又爲中表所唧以其詩投溷厠中卽沈公子明所集四編亦皆散亂無次如高軒過一詩乃賀七歲時爲韓員外皇甫侍御過其家使賦者也而編之三卷中可知其卷帙之不足憑矣　詩至六朝以迄徐庾騷雅漢魏浸失殆盡正始之音淪于淫哇識者傷之唐詩自開元天寶而后愈趨卑弱元

白才名相埒其詩爲天下傳諷當時號爲元和體八競習之類多淺卒靡薾而七言近體尤甚至問老嫗之可否于竈下博才子之聲譽一槩中賀心許之乎當元稹謁賀賀呵之曰明經中第何用謁爲豈眞薄其爲明經耶薄其競趨時名以此中第也故力挽頹風不惟不知有開寶并不知有六朝而直使屈宋曹劉再生于狂瀾之際斯集惟古體爲多其絕無七言近體者深以爾時之七言近體爲不可救藥而姑置之不議論也夫以起衰八代之昌黎與皇甫諸公儼然先輩乃獨降心于隴西一孺子則知昌谷起衰之

功不在昌黎下已　抱樸子曰懷莫逸之量者不矜風俗以立異至若立異而使人斥爲神鬼也昌谷過矣雖然岣嶁石鼓音義井然世間安得有奇即有奇亦安得有不可解者余謂昌谷無奇處原無不可解處第世人悲耳食而胸無定識遂狗聲逐影究如夢中說夢終屬恍惚晦菴先賢大儒也其註詩猶有議焉者謂其拘于鄭聲淫一語而靜女子衿皆指爲淫焉毋惑乎世之註昌谷者拘于牛鬼蛇神一語直欲繪一獰猙幻怪之狀以爲昌谷也廬山真面目終不可見矣姚文燮註昌谷集凡例三則

首卷終

庚寅借得毛斧季南宋本校過者復正數字已為善本後人勿棄擲 焯記

李長吉歌詩卷之一

隴西李賀長吉

異同處俱照英華文粹改定
康熙丙戌得見碣石趙衍刻本稍加是正趙本只四卷不載集外詩

錢塘　王琦琢崖彙解
　　　思謙蘊山較

李憑箜篌引「楊巨源有聽李憑彈箜篌詩曰聽
君王聽樂梨園暖翻到雲門第幾聲又曰花咽
嬌鶯玉嗽泉名高半在御筵前漢王欲助人間
樂從遣新聲墜九天李憑蓋梨園弟子工彈箜
篌者也舊唐書箜篌漢武帝使樂人侯調所作
以祠太乙或云侯暉所作其聲坎坎應節謂之
坎侯聲訛爲箜篌或謂師延靡靡之樂非也舊
說依琴制今按其形似瑟而小七絃用撥彈之
如琵琶通典豎箜篌胡樂也漢靈帝好之體曲
而長二十有三絃豎抱於懷中用兩手齊奏俗
謂之擘箜篌按箜篌之器不一有大箜篌小箜
篌豎箜篌臥箜篌鳳首箜篌數種觀詩中
二十三絲一語知憑所彈者乃豎箜篌也

宋金本皆作白 空白謂天也

香蘭一作蘭香

皇 英華作篁

吳絲蜀桐張高秋空白凝雲頹不流江娥啼竹素女

愁李憑中國彈箜篌絲桐咏其器高秋咏其時空山雲凝咏其景江娥啼竹素女愁

咏其聲能感人情志絲之精好者出自吳地故曰吳

絲蜀中桐木宜爲樂器故曰蜀桐蔵華紀麗九月曰

高秋亦曰暮秋博物志舜之二妃曰湘夫人舜崩二

妃以涕揮竹竹盡斑史記太帝使素女鼓五十絃瑟

悲帝禁不止乃破其瑟爲二十五絃○江娥一作湘娥崑山玉碎鳳凰叫芙蓉

泣露香蘭笑玉碎狀其聲之清脆鳳叫狀其聲之和緩芙蓉泣狀其聲之慘澹蘭笑狀其聲之

冶麗韓詩外傳玉出於崑山楚辭章句芙蓉遺花也

劉勰新論秋葉泣露如泣春葩含日似笑文獻通考

燕樂有大箜篌小箜篌音逐手起曲隨絃成蓋若鶴

鳴之嘹唳玉聲之清越者也與此詩辭意畧同○崑

山一作荊山香蘭一作蘭香十二門前融冷光二十三絲動紫皇

上句言其聲能變易氣候即鄒衍吹律而溫氣至之

意下句言其聲能感動天神即圖北奏樂而天神皆

敎 金本過

篁 金本字从 宋作皇

降之意三輔黃圖長安城面三門四面十二門皆通達九逵以相經緯沈約郊居賦降紫皇於天闕太平御覽秘要經曰太清九宮皆有僚屬其最高者稱太皇紫皇玉皇○絲一作絃皇一作篁非

女媧煉石補天處石破天驚逗秋雨

淮南子女媧鍊五色石以補蒼天呉正子註言箜篌之聲忽如石破而秋雨逗下猶白樂天琵琶行銀瓶乍破水漿迸之意琦玩詩意當是初彈之時凝雲滿空繼之而秋雨驟作洎乎曲終聲歇則露氣已下朗月在天皆一時實景也而自詩人言之則以爲凝雲滿空者乃箜篌之聲過之而不流秋雨驟至者乃箜篌之聲感之而旋應似景似情似虛似實讀者徒賞其琢句之奇解又脉其用意之乃顯然明白之辭而反以爲在可解不可解之間誤矣

夢入神山教神嫗老魚跳波瘦蛟舞

言其聲之精妙雖幽若神鬼頑若異類亦能見賞搜神記永嘉中有神見兗州自稱樊道基有嫗號成夫人夫人好音樂能彈箜篌聞人歌輒便起舞所謂神嫗疑用此事列子瓠巴鼓琴而鳥舞魚躍所謂老魚跳波瘦蛟舞疑用此事○神山一

作坤山**吳質不眠倚桂樹露脚斜飛濕寒兎**言賞音者聽而忘倦至於露零月冷夜景深沉尚倚樹而不眠其聲之動人駭聽爲何如哉吳質三國時人考魏志魏畧中所載事跡與音樂不相涉劉義慶箜篌賦云名啟端于雅引器荷重于吳君豈即用吳質事而載籍失傳今無可考證歟寒兎謂秋月

殘絲曲吳正子註此篇言晚春之景

垂楊葉老鶯哺兒殘絲欲斷黃蜂歸綠鬢年少金釵客縹粉壺中沉琥珀綠鬢年少指男子金釵客指女子縹粉青白色琥珀酒也李太白詩魯酒若琥珀又云蘭陵美色鬱金香玉碗盛來琥珀光○年少一作少年**花臺欲暮春辭去落花起作迴風舞榆莢相催不知數沈郎青錢夾城路**榆樹甚高大未生葉時枝間先生莢形似錢而小色白成串謂之榆莢俗謂之榆錢自後

葉生莢亦尋落春秋元命包云三月楡莢
落晉書吳興沈充鑄小錢謂之沈郎錢

〇一還自會稽歌 并序

庾肩吾於梁時嘗作宮體謠引以應和皇子及國勢淪敗肩吾先潛難會稽後始還家僕意其必有遺文今無得焉故作還自會稽歌以補其悲南史庾肩吾字慎之八歲能賦詩初爲晉安王國常侍王每徙鎭肩吾常隨府王爲皇太子兼東宮通事舍人後爲安西湘東王中錄事諮議參軍太子率更令中庶子及簡文即位以肩吾爲度支尚書時上流藩鎭並據州拒侯景景矯詔遣肩吾使江州喻當陽公大心肩吾因逃入東賊宋子仙破會稽購得肩吾謂曰吾聞汝能作詩今可即作當貸汝命肩吾操筆便成辭采甚美子仙乃釋以爲建昌令仍間道奔江陵歷江州刺史領義陽太守隋書梁簡文之在東宮亦好篇什清詞巧製止乎衽席之間

同字照遺山詩中改
宋金二本皆作銅

此注是遺山詩中
誤也

雕瑑蔓藻思極閨闈之內後生好事遞相倣習朝野紛紛號爲宮體大唐新語梁簡文之爲太子好作豔詩境內化之浸以成俗謂之宮體眉吾所作宮體謬引令不傳

野粉椒壁黃濕螢滿梁殿二句見臺城破後宮殿荒燕之狀顏師古漢書注椒房殿名皇后所居也以椒和泥塗壁取其温而芳也螢本腐草所化多生下濕之地故曰濕螢○螢一作蛩

臺城應教人秋衾夢銅輦容齋續筆晉宋間謂朝廷禁省爲臺故稱禁城爲臺城官軍爲臺軍使者爲臺使卿士爲臺官法令爲臺格今人於他處指言建康爲臺城則非也景定建康志臺城一曰苑城本吳後苑城晉成帝咸和中新宮成名建康宮即所謂臺城也在上元縣東北五里魏晉以來人臣於文字間有屬和於天子曰應詔於太子曰應令於諸王曰應教詩序言應和皇子故云應教文苑英華載庾肩吾詩有和晉安王薄晚逐京北樓回應教詩數詩詠朝牀應教詩奉和汎舟漢水往萬山應教詩數篇陸機詩撫劍遵銅輦李善注銅輦太子車飾

吳霜點歸鬢身與塘

蒲晚塘蒲塘中蒲草也晚衰老也○塘蒲姚本作蒲塘非脈脈辭金魚羈臣守
迍賤承上而言髮白身老不堪再仕當永辭榮祿守貧賤以終身也吳正子註金魚袋也炙轂子云魚袋古之算袋魏文帝易以龜唐改以魚長吉用梁事而用金魚恐是用別事

出城寄權璩楊敬之唐書權璩字大圭元和初擢進士歷監察御史有美稱宰相李宗閔薦爲中書舍人貶閬州刺史楊敬之字茂孝元和初擢進士第累遷屯田戶部郎中坐李宗閔黨貶連州刺史文宗向儒術以敬之爲國子祭酒未幾兼太常少卿轉大理卿檢校工部尚書兼祭酒卒敬之常爲華山賦示韓愈愈稱之士林一時傳布李德裕尤咨賞唐書賀本傳言與賀遊者權璩楊敬之王恭元每譔著時爲所取去其交情之密可知矣此詩乃不得志而去出城後感寄之作

草暖雲昏萬里春宮花拂面送行人自言漢劍當飛

三年作客十日方得後環舊本而人情洽熟亦于十日中略見故有牛馬作呼之句

獨字從金本 言獨剩病骨身 猶字凡近刻宋本

李長吉歌詩卷一　　四

去何事還車載病身異苑晉惠帝太康五年武庫火燒漢高祖斬白蛇劍孔子履王莽頭等三物中書監張茂先懼難作列兵陳衛咸見此劍穿屋飛去莫知所向

示弟

別弟三年後還家十日餘醁醽今夕酒緗帙去時書左思吳都賦飛輕軒而酌綠醽酒名李善註湘州記曰湘州臨水縣有酃湖取水爲酒名日酃酒盛弘之荊州記曰淥水出豫章郡康樂縣其間烏程鄉有井官取水爲酒酒極甘美與湘東酃湖酒年常獻之世稱醽醁酒昭明太子文選序飛文染翰則卷盈乎緗帙呂向註緗淺黃色也帙書衣也古人書卷之外有帙裹之如今裹袱之類病骨猶能在人間底事無上句言病後幸存下句言人事多故底事猶言何事也○人猶一作獨何須問牛馬拋擲任梟盧此譏有司不能分別真材而隨意去取之意李翺五木經王采四盧白雉犢既采六開塞塔禿撅梟

十一金本

皆元曰盧皆白曰白雉二元三曰雉牛三白二曰犢雉一牛一白三曰開雉如開厥餘皆元曰梟雉白各二元一曰塔牛元各二白一曰禿白三元二曰擨白二元三曰梟演繁露五子之形兩頭尖鋭中間平廣狀似今之杏仁凡子悉爲兩面其一面塗黑黑之上畫牛犢以爲之章一面塗白白之上畫雉凡投子者五皆現黑則其名盧盧者黑也言五子皆黑也五黑皆現則五犢隨現從可知矣此在樗蒲爲最貴之采挼木而擲往往叱喝使致其極故亦名呼盧也其次五子四黑而一白則是四犢一雉其采名雉用以此盧降一等矣自此而降白黑相雜每每不同故或名爲梟即鄧艾言云六博得梟者勝也

竹

入水文光動抽空綠影春露華生筍徑苔色拂霜根

生一作垂織可承香汗裁堪釣錦鱗織以爲席可承香汗裁以爲竿可釣錦鱗

○裁堪一作竿應三梁曾入用一節奉王孫二事未詳曾益以三梁爲[illegible]梁柱

引顧凱之竹譜篇與由衙厥體俱洪南越之君梁杜是供爲證吳正子以漢唐冠制有三梁兩梁之制恐指此按太平御覽周書曰成王將加元服周公使人來零陵取文竹爲冠徐廣輿服志雜注曰天子雜服介幘五梁進賢冠太子諸王三梁進賢冠吳說或是

同沈駙馬賦得御溝水

入苑白決決宮人正靨黃言早起入苑正當宮人梳粧之時下文言及殘夢可見劉須溪昔其似不相涉非也詩小雅瞻彼洛矣惟水決決毛傳云決決深廣貌酉陽雜俎近代粧近靨如射月日黃星靨靨鈿之名蓋自吳孫和鄧夫人也事物紀原婦人粧喜作粉靨如月形如錢樣或以朱若臙脂點**遶堤龍骨冷拂岸鴨頭香**龍骨似指溝邊砌石鴨頭綠唐時染色之名見顏師古急就篇注李太白詩遙看漢水鴨頭綠**別館驚殘夢停杯泛小觴**其聲響激能驚醒別館之曉夢其流澌疾可浮泛遊客之小觴齊諧記周公成洛邑因流水泛觴

幸

因流浪處暫得見何郎李善文選註典畧曰何晏字平叔南陽人也尚金鄉公主有奇才頗有材能美容貌茲取之以喻沈也

始爲奉禮憶昌谷山居唐書百官志太常寺有奉禮郎二人從九品上困學紀聞張文潛有春遊昌谷訪長吉故居云惆悵錦囊生遺居在何處在河南福昌縣三鄉東河南志昌谷水在河南府宜陽縣西九十里舊名昌河又名刀轅川源出陜州流經永寧宜陽縣界入洛疑昌谷山居當在此間

掃斷馬蹄痕衙回自閉門官閑職冷無車馬之賓相過亦無役從故閑門之事自以身親之

長鎗江米熟小樹棗花春上何見殺食之外無別味可餐下句見棗樹之外無花木可玩廣韻鎗鼎類韻會鐺釜屬增韻有耳足通俗文鬴有足曰鎗𨮾畧曰三足溫酒器也集韻通作鎗是鎗字即鐺字也音與錚同江米謂江鄉所産之米棗木質堅而心赤四月生葉尖而

今北方稱呼糯米為江米

棗花開在去久矣故及酒熟而閑閑沈飲也　昌谷在福昌縣

李長吉歌詩　卷一　　八

光澤五月開小花白色　向壁懸如意當簾鬬角巾　二句微青芳馥作幽蘭香皆寫羈旅無聊之況如意古人用以指畫向往或防不測鍊鐵為之長二尺有奇角巾巾之四方者其角嶄然晉唐人以為私居之冠羊祜謂既定邊事當角巾東路歸故里王導謂元規若來吾便角巾還第者是也

犬書曾去洛鶴病悔遊秦　家在東洛雖書信不廢而遊宦西秦不能無悔藝文類聚述異記曰陸機少時頗好獵在吳豪客獻快犬名曰黃耳機後仕洛常將自隨此犬黠慧能解人語機羈旅京師久無家問因戲語犬曰汝能賫書馳取消息否犬搖尾作聲應之機試為書盛以竹筒繫之犬頸犬出驛路走向吳飢則入草噬肉取飽每經大水輒依渡者弭耳掉尾向之其人憐愛因呼上船裁近岸犬即騰上速去到家啣筒作聲示之機家開筒取書看畢犬又向人作聲如有所求其家作荅書內筒復繫犬頸犬既得荅仍馳還洛計人行程五旬犬往還纔半月古詩飛來雙白鶴乃從西北方十十五五羅列成行妻卒被病不能相隨五里一反顧六里一徘徊吾欲啣汝去口噤不能開吾欲負汝去

毛羽自摧頹詩用此事當因其婦臥病故與

土甑封茶葉山杯鎖竹根不

知船上月誰棹滿溪雲 上四聯皆言奉禮官舍景況此二聯乃憶昌谷山居也封字鎖字見主人不在之意土甑磁瓶類燒土爲之太平寰宇記段氏蜀記云巴州以竹根爲酒注子爲時珍貴酒譜老杜詩醉倒終同臥竹根蓋以竹一根爲飲器也庾信詩野爐燒樹葉山杯捧竹根○棹一作掉

七夕 荆楚歲時記七月七日爲牽牛織女聚會之夜兼明書古書以七月七日之夕謂之

七夕

別浦今朝暗羅帷午夜愁 別浦天河也以其爲牛女二星隔絕之地故謂之別浦俗傳七月七日天河隱故曰暗午夜謂半夜如日午之謂愁者長吉自謂時當七夕牽牛織女亦得聚會已乃中宵獨處能無愁嘆細玩末二句愁字之意自見從雙星着解者非是○別浦曾本姚本作別渚

鵲辭穿線月花入曝衣樓 白帖淮南子烏鵲填河以成橋而渡織女荆楚歲時

記七夕人家婦女結綵縷穿七孔針陳瓜果於庭中以乞巧初學記崔實四人月令曰七月七日曝經書及衣裳太平御覽宋卜子陽闕苑疏曰太液池西有武帝曝衣閣常至七月七日宮女出后衣登樓曝之

天上分金鏡人間望玉鉤錢塘蘇小小更值一年秋

分金鏡謂七夕之月狀如半鏡也亦暗影牛女暫時會合仍復別離如鏡之分破不能常圓意玉鉤事未詳稽七夕故事有鄭采娘者夢織女遺一金針有蔡州丁氏者見流星墜筵上而得金梭有真如尼者見五色雲墜地化爲囊中有寶玉五事玉鉤事殆亦類此而今失傳耳舊註以金鏡玉鉤俱解爲月如是則犯合掌病矣況七夕之月初不似玉鉤形乎蘇小小錢塘妓女詳見後註此詩是長吉當七夕之期有所懷而作者蘇小小借以喻所懷之人耳〇更曾本二姚本俱作又

過華清宮

元和郡縣志華清宮在京兆府昭應縣驪山上開元十一年初置溫泉宮天寶六年改爲華清宮一統志華清宮在陝西西安府驪山下唐太宗建以溫湯所在初名溫

泉宮元宗改曰華清治湯爲池環山列宮帝每歲臨幸內有飛霜九龍長生明珠等殿

春月夜啼鵶宮簾隔御花雲生朱絡暗不斷紫錢斜紫錢苔蘚之紫色者其形似錢玉碗盛殘露銀燈點舊紗點小黑也○舊曾本作絳蜀王無近信泉上有芹芽泉上芹芽卽詩人黍離稷穗之意當明皇遠幸蜀土之日泉上已有芹生況今日久不復巡幸其風景之荒涼宜矣一結深有不盡之致曾益註元宗寵楊太真任安祿山以致禍亂蒙塵走蜀故曰蜀王寓譏刺意琦謂以本朝帝主而稱之曰蜀王終是長吉欠理處

○—送沈亞之歌 并序

文人沈亞之元和七年以書不中第返歸於吳江吾悲其行無錢酒以勞又感沈之勤請乃歌一解

滿陌則花已落地唐人多以落花比下第春風与春卿相映帶

李長吉歌詩　卷一

文獻通考沈亞之字下賢長安人元和十

以勞之年進士累遷殿中侍御史內供奉終郢州

掾亞之以文辭得名嘗遊韓愈門李賀杜牧李商

隱俱有擬下賢詩亦當時名輩所稱許云通典唐

貢士之法有秀才有明經有進士有明法有書有

筭唐書選舉志凡書學先口試通乃墨試說文字

林二十條通十八爲第樂府詩集凡諸調歌辭並

以一章爲一解古今樂錄曰傖歌以一句爲一解

中國以一章爲一解王僧虔啟云古曰章今曰解

解有多少詩君子陽陽兩解南山有臺五解之類

也○送兒本姚

仙期本俱作勞

吳興才人怨春風桃花滿陌千里紅紫絲竹斷驄馬

小家住錢塘東復東吳興郡即湖州唐詩紀事以沈亞之爲吳興人文獻通考以爲

長安人觀此詩則通考誤也古樂府長吉驄白馬紫絲韁斷字疑訛白藤交穿織書笈

短策齊裁如梵夾雄光寶礦獻春卿煙底驀波乘一

一言一作多如郎
拍於木摿背

葉書笈書箱也大業雜記新翻經本從外國來用貝多樹葉形似枇杷葉而厚大橫作行書約經多少綴其一邊如牒然今呼為梵夾胡三省通鑑註梵夾者貝葉經也以板夾之謂之梵夾寶礦金銀璞石也言沈之書于短策者裁截齊整狀若梵夾猶之金銀寶礦其光雄雄不可掩遏獻之春卿宜無不收之理白帖禮部亦曰春卿蔦越也言其乘一葉扁舟越春波濤而至也湘川記繞川行舟遠望若一樹葉

卿拾才白日下擲置黃金解龍馬攜笈歸江重入門

言禮部選取人材當白日之下而去取不當以沈之書而不能中第亦猶之見黃金而棄擲之遇龍馬而解放之其失人亦甚矣周禮馬八尺以上為龍○江姚仙期本作家

勞勞誰是憐君者

吾聞壯夫重心骨古人三走無摧捽請君待旦事長鞭他日還轅及秋律

三走暗用管仲三仕三見逐之事待旦俟明也事長鞭謂着鞭策馬歸去還轅謂復至京師月令孟秋之月律中夷則仲秋之月律中南呂季秋之月律中無射以秋月

第二呼起五六所謂井深不足也

李長吉歌詩　卷一

爲秋律本此通典大抵選舉人以秋初就路春末方歸故岑參送杜佑下第詩云還須及秋賦是也此詩紀將歸之景則云滿陌桃花望良友之來則云還轅秋律居然可知舊解紛紜未爲允當○壯夫姚經三本作丈夫

咏懷二首

長卿懷茂陵綠草垂石井彈琴看文君春風吹鬢影

三四極狀無聊

梁王與武帝棄之如斷梗惟留一簡書金泥泰山頂

此篇藉司馬長卿以自況也長卿懷茂陵綠草垂石井見閑居幽靜之意彈琴看文君春風吹鬢影見室家相得之好梁王與武帝棄之如斷梗惟留一簡書金泥泰山頂謂已在時上之人皆棄而不用至身沒之後見其遺書而反思之以施用於世也史記司馬相如字長卿事孝景帝爲武騎常侍梁孝王來朝從游說之士鄒陽枚乘吳莊忌夫子之徒相如見而說之因病免客游梁梁孝王令與諸生同舍孝王卒

相如歸素與臨邛令王吉相善于是往舍都亭臨邛中富人卓王孫程鄭乃相謂曰令有貴客爲具召之酒酣臨邛令前奏琴相如爲鼓一再行是時卓王孫有女文君心悅而好之夜亡奔相如相如與卓氏婚饒于財其進仕宦未嘗肯與公卿國家之事稱病閑居不慕官爵旣病免家居茂陵天子曰司馬相如病甚可往從悉取其書若不然後失之矣使所忠往而相如已死其妻對曰長卿未死時爲一卷書曰有使來求書奏之其書言封禪事天子異之相如旣卒五歲天子始祭后土八年而遂先禮中岳封于泰山至梁父禪肅然漢書武帝元封元年登封泰山孟康曰王者功成治定告成功于天封崇也助天之高也刻石紀號有金策石函金泥玉檢之封按金泥以水銀和金爲泥以封玉牒者

其二

日夕著書罷驚霜落素絲鏡中聊自笑詎是南山期

頭上無幅巾苦蘗已染衣不見清溪魚飲水得相宜

長吉每旦騎驢出遊遇有所得即書投錦囊中及暮歸足成之所謂日夕著書是其事也其母見所書多輒曰是兒要當嘔出心乃已爾其苦吟若是故方年少而已見白髮自笑用心過勞非養生以致壽考之道當知自悔科頭野服隨意自適如清溪之魚飲水從容乃得相宜何爲役役而槁死于文字之間乎詩小雅如南山之壽不騫不崩宋書漢末王公名士多委正服以幅巾爲雅所謂幅巾者不著冠幘以一幅之巾裹其頭葢取其便適而已苦蘗黃蘗木皮也其味甚苦故曰苦蘗可以染黃色田野人家多用之○著書二姚本作看書
相宜吳本作自宜

追和柳惲 江南曲

按梁書柳惲字文暢河東解人也立行貞素以貴公子早有令名少工篇什仕至吳興太守嘗作江南曲云汀洲採白蘋日落江南春洞庭有歸客瀟湘逢故人故人何不返春華復應晚不道新相知只言行路遠吳正子以長吉追和者必是此篇故首有汀洲白蘋之句今細校之二詩意不相類恐追和者另是一篇

宋本無江南曲

汀洲白蘋草柳惲乘馬歸江頭楂樹香岸上蝴蝶飛酒杯箬葉露玉軫蜀桐虛朱樓通水陌沙暖一雙魚

白居易白蘋洲五亭記湖州城東南二百步抵霅溪溪連汀洲洲一名白蘋梁吳興太守柳惲於此賦詩云汀洲採白蘋因以爲名也爾雅翼蘋葉正四方中拆如十字根生水底葉敷水上五月有花白色故謂之白蘋說文楂果似梨而酢太平寰宇記箬溪在湖州長興縣南五十步一名顧渚口一名趙瀆注于太湖顧野王輿地志云夾溪悉生箭箬南岸曰上箬北岸曰下箬二箬皆村名村人取下箬水釀酒醇美勝于雲陽俗稱箬下酒韋昭吳錄云烏程箬下酒有名山謙之吳興記云上箬下箬村並出美酒張協七命云酒則荊南烏程則此酒也劉妙容宛轉歌金徽玉軫爲誰鏘軫者琴柱所以繫絃麗者以玉爲之古稱益州白桐宜爲琴瑟所謂蜀桐也

○楂樹一作樝樹箬葉一作若葉

春坊正字劍子歌

唐書百官志東宮官左春坊司經局有正字二人從九品

李長吉歌詩　卷一　上

先輩匣中三尺水曾入吳潭斬龍子演繁露唐世舉人呼已第者爲先輩吳潭斬龍子暗用周處斬蛟事○吳潭一作吳江隙月斜明刮露寒練帶平鋪吹不起隙月隙中月光其狹而長者有似劍形故以比之禮記士練帶正義曰士用熟帛練爲帶詩人用練帶字皆謂帶之白者蛟胎皮老蒺藜刺鸊鵜淬花白鸊尾以鮫魚皮爲劍室其珠文歷落若蒺藜之刺以鸊鵜膏淬劍刃則光采艷發如白鷳之尾郭璞山海經註鮫魚皮有珠文而堅尾長三四尺末有毒螫人皮可飾刀劍今臨海郡有之本草鸊鷉水鳥也大如鳩鴨脚近尾不能陸行常在水中人至則沉或擊之便起其膏塗刀劍不鏽鸊鷉音匹梯郎鸊鵜也淬音翠染也又本草白鷳似山雞而色白有黑文如漣漪尾長三尺體備冠距紅頰赤嘴丹爪○蛟胎皮老一作蛟螭老皮鵜一作鷉直是荊軻一片心莫教照見春坊字

母　英華作姥

言此劍奇妙壯士見之必知寶惜如心肝若春坊正字乃典校四庫書籍之職無所賓藉用未免爲此劍有不遇知己之感故曰莫教照見春坊字或云疑是時春坊之臣有邪僻不正者長吉惡之而借此發揮以泄其不平之氣亦是一説○直是一作真是莫教一作分明

挼絲團金懸麗𩎟，神光欲截藍田玉。

挼音那以兩手相切摩也挼絲以爲劍之縧繩團金以爲縧之采飾懸而下垂麗𩎟然麗𩎟字未詳所本考字書并無𩎟字李鄴詩釵垂簏簌抱香懷則簏簌即麗𩎟也賀詩用懸鄴詩用垂其狀可想見楊升菴曰麓蕤下垂之貌又作麗𩎟其意一也此雖以意度之其說近是曾益謂以金飾首而以絲罥其上如網然此從字體着意而以今之劍柄所飾者解之然于懸字無當張協七命水截蛟鴻陸灑奔馳列子西戎獻錕鋙之劍其劍長尺有咫鍊鋼赤刃用之切玉如泥焉水經註麗戎之山一名藍田其陰多金其陽多玉通典京兆郡有藍田縣出美玉玉之美者曰球次曰藍蓋以縣出玉故名之

提出西方白帝驚，嗷嗷鬼母秋郊哭。

漢書高祖夜徑澤中

有大蛇當徑乃前拔劍斬蛇蛇分爲兩後人來至蛇所有一老嫗夜哭人問嫗何哭嫗曰人殺吾子人曰嫗子何爲見殺嫗曰吾子白帝子也化爲蛇當道今者赤帝子斬之人以嫗爲不誠欲苦之嫗忽不見班彪王命論始起沛澤則神母夜號以彰赤帝之符此詩用鬼母正從神母字化出○鬼母文苑作鬼姥

貴公子夜闌曲　夜闌夜盡也

褭褭沉水烟烏啼夜闌景曲沼芙蓉波腰圍白玉冷

南州異物志沉水香出日南欲取當先斫壞樹着地積久外自朽爛其心至堅者置水則沉名曰沉香白玉謂腰帶上所飾之玉冷字寫夜盡曉寒之狀

雁門太守行　按樂府詩集雁門太守行乃相和歌瑟調三十八曲之一古詞備述洛陽令王渙德政之美而不及雁門太守事所未詳也若梁簡文帝之作始言邊城征戰之思長吉所擬蓋祖其意

北史周師圍晉陽四合如黑雲

黑雲以狀兵亞而壓上也向月而候月爲攻戰四謂戰血殷地

文粹作霜重鼓聲寒不起
今從文粹

黑雲壓城城欲摧甲光向月金鱗開晉書凡堅城之上有黑雲如屋名曰軍精幽閑鼓吹李賀以歌詩謁韓吏部吏部時爲國子博士分司送客歸極困門人呈卷解帶旋讀之首篇雁門太守行曰黑雲壓城城欲摧甲光向日金鱗開郤援帶命邀之○向月會本二姚本作向日

角聲滿天秋色裏塞上燕脂凝夜紫角畫角也軍中吹之以爲昏明之節者宋書角書記所不載或云出羌胡以驚中國之馬或云出吳越塞上燕脂凝夜紫舊註引古今註秦築長城土色皆紫故曰紫塞爲解琦按當作幕色解乃是猶王勃所謂烟光凝而暮山紫也又隋書長孫晟傳曰臣夜登城樓望見磧北有赤氣長百餘里皆如雨足下垂被地謹驗兵書此名洒血其下之國必破亡欲滅匈奴正在今日引此爲解似更確○塞上吳本作塞土

半捲紅旗臨易水霜重鼓寒聲不起史記正義易水出易州易縣東流過幽州歸義縣東與滹沱河合漢書李陵傳吾士氣少衰而鼓不起者何也不起字雖本于此然彼謂擊鼓進士而士氣不起此謂天

玉龍英華作玉環　注云一作拏　今從文粹

冷霜濃而鼓聲低抑同此數字意則大異○鼓寒聲不起一作鼓聲寒不起

報君黃金臺

上意提携玉龍爲君死

上谷郡圖經黃金臺在易水東南十八里燕昭王置千金于臺上以延天下之士玉龍劍也唐王初詩亦有劍光橫雪玉龍寒之詞知唐人多以玉龍稱劍也○此篇蓋咏中夜出兵乘間擣敵之事黑雲壓城城欲摧甚言寒雲濃密至雲開處逗露月光與甲光相射有似金鱗此言初出兵之時語氣甚雄壯角聲滿天寫軍中之所聞塞上臙脂寫軍中之所見半捲紅旗見輕兵夜進之捷霜重鼓咽寫冒寒將戰之景末復設爲誓死之詞以荅君上恩禮之隆所以明封疆臣子之志也舊解以黑雲壓城爲孤城將破之兆鼓聲不起爲士氣衰敗之徵吳正子謂其鬭似敗後之作皆非也至王安石譏其言不相副方黑雲之盛如此安得有向日之甲光尤非是秋天風景倏陰倏晴瞬息而變方見愁雲凝密有似霖雨欲來俄而裂開數尺日光透漏矣此象何歲無之何處無之而漫不之覺吹瘢索垢以譏議前人必因衆人皆以爲佳而顧反訾之以爲矯異耳即此一節安石生平之拗可槩見

矣○玉龍文苑英華作玉環一作玉拏

大堤曲　按大堤曲起于簡文帝所謂雍州十曲之一或云宋隨王誕襄陽曲曰朝發襄陽來暮至大堤宿大堤諸女兒花艷驚郎目大堤曲蓋出于此一統志大堤在襄陽府城外

妾家住橫塘紅紗滿桂香青雲教綰頭上髻明月與作耳邊璫　橫塘與大堤相近其地當在襄陽非金陵沿淮所築之橫塘也舊註引吳都賦橫塘在下邑屋隆夸非是紅紗謂紅紗窗或謂是紅紗衣釋名穿耳施珠曰璫傅元詩耳繫明月璫謂以明月之珠為耳璫也○青雲教綰一作青絲學綰蓮風起江畔春大堤上留北人郎食鯉魚尾妾食猩猩脣　鯉魚尾猩猩脣皆珍美之味以見飲食之豐備呂氏春秋肉之美者猩猩之脣○妾食猩猩脣文苑英華作與客猩猩脣莫指襄陽道綠浦歸帆少今日菖蒲花明朝楓樹老　莫指襄陽道而與遠去之思蓋一去

不能即來不見綠浦之中歸帆之少可驗耶況日月如馳盛年難駐朝暮之間而紅顏已更矣深言當及時行樂之意菖蒲花不易開開則人以爲祥故烏夜啼古曲云菖蒲花可憐聞名不曾識是也楓樹之老者礧砢多節以喻老醜之狀○綠浦一作緣浦菖蒲花一作菖蒲短

蜀國絃　樂府古題要解蜀道難備言銅梁玉壘之險又有蜀國絃與此頗同

楓香晚花靜錦水南山影　郭璞爾雅註楓樹似白楊葉圓而岐有脂而香今之楓香是也太平寰宇記濯錦江即蜀江江水至此濯錦錦彩鮮潤于他水故曰濯錦江

驚石墜猿哀竹雲愁半嶺　驚石謂石之危險駭人者墜猿謂猿挂于樹枝若將墜者蜀地多猿水經註每至晴初霜旦林寒澗肅常有高猿長嘯屬引凄異空谷傳響哀轉久絕故漁者歌曰巴東三峽巫峽長猿鳴三聲淚沾裳竹雲愁半嶺謂半嶺之間野竹叢生烟雲相繞其高可知行者艱之而生愁也唐太宗詩雲凝愁半嶺霞碎纈高天○墜會本作墮竹雲一作行雲

涼月生秋浦玉沙

粼粼光顔師古漢書註浦水涯也詩國風揚之水白石粼粼毛傳云粼粼清澈也說文粼水生石間粼粼也言月出秋浦之上照見水中白沙粼粼有光誰家紅淚客不忍過瞿塘拾遺記薛靈芸聞別父母歔欷累日淚下霑衣至升車就路之時以玉唾壺承淚壺則紅色既發常山及至京師壺中淚凝如血方輿勝覽瞿塘峽在夔州東一里舊名西陵峽乃三峽之門兩崖對峙中貫一江望之如門此二句似言眷戀鄉土不忍離去之意○客一作妾

蘇小小墓樂府廣題蘇小小錢塘名倡也蓋南齊時人古樂府蘇小小歌我乘油壁車郎乘青驄馬何處結同心西陵松柏下西陵在錢塘江之西方輿勝覽蘇小小墓在嘉興縣西南六十步乃晉之歌妓今有片石在通判廳題曰蘇小小墓李紳真娘墓詩序曰嘉興縣前有吳妓人蘇小小墓風雨之夕或聞其上有歌吹之音○一作蘇小小歌非

幽蘭露如啼眼無物結同心煙花不堪剪草如茵松

下雨二字叶
風吹雨金本風雨吹

前半即是月殿
中有地影之說

如蓋風爲裳水爲珮油壁車夕相待冷翠燭勞光彩西陵下風吹雨蕭子顯詩河邊細草綠如茵胡三省通鑑註油壁車者加青油衣于車壁也翠燭鬼火也有光而無燄故曰冷翠燭○夕一作久風吹雨一作風雨吹一作風雨吹

夢天

老兔寒蟾泣天色雲樓半開壁斜白玉輪軋露溼團光鸞珮相逢桂香陌軋音壓輾也四句似專指月宮之景而言黃塵清水三山下更變千年如走馬蓬萊方丈瀛洲三神山俱在海中今視其洲下有時變爲黃塵有時變爲清水千年之間時復更換而自天上視之則猶走馬之速也神仙傳麻姑云接待以來見東海三爲桑田向到蓬萊水又淺於往日會時畧半耳豈將復爲陵陸乎王遠曰聖人皆言海中行復揚塵也如走馬即白駒過隙之意遙望齊州九點烟一泓海水杯中

齊州見爾雅釋地

瀉九州遼闊四海廣大而自天上視之不過點烟杯水夢中之遊真豪矣爾雅距齊州以南邢昺註齊中也中州猶言中國也

唐兒歌 杜豳公之子○吳正子曰諸本皆作唐歌兒韋莊所編又玄集作杜家唐兒歌爲是唐歌兒恐是倒書一字舊唐書杜黃裳字遵素京兆杜陵人拜平章事封邠國公男載爲太子太僕長慶中遷太僕少卿兼御史中丞充入吐蕃使弟勝登進士第大中朝位給事中所謂唐兒者不知何人其後杜悰亦封邠國公然在懿宗時去長吉之没久矣邠字即豳字唐元宗以字形類幽改作邠

頭玉磽磽眉刷翠杜郎生得真男子 頭玉磽磽謂頭骨隆起也眉刷翠謂眉色如翠也○骨重神寒天廟器一雙瞳人剪真姚經三本作奇秋水 骨重言其不輕而穩也神寒言其不躁而靜也天廟器猶云瑚璉可以供宗廟而薦鬼神之器

李長吉歌詩 卷一

竹馬梢梢搖綠尾銀鸞睒光
也李鄴侯外傳賀知章嘗曰此稱子目如秋水
踏半臂睒音閃暫視也錦繡萬花谷隋大業中內官多服半除卽令長袖也唐高祖改其袖謂之
半臂出事始此言半臂之上以銀泥畫鸞鳥光彩睒人之目也東家嬌娘求對值濃
笑書空作唐字對值猶匹偶也世說殷中軍被廢在信安終日恒書空作字○書吳本作
畫眼大心雄知所以莫忘作歌人姓李眼大謂世祿之家眼界大
耳猶云巨眼之意若作實形解便與上文瞳神犯複

綠章封事爲吳道士夜醮作○隋書道經有消災度厄之法依陰陽五行數術推人
年命書之如章表之儀幷具贄幣燒香陳讀云奏上天曹請爲除厄謂之上章夜中于星辰之
下陳設酒脯餠餌幣物歷祀天皇太一祀五星列宿爲書如上章之儀以奏之名之爲醮演繁
露令世上自人主下至臣庶用道家科儀奏事于天帝者皆青藤紙朱字名爲青詞綠章卽青

詞謂以綠紙爲表章也漢書上令吏民得奏封事葢封其書函之口不欲令其事泄露也

青霓扣額呼官神鴻龍玉狗開天門青霓謂道士所服之衣猶楚辭所謂青雲衣兮白霓裳之類吳正子云霓恐當作猊非也扣額即扣頭鴻龍玉狗守天門之獸言道士着青霓之服叩頭而呼官神官神旣達天門始開矣

石榴花發滿溪津溪女洗花染白雲二句未詳吳正子以白雲爲紈素謂取榴花染之而以爲服予謂當是建醮之地有此花木溪女採之淨洗而以供神杜甫朝獻太清宫賦有祝融擲火以焚香溪女捧盤而盥漱句溪女恐是童女司壇中獻花酌水之事者染白雲即是映白雲之意

綠章封事諮元父六街馬蹄浩無主虛空風氣不清冷短衣小冠作塵土元父謂元氣之父即天帝也葛洪枕中書東王公號曰元陽父胡三省通鑑註長安城中左右六街言綠章封事所以諮達元父者爲六街之中馬蹄相逐而行浩然甚衆無有主名因風氣炎蒸不堪暑熱人多

李長吉歌詩　卷一　　二

賜死知衣小冠化爲塵土者不知其幾矣四句述封事中奏請之故金家香衙千輪鳴揚雄秋室無俗聲願携漢戟招書鬼休令恨骨填蒿里四句乃長吉自言其意欲道士附奏之說富貴之家生前奉養志意滿足可以無恨惟窮約之士如揚雄者陋室蕭條賫志以沒不能不抱恨于地下願携漢戟以招之無令恨骨長埋蒿里蓋爲士之不遇者悲乎特借雄一人以槩其餘矣漢書金日磾夷狄亡國羈虜漢廷而以篤敬寤主忠信自著勒功上將傳國後嗣世名忠孝七世內侍何其盛也夫不寧他人特舉金氏蓋以比當世蕃將之受寵者耳唐自安史亂後蕃將多有立功者時君寵之賜爵晉封賞賚類及連騎出入跨躡一時長吉見之不能無感衙卽巷字杳衙謂其居處之美千輪鳴謂其賓從之衆凡招魂者必以其生平所親之物呼其名而招之使其神識得有所憑依而歸來揚雄在漢朝爲執戟之郎故携漢戟以招之蒿里謂葬地古蒿里曲蒿里誰家地聚斂魂魄無賢愚

河南府試十二月樂詞 并閏月

正月

上樓迎春新春歸暗黃著柳宮漏遲漏遲謂日漸長也○首句一作正月上樓迎春歸薄薄淡靄弄野姿寒綠幽風生短絲淡靄輕雲也短絲謂草之初萌短細如絲者○幽風樂府詩集作幽泥錦牀曉臥玉肌冷露臉未開對朝暝官街柳帶不堪折早晚菖蒲勝綰結言春氣之透甚速

二月

飲酒採桑津宜男草生蘭笑人蒲如交劍風如薰杜預左傳註平陽北屈縣西南有採桑津齊民要術鹿葱風土記曰宜男草也高六七尺花如蓮懷妊婦人帶

佩必生男爾雅翼萱草又名宜男草家語南風之薰兮左思魏都賦蕙風如薰○首句樂府詩集作二月飲酒採桑津

勞勞胡鷰怨酣春薇帳逗煙生綠塵本草陶弘景曰斑黑而聲大者是胡燕酣春謂春氣舒暢怨者燕語呢喃絮絮不休如怨訴也薇帳猶蕙帳○胡鷰一作鶯鷰生綠塵一作香霧昏

金翹峨髻愁暮雲沓颯起舞真珠裙曹植洛神賦雲髻峨峨北史武成爲胡后造真珠裙衩○金翹吳本作金翅峨髻一作蛾髻

津頭送別唱流水酒客背寒南山死流水曲名

三月

東方風來滿眼春花城柳暗愁殺人柳暗一作柳禁愁殺人一作愁幾人

複宮深殿竹風起新翠舞衿淨如水新翠舞衿卽翠色舞彩也須谿以爲竹者非是○深殿會本姚經三本作深凝

光風轉蕙百餘里暖霧驅

雲撲天地楚辭光風轉蕙汎崇蘭些王逸註光風謂雨已日出而風草木有光也轉搖也

軍裝宮妓掃蛾淺搖搖錦旗夾城暖曲水飄香去不歸

梨花落盡成秋苑言鑾輿臨幸曲水從行宮妓皆作軍裝錦旗搖颺于夾城之中一去未歸有無限喧闐而宮苑之中梨花落盡寂寞人踪雖當春盛之時却似深秋之景杜牧之阿房宮賦云歌臺暖響春光融融舞殿冷袖風雨淒淒一日之內一宮之間而氣候不齊亦是此意揚雄甘泉賦振殷轔而軍裝顏師古註軍裝爲軍戎之飾裝也雍錄開元二十年築夾城通芙蓉園自大明宮夾東羅城復道由通化門安興門次經春明門延喜門又可以達曲江芙蓉園而外人不知也曲水即曲江太平寰宇記曲江池漢武帝所鑿名爲宜春苑其水曲折有似廣陵之江故名之胡三省通鑑註長安朱雀街東第五街皇城之東第三街昇道坊龍華尼寺南有流水屈曲謂之曲江此地在秦爲宜春苑隑州在漢爲樂遊園梨樹二三月開花色白而六出繁盛如雪

翻用曉凉暮凉
襯出淋暎巧變
第二尤如畫

四月

曉凉暮凉樹如蓋千山濃綠生雲外依微香雨青氛氳膩葉蟠花照曲門金塘閒水搖碧漪老景沉重無驚飛墮紅殘萼暗參差香雨雨自花間而墜者故有香膩葉葉之肥大者蟠花花之叢結者金塘石塘也以石爲塘踰其堅固若以金爲之劉楨詩菡萏溢金塘李善註金塘猶金堤也廣韻漪水文也老景謂景色入夏無繁華之態驚飛謂花之飛舞暗參差謂花已落盡惟有青枝綠葉互作參差而已詩家以花盛謂之明葉茂謂之暗○青氛氳會本姚經三本作青氤氳一作過清氛沉重一作沉帖

五月

雕玉押簾額輕縠籠虛門以雕玉爲飾作門簾之鎮押漢武故事以白珠爲簾

玳瑁押之古詩海牛押簾風不起蕊其類也輕縠薄紗也以輕縠爲簾帷龍于虛門之中此狀初熟之景〇簾額吳本作簾上

井泓鉛華水扇纖鴛鴦紋本草凡井以黑鉛爲底能清水散結人飲之無疾又井水以平旦第一汲爲井華水

回雪舞涼殿甘露洗空綠

羅袖從徊翔香汗沾寶粟張衡舞賦裾若飛燕袖如回雪吳正子註空綠猶碧落也香汗沾寶粟微汗沾漬如一粟粒也梁簡文帝詩香汗浸紅紗〇羅袖從徊翔一作羅綬從風翔

六月

裁生羅伐湘竹帔拂疏霜簟秋玉裁生羅以爲帔其潔白似拂疏霜伐湘竹以爲簟其光滑似憑秋玉下句承上句而究言之方言裙陳魏之間謂之帔音披筍譜舜死二妃淚下染竹成斑妃死爲湘水神故曰湘妃竹〇一本少帔字

炎炎紅鏡東方開暈如車輪上徘徊啾啾赤帝騎龍來山海經南方祝融獸身人面乘兩龍枕中

書祝融氏爲赤帝

七月

星依雲渚冷露滴盤中圓吳正子註雲渚天河也好花生木末衰蕙愁空園傅元怨歌行芙蓉生木末○空園一作故園夜天如玉砌池葉極青錢雲氣碎薄月光映之狀如玉砌此景秋夜多有之杜子美詩點溪荷葉疊青錢僅厭舞衫薄稍知花簟寒晉子夜四時歌反覆花簟上屏帳了不施顏師古急就篇註織竹爲席謂之簟太平寰宇記段氏蜀記云渝州出花竹簟爲時所重聽風何拂拂北斗光闌干古善哉行月沒參橫北斗闌干闌干橫斜貌

八月

孀妾怨長夜獨客夢歸家傍簷蟲緝絲向壁燈垂花

此句直傷作木芙蓉用

簾外月光吐簾内樹影斜悠悠飛露姿點綴池中荷

蟲絹絲謂莎雞其鳴聲如紡絲或曰謂蜘蛛○孀妾一作宫妾絹絲一作織絲簾内一作簾中

九月

離宫散螢天似水竹黄池冷芙蓉死三輔黄圖離宫天子出遊之宫也八月時螢火尚有飛者至九月則散藏殆盡○散螢一作散雲月綴金鋪光脈脈涼苑虛庭空澹白長門賦擠玉戶以撼金鋪李善註金鋪以金為鋪首也呂延濟註金鋪扉上有金花花中作鈕鐶以貫鎖韻會鋪說文云著門鋪首也增韻云所以啣環者作龜蛇之形以銅為之故曰金鋪露花飛飛風草草翠錦斕斑滿層道翠錦斕斑草木經秋葉老紅黄間雜于青綠之中斕斑如翠錦也層道路側高下不齊望之如有層級者○露花一作霜花雞人罷唱曉瓏璁鴉啼金井下疎桐周禮雞人大祭祀夜呼旦

以昭百官漢官儀宫中不畜雞衛士候于朱雀門外專傳雞唱李太白詩梧桐落金井一葉飛銀牀後周明帝詩霜潭清晚菊寒井落疎桐

十月

玉壺銀箭稍難傾釭花夜笑凝幽明漏刻之法以銅壺貯水置箭壺内刻以爲節令水漏而刻見以驗晝夜昏明之候玉壺銀箭言其飾之華美江總雜曲虬水銀箭莫相催稍難傾言漏水漸有東而不流之意釭花燈花也笑花開似笑也凝幽明者半明半滅之貌碎霜斜舞上羅幕燭籠兩行照飛閣張籍詩玉階羅幕微有霜燭籠左右列成行與此聯句意相似張衡東京賦飛閣神行薛綜註閣道相通不在于地故曰飛陸機詩飛閣跨通波李周翰註飛閣高閣也籠曾本二姚本作龍○珠帷怨臥不成眠金鳳刺衣著體寒長眉對月鬬彎環因怨故不能成寐至于夜深寒重猶對月而長望金

鳳以金線刺鳳形于衣王建宮詞云羅衫葉葉繡重重金鳳銀鵝各一叢蕊其時俗所尚花樣刺音戚古今註魏宮人好畫長眉○怨臥姚仙期本作夜臥一作穩臥

十一月

宮城團迴凜嚴光白天碎碎墮瓊芳瓊芳雪花也撾鐘高飲千日酒戰却凝寒作君壽博物志劉元石于中山酒家酤酒酒家與千日酒忘言其節度歸至家當醉而家人不知以爲死也權葬之酒家計千日滿乃憶元石前來沽酒醉向醒耳往視之云元石亡來三年已葬于是開棺醉始醒俗云元石飲酒一醉千日北堂書鈔志怪云齊人田無已釀千日酒過飲一斗醉臥千日方醒御溝泉合如環素火井溫泉在何處謝惠連雪賦火井滅溫泉冰華陽國志臨邛縣有火井夜時光映上照民欲其火光以家火投之頃許如雷聲火焰出通耀數十里以竹筒盛其光藏之可摸行終日不滅邛都縣有溫泉穴冬夏熱其

溫可淪雞豚下流浴疾病在何處思之而不
可得也○泉合一作冰合溫泉一作溫湯

十二月

日脚淡光紅灑灑薄霜不銷桂枝下依稀和氣排冬
嚴已就長日辭長夜陳後主詩日脚沉雲外謝朓
詩霜下桂枝銷○排一作解

閏月

帝重光年重時以帝有重光之帝引起年有重時之
作書經昔君文王武王宣重光蔡沈
註武猶文謂之重光猶
舜如堯謂之重華也七十二候迴環推天官玉琯
灰剩飛禮記正義凡二十四氣每三分之七十二氣
氣間五日有餘故一年有七十二候也天官
謂司天文之官後漢書候氣之法爲室三重戸閉塗
釁必周密布緹縵室中以木爲案每律各一內庳外
高從其方位加律其上以葭莩灰抑其內端按曆而
候之氣至者灰去其爲氣所動者其灰散人及風所

動者其灰聚殿中候用玉律十二惟二至乃候靈臺用竹律六十候日如其曆玉琯郎玉管以玉爲律管也學齋佔畢唐人作詩雖巧麗然有不曉義理淺陋可笑者如李賀十二月詞其閏月云天官葭琯灰剩飛是以閏通爲十三月也不知葭灰之飛每月只是一次而閏無中氣雖置閏之年亦只是十二个月節候無十三个月節候之理令官府自可見琯灰豈有剩飛之理琦按剩飛正是不飛之意閏月無中氣故其月葭灰剩而不飛此駁似過

今歲何長來歲遲

月閏故歲長今歲長故來歲遲

王母移桃獻天子羲氏和氏迂龍轡

漢武外傳七月七日王母降侍女以玉盤盛仙桃七顆大如鴨子形圓青色以呈王母母以四顆與帝三顆自食桃味甘美口有盈味孔安國書傳重黎之後羲氏和氏世掌天地四時之官廣雅日御謂之羲和初學記淮南子云爰止羲和爰息六螭註日日乘車駕以六龍羲和御之此詩本意用日御之羲和而以羲氏和氏稱之合二事爲一事用二句承上而推言之歲以閏月而長天子之壽亦得餐神藥而致延年之益白日之景亦因日御遲而延晷

刻之修皆以申慶祝之意○元人孟昉曰讀李長吉十二月樂詞其意新而不蹈襲句麗而不慆淫長短不一音節亦異朱卓月曰諸詩大半閨情多于宫景婦人靜貞鍾情最深三百篇夏日冬夜有不自婦人口中出者乎以此閱詩可以怨矣余光曰二月送别不言折柳八月不賦明月九月不咏登高皆避俗法

天上謡

天河夜轉漂迴星銀浦流雲學水聲天河與星皆隨天運轉處其下者觀之覺星之迴似天河漂之而迴者然漂音飄浮也動也流也銀浦即天河也既云天河又云銀浦對舉不嫌重複選詩中先有此體曾益註以天河爲總名銀浦爲天河中之别派非也銀浦之中雲氣流行有似乎水但水之流有聲而雲無聲故曰學水聲○漂文苑英華作杓玉宫桂樹花未落仙妾採香垂珮纓月中有瓊樓玉宇有桂樹有素娥此二句似指月中而言禮記男女未冠笄者總角衿纓皆佩容臭鄭元註容臭香物也以纓佩之○仙妾採香文苑英華作仙姿綵女秦

杓宋作深

妃卷簾北窗曉窗前植桐青鳳小秦妃似指秦繆公之女弄玉禽經青鳳謂之鶡述異記塗修國獻青鳳○文苑本卷簾北窗曉作卷羅八方曉植桐作食桐王子吹笙鵝管長呼龍耕烟種瑤草列仙傳王子喬者周靈王太子晉也好吹笙作鳳凰鳴鵝管謂笙上之管以玉爲之其狀如鵝管瑤草仙家所植玉芝之類十洲記方丈洲在東海中心群仙不欲昇天者皆往來此洲仙家數十萬耕田種芝草課計頃畝如種稻狀正是其事○吹笙文苑作吹簫粉霞紅綬藕絲裙青洲步拾蘭苕春粉霞藕絲皆當時彩色名元稹詩藕絲衫子柳花裙是也十洲記長洲一名青邱在南海辰巳之地地方五千里去岸二十五萬里上饒山川及多大樹樹乃有二千圍者一洲之上專是林木故一名青邱又有仙草靈藥甘液玉英靡所不有天真仙女遊于此地所謂青洲疑郎青邱是耶郭璞詩翡翠戲蘭苕李善註蘭苕蘭秀也張銑註苕枝鮮明也○青洲姚仙期本作青州非東指羲和能走馬海塵新生石

集作卷簾北牕曉

簫宋作笙

塵英華作雲

食宋本植

李長吉歌詩　卷一

山下能走馬言日行之疾速如走馬海塵新生石山下卽王方平所謂海中行復揚塵意○海塵新生石山下交菀作海雲初生石城下

浩歌楚辭臨風怳兮浩歌浩歌大歌也

南風吹山作平地帝遣天吴移海水王母桃花千徧紅彭祖巫咸幾回死山海經朝陽之谷神曰天吴是爲水伯其爲獸也八首人面八足八尾背青黃漢武內傳王母仙桃三千年一開花三千年一生實列仙傳彭祖殷大夫也姓錢名鏗帝顓頊之孫陸終氏之子歷夏至殷末八百餘歲常食桂芝善導引行氣後昇仙而去王逸楚辭註巫咸古神巫也郭璞巫咸山賦巫咸者實以鴻術爲帝堯醫生爲上公死爲貴神四句言山川更變自開闢至今不知幾千萬歲人生其間倏過一世不能長久青毛驄馬參差錢嬌春楊柳含細烟箏人勸我金屈巵神血未凝身問誰驄馬馬之青白

亂舞一作浪飲

色者其文作淺深斑駁郭璞爾雅註謂之連錢驄金屈巵酒器也據東京夢華錄云御筵酒盞皆屈巵如菜碗樣而有把手此宋時之式唐時式樣當亦如此神血未凝身問誰謂精神血脈不能凝聚長生于世此上此身果誰屬乎猶莊子身非汝有之意四句見及時行樂亦無多時○文苑英華本驄馬作駿馬細烟作細烟神血未凝身問誰作神血未寧身是誰

不須浪飲丁都護世上英雄本無主買絲繡作平原君有酒唯澆趙州土

丁都護舊註指劉宋時之都護丁旿又謂歌樂府中丁都護之曲而侑觴琦按唐時邊州設都護府掌撫慰諸蕃輯寧外寇覘候姦譎征討攜貳大都護從二品副大都護從三品上都護正三品副都護從四品丁都護當是丁姓而曾爲都護府之官屬或是武官而加銜都護者與長吉同會縱飲慷慨有不遇知己之嘆故以其官稱之告之以不須浪飲世上英雄本來難遇其主古之平原君虛已下士深可敬慕今日既無其人惟當買絲繡其形而奉之取酒澆其墓而弔之已矣深嘆舉世無有能得士者元和郡縣志平原君墓在洛州

肥鄉縣東南七里不在趙州而此云趙州土以平原君爲趙之公子故云○浪飲文苑作亂舞

漏催水咽玉蟾蜍衛娘髮薄不勝梳看見秋眉換新綠二十男兒那刺促刻漏之制以銅爲器貯滿清水上爲銅龍口中吐之下作蟾蜍張口承水流入壺中以驗時刻漏催水咽玉蟾蜍見光陰易過衛娘髮薄不勝梳見冶容易衰漏水必是飲酒筵側所設儀器衛娘亦是奉觴之妓皆據一時所見者而言末二句自言其志不能受役于人也潘岳閑道謡和嶠刺促不得休魏書李軌徐紇刺促以求先刺促謂受役于人徐文長以不開懷解之非也○文苑本髮薄作鬢薄看見作羞見新綠作深綠二十作世上

秋來

桐風驚心壯士苦衰燈絡緯啼寒素秋風至則桐葉落壯士聞而心驚悲年歲之不我與也衰燈不明者絡緯莎雞也其聲如紡績故曰啼寒素或曰絡緯故是蟋蟀鳴則

此感知己之少

天寒而衣事起故又名趣織詩疏趣織鳴嬾婦驚是也啼寒素猶趣織云○出士文苑英華作志士誰看青簡一編書不遣花蟲粉空蠹後漢書吳恢欲殺青簡以寫經書呂延濟曰青簡竹簡也古無紙用以書漢書出一編書顏師古曰編謂聯次之也聯簡牘以爲書故云一編遺驅逐也花蟲蠹蟲也竹簡久不動則蠹蟲生其中思牽今夜腸應直雨冷香魂弔書客秋墳鬼唱鮑家詩恨血千年土中碧苦心作書思以傳後奈無人觀賞徒飽蠹魚之腹如此卽令嘔心鏤骨章鍜句鍊亦有何益思念至此腸之曲者亦幾牽而直矣不知幽風冷雨之中乃有香魂愍弔作書之客若秋墳之鬼有唱鮑家詩者我知其恨血入土必不泯滅歷千年之久而化爲碧玉者矣鬼唱鮑家詩或古有其事唐宋以後失傳○香魂文苑作鄉魂

帝子歌

李長吉歌詩　卷一

洞庭帝子一千里涼風雁啼天在水山海經洞庭之山帝之二女居之是常遊于江淵澧沅之風交瀟湘之浦是在九江之間出入必以飄風暴雨帝天帝也以其爲天帝之女故曰帝子與楚辭所稱堯女爲帝子者不同一千里言其所治之地甚廣凉風雁啼深秋之候天在一水天光下映水中風平浪靜佳景可想○帝子一作明月九節菖蒲石上死湘神彈琴迎帝子古詩石上生菖蒲一寸八九節仙人勸我餐令我好顏色湘神湘水之神九歌所謂湘君湘夫人也湘神彈琴即楚辭使湘靈鼓瑟之意恭帝子貴神也下人不敢瀆請轉祈湘神彈琴以迎以冀望其神之來格山頭老桂吹古香雌龍怨吟寒水光沙浦走魚白石郎閑取真珠擲龍堂以下言帝子不肯來格桂老故其香稱爲古香帝子爲女神故龍言雌龍二句寫帝子不來景象寂寥之意古樂府白石郎臨江居前導河伯後從魚白石郎亦水神也尊貴之神不來紛紛奔走者惟小水之神而已閑取真珠擲龍堂猶楚詞捐余

玦兮江中遺余佩兮澧浦之意明已之珍寶不敢愛惜以求神之昭鑒庶幾其陟降于庭也楚辭魚鱗屋兮龍堂王逸註言河伯所居以魚鱗蓋屋堂木畫蛟龍之文形容異制甚鮮好也此篇旨趣全放楚辭九歌會其意者絶無怪處可覓

秦王飲酒

秦王騎虎遊八極劍光照空天自碧二句言其以威武治天下之意古之稱帝王者謂其一時乘六龍以御天此則變言騎虎遊八極各有取義一以文德爲美一以武功見長劍光照空天自碧見天亦不違其意而況于人乎羲和敲日玻瓈聲劫灰飛盡古今平二句言日月順行天下安平之意法苑珠林依起世經云日天宮殿縱廣正等五十一由旬上下亦爾以二種物成其宮殿正方如宅遥看似圓何等爲二所謂金及玻瓈一面兩分皆是天金成淸淨光明一面一分是天玻瓈成淨潔光明羲和爲日之御敲日者策之而使之行也三輔黃圖武

帝初穿昆明池得黑土帝問東方朔東方朔曰西域胡人知乃問胡人胡人曰劫燒之餘灰也釋氏謂經年歲久遠人壽極短乃至朝生夕死然後有大水大火大風之災一切除去更立生人謂之一劫劫灰飛盡謂災難不作乃古今太平之時○古今平文苑作今太平

龍頭瀉酒邀酒星金槽琵琶夜棖棖洞庭雨腳來吹笙

禮記夏后氏以龍勺鄭元註龍頭也孔顗達正義勺爲龍頭梁簡文帝詩湘東醽醁酒廣州龍頭鐺北堂書鈔西征記云太極殿前有銅龍長二丈銅尊容四十斛正旦大會群臣龍從腹內受酒口吐之于尊內孔融論酒禁書天垂酒星之耀地列酒泉之郡金槽以金飾琵琶之槽也棖棖琵琶聲古詩棖影聽金槽吳正子註雨腳未詳恐爲優人之屬會益註笙一名參差而斜吹之如雨腳然徐文長註雨腳以吹笙而來董懋策云雨腳卽用巫山事數說未知孰是而姚經三以爲狀其聲之幽忽似爲近之

酒酣喝月使倒行銀雲櫛櫛瑤殿明宮門掌事報一更

史記集解應劭曰不醉不醒曰酣一日酣

即從田目事變化

鵝英華作娥

洽也喝月使倒行不欲其速落猶傳元詩安得長繩繫白日之意銀雲白雲也月光映之燦爛如銀下映宮殿皎如白晝櫛櫛一相比次貌舊唐書宮門郎掌內外宮門鎖鑰之事報一更見卜夜未久之意呂種玉言鯖引賀詩宮中掌事報六更以證唐時宮漏有六更不止五更之制則似言徹夜宴飲之久詞句更覺聯貫然考諸本無有作六更者不知呂氏何所據

花樓玉鳳聲嬌獰海綃紅文香淺清黃鵝跌舞千年觥

吳正子註玉鳳疑簫聲也簫聲似鳳獰當作儜獰惡也儜弱也困也劉禹錫傳鼓吹裴回其聲傖儜琦按上文已言琵琶吹笙不應雜敘數語後又復言簫蓋花樓玉鳳一句謂歌聲之婉轉海綃紅文二句謂舞態之婆娑此時歌舞雜進與上文之絲竹並陳截然分界兩不相蒙詩體段落如是海綃海中鮫人所織之綃述異記南海出鮫綃紗泉先潛織一名龍紗其價百餘金以為服入水不濡此句似言舞衣或舞者所執之巾黃鵝跌舞恐是舞名或是舞者形勢俱未可定吳正子註黃鵝恐當作娥蓋是姬人勸酒也千年觥謂獻壽酒而祝稱千秋也○黃鵝文苑作

黃娥

仙人燭樹蠟烟輕。清琴醉眼淚泓泓。

海錄碎事仙人燭樹似梧桐其皮枯剝如筒桂以爲燭可燃數十刻琦按王宮夜宴窮極奢侈未必肯用草木之皮以代燭或者燭上畫仙人之形或燭臺作仙人之像或是當時有此佳名之燭俱未可定其曰樹者猶枝也記燭之數曰幾枝古今通有此稱清琴文苑英華作青春一作青琴琦謂作青琴者是也上林賦青琴宓妃之徒伏儼曰青琴古神女也以喻妃嬪蓋歌舞方喧銀燭之下見妃嬪之眼色泓泓已作醉態夫侍宴之妃嬪醉而秦王之醉不言而自見矣若照本文作清琴解謂樂盡悲來聞琴淚落如孟嘗君聞雍門之琴而泫然涕泣者不惟于全首詩意不稱而何一語晦滯亦全不成文理○題作秦王飲酒而詩中無一語用秦國故事舊註以爲爲始皇而作非也姚經三以爲爲德宗而作德宗性剛暴好宴遊常幸魚藻池使宮人張水嬉綵服雕靡絲竹間發飲酒爲樂故以秦王追諂之琦按德宗未爲太子嘗封雍王矣雍州正秦地也故借秦王以爲稱其説近是而以爲追諂則非也德宗爲雍王時嘗以天下兵馬元帥平史朝義又以關內元

言是天人之為國色也

帥出鎮咸陽以禦吐蕃所謂騎虎遊八極劍光照空天自碧者此也自朱泚李懷光平亂後天下畧得安息所謂劫灰飛盡古今平者是也禍亂既平國家閑暇以暫與宮妃宴樂飲酒亦事之常長吉極意抒寫聊以紀一時之事未必有意譏誚其說之不當過于修張乃是長吉不能少加以理使然若句模字擬深文曲解以爲誹議之詞不惟失詩人之意而附會穿鑿章法段落俱無脉絡貫注于中不免以文害辭以辭害意矣

洛姝真珠

洛姝謂洛陽之美人真珠其名也

真珠小娘下青廓洛苑香風飛綽綽青廓猶言青天謂青而寥廓之處喻言其人若仙姬神女自天而降者爾雅綽綽緩也○青廓吳本作清廓曾本作青郭寒鬟斜釵玉燕光高樓唱月敲懸璫述異記漢武帝元鼎元年起招靈閣有神女留一玉釵與帝帝以賜趙婕妤至昭帝元鳳中宮人見此釵光瑩甚異共謀欲碎之明視釵匣惟見白燕直

疊柳言蹙損柳眉也

升天去故宮人作玉釵因名玉燕釵唱月者對月而唱也懸璫玉珮敲之以爲歌聲之節

蘭風桂露灑幽翠紅絃裊雲咽深思當風清露冷之際撫箏而彈以寄其幽怨之深思傳元伯益篇蘭風發芳氣張祜箏詩夜風生碧柱春水咽紅絃則紅絃乃箏之絃也以紅爲色彼時風尚若此裊雲謂其聲高低抑揚相續不絕之意

花袍白馬不歸來濃蛾疊柳香脣醉古歌行絲衣白馬不歸來雙成倚檻春心醉與此詩句意相似蓋念所歡之人不來故黛眉嚬蹙如柳葉之疊而不舒香脣緘默如沉醉之靜而不言也○濃蛾吳本姚仙期本作濃娥

金鵝屏風蜀山夢鸞裾鳳帶行烟重八驄籠晃臉差移日絲繁散曛羅洞望之久而所歡終不來于是倚屏風而臥冀如巫山神女尋襄王于睡夢之中乃嬌魂嬋重未得出遊忽焉天曉紅日已照紗窓矣金鵝屏風謂屏風之上繡作金鵝之形李廓長安少年行云玉雁排方帶金鵝立仗衣和凝宫詞窓閒初學繡金鵝觀二詩可以證蜀山即巫山也行烟

卽行雲行雨之謂重謂不能出門以覓所望之人八驄當作八窗鮑照詩四戸八綺窗晃日光也八窗之上已見日光而曉夢初覺睡臉才移但見日色透窗羅之細洞而入舒散如絲寫閨人夜中不寐曉來慵起之意吳本金鵝作金娥疑是屏風上所畫美人姚經三生謂八驄卽隙駒之謂皆非是〇鸞裙姚經三本作鸞裙

市南曲陌無秋涼，楚腰衛鬢四時芳。玉喉窱窱排空光，夾雲曳雪留陸郎。

市南曲陌皆妓女所居之地無秋涼言無蕭條冷靜之景韓非子楚靈王好細腰而國中多餓人太平御覽史記曰衛皇后字子夫與武帝侍衣得幸頭解見其髮鬢悅之因立爲后今本史記無鬢字鮑照詩鬢奪衛女迅吳正子註窱窱歌聲宛轉之妙排空光猶響遏行雲之意牽雲曳雪謂攬其衣裳而留之也樂府明下童曲陸郎乘斑騅市南曲陌之家冶容艷態歌聲徹天能使陸郎留戀何其歡好以反襯真珠之寂寞不樂

李夫人

紫皇宮殿重重開夫人飛入瓊瑤臺綠香繡帳何時歇青雲無光宮水咽夫人仙去之後帳中香氣尚未歇息而雲亦為之無光水亦為之悲咽景物如此人可知矣翩聯桂花墜秋月孤鸞驚啼商絲發桂花墜秋月喻言夫人之薨在秋月也孤鸞驚啼喻言帝之悲痛商絲發謂撫絃而寫意其聲合乎商也商聲為秋聲為金行之音五音之中惟商聲最悲○翩聯姚仙期本作翩翩文苑英華驚啼作曉啼商絲作商絃紅壁闌珊懸佩璫歌臺小妓遙相望玉蟾滴水雞人唱露華蘭葉參差光上二句言日中之景况下二句言夜中之景况總見夫人薨逝宮中所聞所見無一不動淒涼之態楚辭招魂紅壁沙板元玉梁些佩璫所佩之玉璫也此句即潘岳悼亡詩遺挂猶在壁之意歌臺小妓遙相望借用銅雀臺事詳見後三卷註玉蟾滴水刻漏之水雞人報曉之吏俱見前註沈約詩蘭葉參差桃半紅○按此詩必是當時有寵幸宮嬪亡沒帝思念而悲

瑩 一作逕又作瑩
曉 集作鸞
弦 集作絲
紅 英華作空

辭鄉劍言紓飛意也
持照人則佛氏所謂慧劍也文祀趙良田反駁之謂照內視之謂明持照身謂佩而不用如此下第詩觀書謂辭鄉劍

之長吉將賦其事而借漢武帝之李夫人以爲題也觀詩中並不用漢書李夫人傳中一事可見與秦王飲酒一章指意相同因話錄一謂李賀能爲新樂府豈不信夫○紅壁文苑作空壁一作紅壁小妓一作小栢

走馬引

古今註走馬引樗里牧恭所作也爲父報怨殺人而亡藏于山谷之下有天馬夜降圍其室而鳴夜覺聞其聲以爲吏追乃奔而亡去明旦視之馬跡也乃惕然大悟曰豈吾所居之處將危乎遂荷衣糧而去入于沂澤援琴鼓之爲天馬之聲號曰走馬引

我有辭鄉劍玉鋒堪截雲襄陽走馬客意氣自生春朝嫌劍花淨暮嫌劍光冷能持劍向人不解持照身

玉鋒言劍鋒之色白淨如玉也截雲即莊子說劍篇上決浮雲之意寶劍者君子衛身之器不得已而後用之乃豪俠之子專以報怨殺人爲事當其閑置而無所用朝暮嫌恨不得一試其技使劍鋒冷淨潔爲

可惜殊不知持劍而向人正所以照顧已身而不使髮膚身體之受傷也若但能持劍向人而殺之不解持之以照顧自身誤矣語意深切特爲襄陽走馬客痛下一鍼○截雲吳本作裁雲襄陽一作長安客一作使不解持照身一作解持照身影

湘妃

筠竹千年老不死長伴秦娥蓋湘水博物志堯之二女舜之二妃曰湘夫人舜崩二妃啼以涙揮竹竹盡斑言自二妃揮涙之後始有此種斑竹迄今數千年之久其種相傳不絕長伴二妃之靈蓋映湘水之地說文筠竹皮也方言秦晉之間美貌謂之娥此以筠竹稱斑竹秦娥稱二妃殊不可解或字之譌也一本註秦娥下云一作神娥又見廣西通誌載此詩筠竹作斑竹秦娥作英娥下文蠻娘作蠻風似覺順遂但不知本于何書未敢從也蠻娘吟弄滿寒空九山靜綠涙花紅山海經南方蒼梧之邱蒼梧之淵其中有九疑山舜之所葬在長沙零陵

烟梧蒼梧也

界中郭璞註山今在零陵營道縣南其山九峰皆相似故曰九疑古者總名其地爲蒼梧也此言舜葬之地惟有蠻女謳吟聲徧山谷九峰靜綠中有紅離鸞花點綴若爲淚血所染者然敘出兩地睽隔意

別鳳烟梧中巫雲蜀雨遥相通舜葬蒼梧二妃死湘水故言離鸞別鳳烟雲也烟梧謂蒼梧之雲氣也神靈各在一方雖相去不遠僅可因雲雨之往來遥相通達而已終不能常會合雲雨而曰巫雲蜀雨者借巫山神女之說所謂朝爲行雲暮爲行雨者以見神道變化之不測讀者勿以辭害意

幽愁秋氣上青楓涼夜波間吟古龍妃思舜而不得常見故常秋氣至而草木變衰涼夜永而蛟龍吟嘯所見所聞皆足以增隱憂而動深思此詩措辭用意咸本楚騷○青楓姚仙期本作清峰誤

南園十三首

花枝草蔓眼中開小白長紅越女腮可憐日暮嫣香

落嫁與春風不用媒 眼中方見花開瞬息日暮旋見其落以見容華易謝之意梁昭明太子十二月啟蓮花泛水艷如越女之腮

其二

宮北田塍曉氣酣，黃桑飲露窣宮簾。長腰健婦偷攀折，將餧吳王八繭蠶。 宮北謂福昌宮之北詳見後三卷註塍田畔界也酣爽也黃桑桑葉初生淡黃色久則青矣窣蘇骨切音與速同謂桑葉觸簾作窣窣聲唐元宗路逢寒食詩灞岸垂楊窣地新亦是此意左思吳都賦鄉貢八蠶之綿李善註劉欣交州記曰一歲八蠶繭出日南齊民要術俞益期箋曰日南蠶八熟繭軟而薄永嘉記曰永嘉有八輩蠶蚖珍蠶三月績柘蠶四月初績蚖蠶四月末績愛珍蠶五月績愛蠶六月末績寒珍七月末績四出蠶九月初績寒蠶十月績野客叢書按廣記日南一歲八蠶以其地暖故耳而海物異名記乃謂八蠶共作一繭與前說異

宋本因國字以金本較

其三

竹裏繰絲挑網車青蟬獨噪日光斜桃膠迎夏香琥珀自課越傭能種瓜

藝文類聚蟪蛄青蟬也通志畧蟬五月以前鳴者似蠅而差大青色或有紅者夜在草上日在木上聲小而清亮此則正謂之蜩桃膠桃樹之脂夏月流溢蒸節間凝結成塊微似琥珀越傭越人而爲傭者○光斜姚經三本作將斜香曾本作新越傭曾本二姚本俱作越儂

其四

三十未有二十餘白日長飢小甲蔬橋頭長老相哀念因遺戎韜一卷書

庾信哀江南賦侍戎韜于武帳戎韜即太公六韜書也橋頭長老哀其以少年而受飢困故以兵書遺之勸其以從軍奮跡此首疑咏一時實事與張子房遊下邳圯上遇老人授太公兵法正絕相類連下三首讀之皆是左文事右武功其意可見恭當元和年中頻歲征討

吳鉤宋本作橫刀

一時文士受藩鎮辟名効力行間致身通顯者往往有之宜長吉之心馳而神王也讀者不會其故祇以用史漢故事觀之意味索然有如嚼蠟

○未有一作未滿因遺吳本作因遺

其五

男兒何不帶吳鉤收取關山五十州請君暫上凌烟閣若箇書生萬戶侯

鮑照詩錦帶佩吳鉤李周翰註吳鉤鉤類頭少曲夢溪筆談吳鉤刀名也办彎今南蠻用之謂之葛黨刀通鑑元和七年李絳曰今法令所不能制者河南北五十餘州長吉所謂關山五十州者正指當時藩鎮所據之五十餘州也大唐新語貞觀十七年太宗圖畫太原倡義及秦府功臣趙公長孫無忌河間王孝恭蔡公杜如晦鄭公魏徵梁公房元齡申公高士廉鄂公尉遲敬德鄖公張亮陳公侯君集盧公程知節永興公虞世南渝公劉政會莒公唐儉英公李勣胡公秦叔寶等二十四人于凌烟閣太宗親爲之贊褚遂良題閣閻立本畫觀凌烟閣上之像未有以書生而封侯者

不得不棄筆墨而帶吳鉤矣○吳鉤一作横刀

其六

尋章摘句老雕蟲曉月當簾挂玉弓不見年年遼海上文章何處哭秋風

裴松之三國志註吳書曰不效書生尋章摘句而已法言或問吾子少而好賦曰然童子雕蟲篆刻壯夫不爲也玉弓謂下弦後殘月之狀有似弓形遼海遼東也遼東之地延袤千有餘里其南皆臨渤海故曰遼海水經註秦始皇二十四年起自臨洮東暨遼海西並陰山築長城夫書生之輩尋章摘句無間朝暮當曉月入簾之候猶用力不歇可謂勤矣無奈邊塲之上不尚文詞卽有才如宋玉能賦悲秋亦何處用之念及此能無動投筆之思而馳逐于鞍馬之間耶哭秋風卽悲秋之謂

其七

長卿牢落悲空舍曼倩詼諧取自容見買若耶溪水劍明朝歸去事猿公陸機文賦心牢落而無偶李善註牢落猶遼落也呂向註牢落心失次貌漢書司馬相如字長卿家徒四壁立顏師古曰但有四壁更無資產夏侯湛東方朔畫贊大夫諱朔字曼倩平原厭次人也以爲傲世不可以垂訓也故正諫以明節明節不可以久安也故詼諧以取容太平寰宇記若耶溪在越州會稽縣東南二十八里越絕書云薛燭對越王曰若耶之溪涸而出銅也古歐冶子鑄劍之所吳越春秋越有處女出于南林越王聘之處女北行見于王道逢一翁自稱袁公問處女聞子善劍願一見之女曰妾不敢有所隱唯公試之于是袁公卽杖箖箊竹竹枝上頡橋末墮地女卽接末袁公則飛上樹爲白猿言能文之士如司馬長卿東方曼倩猶不能得志于時况其次者乎學書何益不如去而學劍也○猿公一作猶翁

其八

春水初生乳燕飛黃蜂小尾撲花歸窗含遠色通書幌魚擁香鉤近石磯

幌黃上聲帷幔也香鉤猶香餌石磯近水石崖姚經三本作釣磯

其九

泉沙耎臥鴛鴦暖曲岸迴篙舴艋遲瀉酒木蘭椒葉蓋病容扶起種菱絲

廣韻舴艋小船也音窄猛爾雅翼木蘭葉似長生冬夏榮常以冬華其實如小柿甘美一名林蘭一名杜蘭皮似桂而香瀉酒木蘭椒葉蓋謂取木蘭香椒二樹之葉蓋酒上以取香氣菱之初生根在水底葉則叢生浮于水面其莖甚長蕩漾水中如線久則莖斷而葉下白生根矣所謂菱絲者蓋謂其莖也○木蘭吳本止文作木欄註云當作木蘭今諸本皆作木蘭矣

其十

邊讓今朝憶蔡邕無心裁曲臥春風舍南有竹堪書字老去溪頭作釣翁

後漢書邊讓少辨博能屬文議郎蔡邕深敬之以爲讓宜處高位乃薦于何進長吉葢以邊讓自喻而私憶當有如蔡邕之人敬而薦之者奈未有其人雖嘔心苦思作樂府諸曲亦有何人賞識是以無心裁作而臥于春風之中舍南有竹所取作簡儘堪書寫以耗壯心卽至年老垂釣溪邊以消永日葢有不遇知已詩文俱可不作之想此必在未逢昌黎諸公以前所作吳正子謂是感憶韓公皇甫之相知假邊蔡以爲諭在首二句則是矣于末二句全不貫絡○吳本云邊讓諸本作邊壤非書姚經三本作題

其十一

長巒谷口倚稽家白晝千峰老翠華自履藤鞋收石蜜手牽苔絮長蓴花

郭璞爾雅註山形長狹者荆州謂之巒稽家疑是南園外之鄰

末二句即指其山間所事之業也長吉見其居處在衆山圍繞之中已得勝地而其所課之事皆有淸謐之趣不覺有慕于中而見之吟諷舊註皆以長吉自言其情恐不然也老翠華蒼山色蒼老之意本草陶弘景曰石蜜即崖蜜也在高山巖石間作之色青味小酸其蜂黑色似虻陳藏器曰崖蜜出南方崖嶺間房懸崖上或土窟中人不可到但以長竿刺令蜜出以物承取多者至三四石味醶色綠杏絮水中青苔初生如亂髮積久日厚狀如胎絮水草爲其罩網多抑而不生故牽去之令蒓花得長韻會蒓水葵也今文通作蓴本草蓴葉似凫葵浮在水上采莖堪啖花黃白色子紫色三月至八月莖細如釵股黃赤色短長隨水深淺名爲絲蓴味甜體軟九月十月漸粗硬十一月萌在泥中粗短名瑰蓴味苦體澀○干蜂姚經三本作千年

其十二

松溪黑水新龍卵桂洞生硝舊馬牙誰遣虞卿裁道

史記稱虞卿游說之士也躡蹻

帔輕綃一疋染朝霞擔簦說趙孝成王爲趙上卿後

以魏齊之故不重萬戶卿相之印與魏齊間行去趙

困于梁著書八篇以議刺國家得失世傳之曰虞氏

春秋與長吉生平無一相似無庸取以自比且與全

首文意亦了不相干何以忽入此古人姓名意者昌

谷中人有潛光隱耀道服而幽居者與長吉往來交

好其人虞姓故以虞卿比之如稱賈至爲賈生孟浩

然爲孟夫子唐人詩中類多有之松溪桂洞郎其所

居之地龍亦卵生有水深而色沉黑者必有龍潛焉

松溪之中或者傳曰龍居之故云又山澗中所產蜥

蜴土人徃徃稱之曰龍龍卵或是蜥蜴之卵亦未可

知本草朴硝生于鹽鹵之地狀似末鹽煎煉入盆凝

結在下粗朴者爲朴消在上有芒者爲芒消有牙者

爲馬牙消志曰英消者其狀如白石英作四五稜瑩

徹可愛亦出于朴消其煎煉自別有法亦呼爲馬牙

消雲笈七籤馬牙硝是陰極之精形若凝石生于蜀

川其功亦能制伏陽精消化火石之氣大馬牙硝乃

煎煉而成非生成者也此云生硝舊馬牙者豈桂洞

之硝特異他處不假人力而具馬牙之狀抑吉此硝

可以煮製而成馬牙之賈與道帔道服顏師古漢書註輕綃今之輕紗也隋書南蠻傳林邑王衣朝霞布真臘國王着朝霞古貝唐書嶺南道武曲郡貢朝霞布朝霞謂其色紅黃如朝霞者○誰遣一作誰爲一作誰遣裁道帔姚經三本作藏道帔一匹會本二姚本俱作一幅

其十三

小樹開朝徑長茸濕夜烟柳花驚雪浦麥雨漲溪田

古刹踈鐘度遥嵐破月懸沙頭敲石火燒竹照漁船韻會茸草生貌刹僧寺也嵐山氣也破月月之不圓者

李長吉歌詩卷一　詩

唐人詩集中亦多自稱字者

李長吉歌詩卷之二

錢塘　王琦琢崖彙解

復曾宗武較

金銅仙人辭漢歌 并序

魏明帝青龍元年八月，詔宮官牽車西取漢孝武捧露盤仙人，欲立置前殿。宮官既拆盤，仙人臨載，乃潸然淚下。唐諸王孫李長吉遂作金銅仙人辭漢歌。

宋本無而字

野客叢書：緗素雜記載魏畧曰：明帝景初元年，徙長安諸鐘簴、駱駝、銅人、承露盤，盤折，銅人重不可致，留于灞壘。漢晉春秋曰：帝徙盤，盤折，聲聞數十里，金狄或泣，因留灞壘。而唐李賀金銅仙人辭漢歌序云：魏明帝青龍九年八月，詔宮官牽車而西取漢武捧露盤仙人，欲立置殿前。既拆

李長吉歌詩　卷之二　一

盤仙人臨載乃潸然淚下黃朝英謂明帝紀青龍五年三月改爲景初元年是歲徙長安銅人重不可致而賀以爲青龍九年八月大明帝則以青龍五年三月改爲景初元年至三年崩而無青龍九年明矣此皆朝英所云也僕謂賀所引青龍固失然據今本李賀集云青龍元年非九年也朝英誤認元年爲九年耳三輔黃圖神明臺武帝造上有承露盤有銅仙人舒掌捧銅盤玉杯以承雲表之露和玉屑服之以求仙道○曾本二姚本牽車之下少一西字捧露之下少一盤字前殿作殿前臨載作臨行下又少一乃字遂作作爲作

茂陵劉郎秋風客，夜聞馬嘶曉無跡。畫欄桂樹懸秋香，三十六宮土花碧。

元和郡縣志漢茂陵在京兆府興平縣東北十七里漢武帝陵也在槐里之茂鄉因以爲名秋風客謂其在世無幾雖享年久遠不過同爲秋風中之過客吳正子謂漢武嘗作秋風辭故云爾者非也然以古之帝王而渺稱之曰劉郎又曰秋風客亦是長吉欠理處夜聞馬

嘶曉無跡謂其魂魄之靈或于晦夜巡遊仗馬嘶鳴宛然如在至曉則隱匿不見矣何能令人畏服如生時耶張衡西京賦離宮別館三十六所章懷太子註三輔黃圖曰上林有建章承光等十一所宮平樂繭館二十五凡三十六所土花苔也武帝既沒國事又殊西京宮室日就荒蕪桂樹徒芳苔錢滿地淒涼之狀不堪在目

魏官牽車指千里東關酸風射眸子空將漢月出宮門憶君清淚如鉛水

繆襲屠柳城篇但聞悲風正酸說文眸目童子也漢之上宇已屬魏氏而月猶謂之漢月茲地上之物魏可攘奪而有之天之日月則不能攘奪而有也銅人在漢時朝夕見此月體今則天位潛移因革之間萬象爲之一變而月體始終不變仍似漢時故曰漢月將猶與也人行不分遠近舉頭輒見明月若與人相隨者然銅人既將移徙許都向時漢宮所見之物一別之後不復再見出宮門而得再見者惟此月矣

衰蘭送客咸陽道天若有情天亦老攜盤獨出月荒涼渭城已遠波聲小

本是銅人

秋風二字點章取暮情多之言秋字中再領起桂蘭

離却漢宮花木而去却以衰蘭送客爲詞蓋反言之又銅人本無知覺因遷徙而潸然淚下是無情者變爲有情況本有情者乎長吉以天若有情天亦老反襯出之則有情之物見銅仙下淚其情更何如耶至于既出宮門所携而俱往者惟盤而已所隨行而見者惟月而已因情緒之荒凉而月色亦覺爲之荒凉及乎離渭城漸遠則渭水波聲亦漸不聞一路情景更不堪言矣秦時建都之處謂之咸陽雍錄古語山南曰陽水北曰陽陽日也日出天東躔景斜射凡山之南而水之北厓皆先受照故山以南爲陽水以北爲陽秦之所都若槩舉其凡則在九嵕諸山之南渭水之北名爲咸陽其不爽矣漢改咸陽爲渭城縣此詩上言咸陽下言渭城似乎犯複而不拘者咸陽道指長安之道路而言渭城者指長安之地而言似複而實非複也○司馬溫公詩話李長吉歌天若有情天亦老奇絕無對曼卿對月如無恨月常圓人以爲勍敵琦語二語終有自然勉強之別未可同例而稱矣

古悠悠行

白景歸西山碧華上迢迢今古何處盡千歲隨風飄
海沙變成石魚沫吹秦橋空光遠流浪銅柱從年消
白景日也碧華夜雲之碧色者晝夜循環無有窮盡以千歲之久而達人觀之一如風飄之疾速海沙之細經歷多年長大成石秦王造橋之處又見群魚吹沫其間桑田滄海洵有之矣漢武所立銅柱原以爲長生之計今年遠代更銅柱亦銷滅不存夫以武帝之雄才大畧欲求長生于世間尚不可得况他人乎此詩蓋以諷也初學記三齊記曰青城山秦始皇登此山築城造石橋入海三十里漢書武帝作栢梁銅柱承露仙人掌之屬蓋在建章宮中高二十丈大七圍其下爲銅柱柱上有銅仙人舒掌捧銅盤盤中置玉柸以承雲表之露取露和玉屑服之以求長生至曹魏時爲明帝所毀舊註引神異經崑崙之山有銅柱焉其高入天所謂天柱也圍三千里周圍如削蓋言日月消磨天柱亦不能久也然神異經所謂天柱乃神異之蹟並不言其有從年消之事當以漢武帝之銅柱爲是○海沙曾本姚經三本作海波吳正子

日銅柱一作銅柱恐非從年消姚經三本作隨年消

黃頭郎 漢書鄧通以濯船爲黃頭郎顏師古註土勝水其色黃故刺船之郎皆著黃帽因號曰黃頭郎也

黃頭郎撈攏去不歸南浦芙蓉影愁紅獨自垂曾益註撈攏捉船貌南浦送別之地楚辭送美人兮南浦是也水弄湘娥珮竹啼山露月玉瑟調青門石雲溼黃葛聽水聲之玲瓏玩竹風之幽靜手撫絲桐目瞻雲樹皆佳境也乃懷人不見者處之反成愁境青門疑是曲名雲氣觸石而出依日在雲雲本潤氣故草木沾之而溼也○玉瑟吳本作玉琴沙上蘼蕪花秋風已先發好持掃羅薦香出鴛鴦熱本草別錄云芎藭葉名蘼蕪蘇頌曰四五月生葉似水芹胡荽輩作叢而莖細其葉倍香七八月開碎白花如蛇牀子花羅薦以羅爲薦席蓋今簟褥也鴛鴦熱香之爐爲鴛鴦形

者夫蘼蕪花發已及秋期知郎不久當歸于是拂拭羅幬而焚香薰護以待其來矣○好持一作好待鴛鴦一作鴛鸞一作薰籠

馬詩二十三首

龍脊貼連錢銀蹄白踏烟無人織錦韂誰為鑄金鞭

馬脊上有文點如連錢其四蹄白色如踏烟而行烟即雲也韂音與韂同馬之鞍韂即障泥也沈約詩長安美少年驄馬鐵連錢陳王裝腦勒晉后鑄金鞭此首言良馬而未為人所識者也○錦韂姚經三本作錦韉

其二

臘月草根甜天街雪似鹽未知口硬軟先擬蒺藜啣

草至臘月苗葉枯槁惟有根在亦覺味甜可餐又為雪所覆没儻于雪中掏摸而食適遇蒺藜反受刺傷

之害然為飢困所迫不自顧其口之硬軟而先擬一嘲嚀蒺蔾之想此首蓄為困餓而不能擇食者悲歎奇情苦思須溪所謂賦馬多矣此獨取不經人道者知言哉世說謝太傅寒雪日內集與兒女講論文義俄而雪驟公欣然曰白雪紛紛何所似兄子胡兒曰撒鹽空中差可擬郭璞爾雅註蒺蔾布地蔓生細葉子有三角刺人○木知姚經三本作不知

其三

忽憶周天子，驅車上玉山。鳴騶辭鳳苑，赤驥最承恩。

山海經玉山是西王母所居也郭璞註此山多玉石因以名云穆天子傳謂之群玉之山孔稚圭北山移文鳴騶入谷韻會騶車馬馳也禮記車騶前騶苛子騶中部護則所謂鳴騶者乃車馬馳走之聲喚穆天了傳天子之駿赤驥盜驪白義踰輪山子渠黄騑騮騄耳天子北征東還乃循黑水至于俾玉之山阿平無險四徹中繩先王之所謂策府寡草木而無鳥獸天子于是取玉三乘玉器服物于是載玉萬隻天子

四月休群玉之山夫八駿之德力本自齊等而赤驥乃最承恩恭以居八馬之首也人之才德相等其中一人承恩尤渥亦必有故矣以馬喻人在當時必有所指非漫然而賦者○鳳苑姚經三本作漢苑

其四

此馬非凡馬房星本是星向前敲瘦骨猶自帶銅聲

瑞應圖馬爲房星之精杜子美詩胡馬大宛名鋒稜瘦骨成如馬也駿者多瘦而不甚肥銅聲謂馬骨堅勁有如銅鐵故其聲亦帶銅聲也○吳本云下星字當作精

其五

大漠沙如雪燕山月似鉤何當金絡腦快走踏清秋

班固燕然山銘經鹵磧絕大漠李周翰註大漠沙漠也梁元帝元覽賦看白沙而似雪梁簡文帝烏棲曲浮雲似帳月如鉤鮑照詩驄馬金絡頭

其六

飢卧骨查牙，麤毛刺破花。鬣焦朱色落，髮斷鋸長麻。

查牙骨露貌花即杜詩五花散作雲滿身之花蓋馬編之毛色錯雜鬭作花文也山海經犬戎國有文馬身朱鬣朱鬣二字本此顏延年赭白馬賦垂稍植髮李善註髮額上毛也蓋馬之長毛在領上者謂之鬣在額上者謂之髮微有不同不可誚其重複鬣焦者因朱色之退而見其為焦髮斷者因長麻為絡頭粗惡不堪髮遭其磨落若鋸而斷之者喙馬至此蓋其困頓摧挫極不堪言者矣

鋸字未詳

其七

西母酒將闌，東王飯已乾。君王若燕去，誰為拽車轅。

太平廣記金母者西王母也木公者東王公也此二元尊乃陰陽之父母天地之本源化生萬靈育養群品木公為男仙之主金母為女仙之宗長生飛化之士昇天之初先覲金母後謁木公然後昇三清朝太

上矣燕郎宴字也古通用昔周穆王得八駿之馬馳驅萬里遂賓于西王母觴于瑤池之上今既無此馬君王郎欲赴燕而去誰爲挽車而往乎此詩葢爲時君求慕神仙而爲方士所欺微言以諷之見其徒思無益

其八

赤兔無人用當須呂布騎吾聞果下馬羈策任蠻兒

後漢書呂布常御良馬號曰赤兔能馳城飛塹三國志濊出果下馬漢桓時獻之裴松之註果下馬高三尺乘之可于果樹下行故謂之果下馬桂海虞衡志果下馬土産小駟也以出德慶之瀧水者爲最高不踰三尺駿者有兩脊骨故又號雙脊馬健而善行此言奇雋之馬非猛健之人不能駕馭若其下乘則蠻兒亦能驅使以見逸材之士必不受凡庸之籠絡亦有然者

其九

飂叔去匆匆如今不豢龍夜來霜壓棧駿骨折西風

左傳昔有飂叔安有裔子曰董父實甚好龍能求其嗜欲以飲食之龍多歸之乃擾畜龍以服事帝舜帝賜之姓曰董氏曰豢龍杜預註飂古國也叔安其君名豢養也顏會棧棚也古者四靈以爲畜故龍亦可豢養今既無其人豢龍之術久已失傳乃養馬之法亦廢而不講徒使駿逸之才受風霜之困于槽櫪之間斯馬也何不幸而遇斯時也○飂音溜曾本二姚本俱作飀非

其十

催榜渡烏江神騅泣向風君王今解劍何處逐英雄

榜音謗楚詞章句榜船櫂也史記項王本紀項王駿馬名騅常騎之項王直夜潰圍南出馳走至東城烏江亭長檥船待謂項王曰江東雖小地方千里衆數十萬人亦足王也願大王急渡項王曰天之亡我我何渡爲且我與江東子弟八千人渡江而西今無一人還縱江東父老憐而王我我何面目見之乃謂亭

唐學士例賜飛龍廐馬作官字為是

長曰吾知公長者吾騎此馬五歲所當無敵常一日行千里不忍殺之以賜公乃自刎而死詩意言當日亭長既得項王之馬催榜渡江而去馬思故主臨風垂泣理所必有末二句代馬作悲酸之語無限深情英雄失主托足無門聞此清吟應當淚下解劍謂解去其劍而自刎也仍屬項王說或者以爲即櫜弓戢矢天下不復用兵意屬漢王說者非是○烏江一作江東君王一作吾王

其十一

內馬賜宮人銀韉刺麒麟午時鹽坂上蹭蹬溘風塵

以賜宮人者則裝飾如此以負重致遠者則蹭蹬如此即孟嘗君所謂後宮蹈綺穀而士不得短褐僕妾餘粱肉而士不厭糟糠者也韉馬鞍具也戰國策驥之齒至矣服鹽車而上太行蹄申膝折尾湛胕潰漉汁洒地白汗交流外坂遷延負轅而不能上山西通志虞坂在平陽府平陸縣東北七十里中條山伯樂逢驥驥困鹽車即此處今名青石槽鹽坂當是虞坂也蹭蹬困頓也溘依也○麒麟異本作騏驎

官字午字箋本

宋本官人午時

其十二

批竹初攢耳桃花未上身他時須攬陣牽去借將軍

齊民要術馬耳欲得小而促狀如斬竹筒杜詩所謂竹批雙耳駿者是也桃花謂馬毛色之美者爾雅黃白雜毛駓郭璞註今之桃花馬此言駒之未成者骨相雖美毛色未齊已知其他日有攬陣之雄健借字煞有深意蓋不忍没其材而不見之于一試又不欲其去已而竟屬他人以見憐惜之真至

其十三

寶玦誰家子長聞俠骨香堆金買駿骨將送楚襄王

寶玦玉玦也其狀如環而缺張華遊俠曲死聞俠骨香駿骨謂馬之骨相奇駿者舊註引戰國策涓人以五百金買千里馬骨事恐未當詩言珮玦者未知誰氏之子素聞其豪俠之名必有知人知物之鑒乃堆金市駿而送之楚襄王夫襄王者未聞有好馬之癖雖有駿骨安所用之以此相送毋乃暗于所投乎奚

正子疑楚襄王爲誤者非也不送之于楚襄而送之于愛馬之君如秦穆楚莊之流則馬得所遇矣非此詩本旨

其十四

香襆赭羅新，盤龍蹙鐙鱗。迴看南陌上，誰道不逢春。

襆即幞字，音與伏同，用以覆鞍韉上，人將騎則去之，又謂之帕。杜甫詩：銀鞍却覆香羅帕。赭羅，羅之赤色者。

此所謂遇馬也

其十五

不從桓公獵，何能伏虎威。一朝溝隴出，看取拂雲飛。

管子：桓公乘馬，虎望見之而伏。桓公問管仲曰：今者寡人乘馬，虎望見寡人而不敢行，其故何也？管仲對曰：意者君乘駁馬而洀桓，迎日而馳乎？公曰：然。管仲曰：此駁象也，駁食虎豹，故虎疑焉。溝隴謂溪澗山岡之地拂雲飛言其驄騾之疾如雲之飛騰杜工部所謂走過掣電傾城知李供奉所謂神行電邁躡恍惚亦是此喻詩意謂豪傑之士伏處草野不得君上之委任雖智勇絶人雄畧蓋世人孰能知一旦出畝畝之中得尺寸之柄樹功立業自致于青雲之上然後爲人所仰瞻耳

其十六

唐劍斬隋公卷毛屬太宗莫嫌金甲重且去捉飄風

長安志太宗所乘六駿石像在昭陵後卷毛騧平劉黑闥時所乘有石真容自拔箭處贊曰月精按轡天驅橫行弧矢載戢氛埃廓清有中九箭處玩詩意卷毛騧必隋之公侯所乘者其人旣爲唐所殺其馬遂爲太宗所得雖事逸無考而詩語甚明舊解過于幽曲未是莫嫌謂旁觀者而言莫嫌此馬金甲在體而艱于行走且見其去逐飄風而輕捷如故也說文飄風回風也蓋風之回旋至疾速者捉飄風卽追風之意○飄風與本作飃風

其十七

白鐵剉青禾碪間落細莎世人憐小頸金埒畏長牙

白鐵剉草之刀碪剉草之石飼馬不以青草而以青禾又剉之極細如莎然見飼法之不同爾雅小領盜驪刑昺註領頸也盜驪駿馬名也駿馬小頸名曰盜驪云世說王武子移第北邙山下于時人多地貴濟好馬射買地作埒編錢匝地竟埒時人號曰金埒韻會埒說文庳垣也徐曰晉王濟馬埒謂于外作短垣繞之也音與步同齊民要術相馬之法上齒欲鉤鉤則壽下齒欲鋸鋸則怒牙欲去齒一寸則四百里牙劍峰則千里琦按長牙者齧謂馬之鋸牙善嚙者也逸群之馬多不伏羈絡生人近之徙徙踶嚙然乘之銜鋒突陣多有奇功若王孫公子分馳角壯于金埒之間只取觀美而已小頸細馬競加憐愛其長牙善嚙者雖有權奇倜儻之才亦畏而不取彼豪傑之士以材大而不爲人所用小材者悉心委使而得厚賁焉亦何以異于此馬歟○碪間曾本姚經三本作碪闇

長才只是說馬老

其十八

伯樂向前看旋毛在腹間祇今掊白草何日驀青山

郭璞爾雅註伯樂相馬法旋毛在腹下如乳者千里馬也顔師古漢書註白草似莠而細無芒其乾熟時正白色牛馬所嗜也掊減也驀越也馬之旋毛生于腹間人未之見以常馬視之伯樂視之乃知其爲千里馬然芻秣不足則馬之筋力亦不充今乃克減其草料每食不飽得知何日養成氣力可以驅騁山岡而展其驥足乎後二句當作伯樂口中嘆息之語方得

其十九

蕭寺馱經馬元從竺國來空知有善相不解走章臺

釋氏要覽今多稱僧居爲蕭寺者是則梁武造寺以姓爲題也魏書釋老志後漢孝明帝夜夢金人頂有白光飛行殿庭乃訪群臣傅毅始以佛對帝遣郎中蔡愔博士弟子秦景等使于天竺寫浮屠遺範得佛

二十二十一兩首宋本次第如此別本前首在後

經四十二章及釋迦立像惜之還也以白馬負經而至漢因立白馬寺于洛城雍門西漢書張敞無威儀時罷朝會過走馬章臺街使御史驅自以便面拊馬孟康註章臺街在長安中此詩似爲番僧之才俊者而作○元姚經三本作原

其二十

重圍如燕尾寶劍似魚腸欲求千里脚先采眼中光

首卷貴公子夜闌曲云腰圍白玉冷蓋指腰帶而言此云重圍似亦謂雙屛腰帶如燕尾謂帶之餘者雙垂而下如燕尾也會註燕尾猶言雙翼分兩股而圍之似言將士被困狀恐未是吳越春秋吳王得越所獻寶劍三枚一曰魚腸高誘淮南子註魚腸文理屈辟若魚腸者良劍也二句先言北夫束帶挂劍將有遠行之狀以起下文求千里脚之意鄘炎詩舒吾陵霄翼奮此千里足李善文選註相馬經曰目成人者行千里註云成人者視瞳子中人頭足皆見齊民要術馬目欲大而光目中五采盡具五百里壽九十年

良多赤血氣也駑多青肝氣也走多黃膠氣也材智多白骨氣也材多黑腎氣也駑

其二十一

暫繫騰黃馬仙人上綵樓須鞭玉勒吏何事謫高州

宋書騰黃神馬也其色黃王者德御四方則出廣信華林園馬射賦控玉勒而搖星跨金鞍而動月玉勒吏謂控玉勒之人郎馭馬吏也高州唐時又謂之高凉郡屬嶺南道在西京南六千二百六十二里地有瘴癘謫官者多居之此詩必是當時有正直之臣見忤時宰而謫逐于高州者長吉痛之借馬以爲喻也夫騰黃之馬不易得之馬也今暫繫而不用因仙人在綵樓之上無所事于乘騎之故乃玉勒之吏不思豢畜于平時以備馳驅之用而反棄之遠方瘴癘之地紲縶至矣僅以一鞭罪斷結猶是輕典

其二十三

隨鸞似指駕鼓車事故下二句意不屬也

汗血到王家隨鸞撼玉珂少君騎海上人見是青騾

漢書大宛國多善馬馬汗血言其先天馬子也鸞與
鑾字義同謂王者所乘之車初學記服虔通俗文曰
凡勒飾曰珂張華詩文軒樹羽蓋乘馬鳴玉珂玉珂
者以玉飾馬勒之上振動則有聲故有搣玉珂鳴玉
珂之語太平御覽神仙別傳曰李少君死後百餘日
人有見少君在河東蒲坂乘青騾帝聞之發其棺無
所有此詩蓋爲有奇軼之材而隱居爲黃冠者言也
汗血之馬到王者之家隨鸞車之後體飾華美豈非
榮遇若隨少君于海上人不過以凡畜視
之孰知爲千里之駿而刮目以觀者哉

其二十三

武帝愛神仙燒金得紫烟廄中皆肉馬不解上青天

漢武帝好神仙之事使方士鍊丹砂爲黃金不就又
好西域汗血馬使貳師將軍伐大宛取其善馬數十
西中馬以下牝牡三千餘匹長吉謂其燒鍊則黃金
化爲紫烟終不成就所獲之馬又皆凡馬不可乘之
以上青天所求皆是無益之事此首似爲憲宗好神
仙信方士之說而作○馬詩二十三首俱是借題抒

意或美或譏或悲或惜大抵于當時所聞見之中各
有所比言馬也而意初不在馬矣又每首之中皆有
不經人道語人皆以賀詩爲怪獨朱子以賀
詩爲巧讀此數章知朱子論詩真有卓見

申胡子觱篥歌 并序

申胡子朔客之蒼頭也朔客李氏亦世家子得祀
江夏王廟當年踐履失序遂奉官北郡自稱學長
調短調久未知名今年四月吾與對舍于長安崇
義里遂將衣質酒命予合飲氣熱杯闌因謂吾曰
李長吉爾徒能長調不能作五字歌詩直強迴筆
端與陶謝詩勢相遠幾里吾對後請撰申胡子觱
篥歌以五字斷句歌成左右人合譟相唱朔客大

喜蘖觴起立命花娘出幕徘徊拜客吾問所宜稱善平弄於是以弊辭配聲與予爲壽杜氏通典篳篥本名悲栗出于胡中其聲悲文獻通考觱篥一名悲栗一名笳管羌胡龜兹之樂也以竹爲管以蘆爲首狀類胡笳而九竅所法者角音而甚悲栗胡人吹之以驚中國馬焉後世樂家者流以其旋宮轉器以應律管因譜其音爲衆器之首至今鼓吹教坊用之以爲頭管然其大者九竅以觱栗名之小者六竅以風管名之六竅者猶不失乎中聲而九竅者其先蓋與太平管同矣江夏王名道宗唐之疏屬也太宗時以戰功累封江夏郡王唐書有傳北部謂北匈奴所居之地其名始見于漢時匈奴既分爲兩遂稱近南之部落曰南部近北之部落曰北部朔客蓋爲北方邊地之將者故曰奉官北部又謂之朔客云長調謂七字句短調謂五字句漢書高祖本紀酒闌文穎曰闌言希也謂飲酒者半罷半在謂之闌○吳本李氏下多一本字北部作北郡

顏熱感君酒含嚼蘆中聲花娘篸綏妥休睡芙蓉屏顏熱因酒酣而面熱也含嚼脣含齒嚼而吹之惟蘆管爲然移加簫笛不得篸與簪同綏下垂之貌妥平妥也謂其簪下垂而安妥之貌休睡芙蓉屏謂感觱栗聲而聽之遂頓忘倦臥也誰截太平管刻點排空星百貫開花風天上驅雲行文獻通考太平管形如跋膝而九竅是黃鐘一均所異者頭如觱栗耳唐天寶中史盛所作按觱栗與太平管自是二器玩詩句知中朗子所吹者實是太平管而雅其名以目稱觱栗耳言誰爲此製者截竹爲管而鑽刻空竅于其上如星點然其器若無甚奇異乃吹之作聲其勁能貫乎風而音流四遠其高能入乎雲而響徹青冥如此此真蘆管之聲移贈簫笛便覺太猛烈矣古稱聲之妙者曰響過行雲此借其說而反之曰天上驅行雲更善點化今夕歲華落令人惜平生心事如波濤中坐時時驚在坐聞觱篥之聲不覺有感于中而惜光陰之虛逝江淹詩中坐溢朱組呂延濟註中

坐謂坐中也○不生曾本二姚本作年生朔客騎白馬劍弝懸蘭纓俊健如生猱肯拾蓬中螢弝當作杷劍之柄也蘭纓劍柄上所懸之纓猱獼猴也其性躁擾喜動不肯安歇晉書車胤家貧不常得油夏月則練囊盛數十螢火以照書梁簡文帝螢詩逢君拾光采不惓此身傾言朔客騎馬佩劍俊健如猱乃武夫俠客之流宜其于書格格不相介乃肯學古人拾螢火以照書可謂好學之人矣大朔客本武人而自稱能詩蒸有志自拔于儕輩之中而長吉因以古之好學者擬之此以麻姑指爪而搔中其背大癢時也宜其大喜擊杯離席且命愛妾出拜以盡興而極歡也與○肯拾曾本姚經三本作首拾

詩言似謂前王羅致賢人後王乃用之不當其才每以厭死者之心也觀杜鵑口血老夫淚之語可見

老夫採玉歌

採玉採玉須水碧琢作步搖徒好色老夫飢寒龍爲愁藍溪水氣無清白山海經耿山多水碧郭璞註亦水玉類琦謂水玉是今之水精

水碧是今之碧玉釋名步搖上有垂珠步則搖也瑯嬛記人謂步搖爲女髻非也蓋以銀絲宛轉屈曲作花枝插髻後隨步輒搖以增婣娜故曰步搖太平寰宇記藍田山在藍田縣西三十里一名玉山一名覆車山灞水之源出此三秦記有川方三十里其水北流出玉今藍田猶出碧玉世謂之藍田碧詩言玉產藍溪水中因採玉而致藍溪亦不能安靜不特役夫受飢寒之累卽水中之龍亦愁其騷擾至于溪水爲其翻攪有渾濁而無淸白矣

夜雨岡頭食蓁子杜鵑口血老夫淚藍溪之水厭生人身死千年恨溪水

岡頭夜雨則寒可知所食者惟榛子則飢可知吳正子云蓁當作榛按詩經正義榛字或作蓁蓁一木也則榛蓁故通用矣爾雅翼榛枝莖如木蓼葉如牛李色高丈餘子如小栗其核中悉如李生則胡桃味膏燭又美亦可食噉漁陽遼代上黨皆饒鄭註禮曰榛似栗而小關中鄜坊甚多然則其字從秦蓋此意也華陽風俗錄杜鵑大如鵲而羽烏聲哀而吻有血春至則鳴爾雅翼子巂出蜀中今所在有之其大如鵓以春分先鳴至夏尤甚日夜號

深林中口爲流血至章陸子熟乃止農家候之亦曰杜宇亦曰杜鵑亦曰周燕亦曰買鵑名異而實同也杜鵑口血老夫淚者乃倒裝句法謂老夫之淚如杜鵑口中之血耳厭生人者因採玉而溺死者甚衆故溪水亦若厭之身死千年恨溪水謂身死之後雖千祀之久其怨魄猶抱恨不釋夫不恨官吏而恨溪水微詞也

斜山栢風雨如嘯泉脚挂繩青裊裊村寒白屋念嬌嬰古臺石磴懸腸草

挂繩謂結繩于身懸挂而下以入溪採玉也漢書致白屋之意顔師古曰白屋謂白蓋之屋以茅覆之賤人所居王肅家語註白屋草屋也釋名人始生曰嬰兒胸前曰嬰抱之胸前乳養之也石磴石山之上可以登陟之道述異記懸腸草一名思子蔓南中呼爲離別草夫已之生死正未可必乃覩懸腸之草又動思子之情觸物興懷俱成苦境深可哀矣○按韋應物采玉行云官府徵白丁言采藍溪玉絕嶺夜無人深榛雨中宿獨婦餉糧還哀哀舍南哭與此詩正相發明

傷心行

咽咽學楚吟病骨傷幽素秋姿白髮生木葉啼風雨
燈青蘭膏歇落照飛娥舞古壁生凝塵羈魂夢中語

學楚吟學楚詞哀怨之吟木葉啼風雨謂木葉與風雨相攪其聲一如啼嘯燈青蘭膏歇燈久膏將盡則其燄低暗作青色落照飛蛾舞燈花謝落因飛蛾舞觸所致羈魂羈客之魂迺首皆言羈旅無聊之況楚辭蘭膏明燭華容錯些王逸註蘭膏以蘭香煉膏也飛娥舊本姚經三本作飛蛾是也古今註飛蛾善拂火一名火花一名慕光

湖中曲

長眉越沙採蘭若桂葉水葓春漠漠橫船醉眠白晝
閑渡口梅風歌扇薄

長眉已見前註蘭若謂幽蘭杜若皆香草顏延年詩芬馥歇蘭

蕖字从金本
宋本渠

若水葓一作水葒葒葓二字通用爾雅蘢紅草也一名馬蓼葉大而赤白色生水澤中高丈餘今人酒謂之水紅草而爾雅又謂之蘢古漠漠言其彌漫多生之貌太平御覽五月有落梅風嶺南錄梅雨後風曰梅風然上文既有春字此句又及夏景必有一誤庾信詩綠珠歌扇薄飛燕舞衫長吳正子曰婦人以扇自障而歌曰歌扇詩言長眉之女行越沙渚而採芳草乃芳草不見惟見桂葉水葓漠漠其閒于是醉眠橫船之內消此閑晝微揺歌扇于渡口梅風之中此句正描出上文閑字之意○橫船會本二姚本俱作橫

倚燕釵玉股照青渠越王嬌郎小字書蜀紙封巾報雲鬟晚漏壺中水淋盡燕釵釵上作燕子形玉股釵腳以玉爲之者青渠當作清渠謂水渠之清淺者張華詩蘭蕙緣清渠繁華蔭綠渚沈約麗人賦沾粧委露理鬢清渠上文言臨風揺扇此句言照水整粧皆極狀閑字之意越王嬌郎喻王孫貴公子一流水經註南越王遣太子名始降服安陽王稱臣事之安陽王有女名居珠見始端正與始交通所謂越王嬌郎者疑用此事廣博物志

陸倕有謝安成王賜西蜀牋紙一萬幅國史補紙則有蜀之麻面屑末滑石金花長麻魚子十色箋知蜀中箋紙自古見稱沈約詩云鬢垂寶花詩言湖中女子正在閑處無聊之時忽有貴介公子以小字書之于巾而以蜀紙封之以報佳人約其晚漏盡時與相期會○玉股一作玉服嬌郎一作嬌娘壺中一作銅壺

黃家洞

通鑑元和十一年十一月壬戌朔容管奏黃洞蠻爲寇乙丑邕管奏擊黃洞蠻却之復寶辯等州十二月已未容管奏黃洞蠻屠巖州胡三省曰黃洞蠻即西原蠻其屬黃氏者謂之黃洞蠻唐書西原蠻居廣容之南邕桂之西有寗氏者相承爲豪又有黃氏居黃橙洞其隷也其地西接南詔貞元十年黃洞首領黃少卿者攻邕管圍經畧使孫公器請發嶺南兵窮討之德宗不許命中人招諭不從俄陷欽橫潯貴四州少卿子昌沔趫勇前後陷十三州氣益振乃以唐州刺史陽旻爲容管招討經畧使引師掩賊一日六七戰皆破之侵地悉復元和

初邕州擒其别帥黄承慶明年少卿等歸欵拜又歸順州刺史弟少高爲有州刺史未幾復叛又有黄少度黄昌瓘二部陷賓巒二州據之十一年交欽横二州邕管經畧使韋悅破走之取賓巒二州是歳復屠巖州桂管經畧使裴行立輕其軍弱首請發兵盡誅叛者徼幸有功憲宗許之行立兵出擊彌更二歳妄奏斬獲二萬罔天子爲解自是邕容兩道殺傷疾疫死者十八以上調費闕亡繇行立陽旻二人當時莫不咎之又韓昌黎有元和十五年上黄家賊事宜狀臣去年貶嶺外刺史其州雖與黄家賊不相鄰接然見往來過客并諳知嶺外事人所説其賊並是夷獠亦無城郭可居依山傍險自稱洞主衣服言語都不似人尋常亦各營生急則屯聚相保比緣邕管經畧使多不得人德既不能綏懷威又不能臨制侵欺虜縛以致怨恨蠻夷之性易動難安遂至攻劫州縣侵暴平人或復私仇或貪小利或聚或散終亦不能爲事云云讀此見黄家賊之横有與長吉詩相發明者故摘録焉

雀步蹙沙聲促促四尺角弓青石鏃黑幡三點銅鼓鳴高作猿啼搖箭箙雀步狀蠻人之行猶雀之躍蹙行沙上促促有聲後漢書邑婁國弓長四尺力如弩矢用楛長一尺八寸青石爲鏃引此以狀蠻人弓矢之異黑幡三點狀蠻人旗幟之異銅鼓鳴狀蠻人聚衆之異附書諸蠻並鑄銅爲大鼓初成懸于庭中置酒以招同類來者有豪富子女則以金銀爲大釵執以叩鼓叩竟乃留遺主人名爲銅鼓釵俗好相殺多搆讎怨欲相攻則鳴此鼓到者如雲有鼓者號爲都老群情推服杜氏通典銅鼓鑄銅爲之虛其一面覆而擊其上南夷扶南天竺類皆如此嶺南豪家亦有之大者廣丈餘上南志都蠻呼銅鼓曰諸葛鼓相傳以爲寶器鼓有斜蝕又聲響者爲上上者易牛千頭次者七八百頭通有等差藏至二三面者即得雄視一方僭稱王號每出劫擊鼓高山諸蠻頭刻雲集集則椎牛數十頭饗蠻乃出劫劫數勝益以鼓爲靈高作猿啼狀蠻人叫呼聲如猿嘯搖箭箙狀其動躍不靜之態鄭元周禮註箙盛矢器也以獸皮爲之綵布纏蹄幅半斜

言官軍逃瘴
毒自死于槎上耳

溪頭簇隊映葛花 吳正子曰踌腿也合作散讀如蔵聲言蠻人以綵色之布斜纏其脛在于溪頭簇立成隊與葛花相映葛草蔓延而生引長一二丈其葉有三尖如楓葉而長葛而青背淡七八月開花成穗纍纍相承紅紫色其皮治之作絲以爲絺綌○隊曾本二姚本作墜

山潭晚霧吟白鼉竹蛇飛蠹射金沙 二句狀洞中景物之異險不可入本草鼉今江湖極多形似守宮鮫鯉輩長一二丈背尾俱有鱗甲夜則鳴吼舟人畏之晉書孫亮初公安有白鼉鳴本草竹根蛇肘後方謂之青蝰蛇最毒喜緣竹木與竹同色飛蠹疑亦毒蟲名或是飛蟲之誤

閑驅竹馬綏歸家官軍自殺容州槎 蠻人恣掠而去閑驅竹馬緩緩歸家自來自往若在無人之境官軍不能追討只自殺容州槎而已竹馬恐是蠻中馬名如所稱果下馬之類或是蠻中運載之器若古所稱木牛流馬之類曾註謂覘首如并州小兒之騎竹馬者非也容州漢合浦縣地隋爲合浦郡之德流縣唐武德四年分置銅州貞觀元年改容州因州西容山而名屬嶺南道槎斜所木也言

官軍不敢殺賊但可自斬伐容州之樹木甚言其無用吳正子註謂官軍出戰不能得真蠻徒自殺容管之民樣或蠻稱民之辭

屏風曲

蜨棲石竹銀交關水凝綠鴨琉璃錢團迴六曲抱膏蘭將鬟鏡上擲金蟬沉香火暖茱萸烟酒觥綰帶新承懽月風吹露屏外寒城上烏啼楚女眠屏風上畫蝴蝶栖石竹之形而以銀作交關交關者蓋屏風兩扇相連屬處卽今之鉸鏈也又作鴨綠水波之文或以琉璃作錢文加其上蓋言屏風上之雕飾六曲十二扇也以十二扇疊作六曲唐詩山屏六曲郎歸夜是也抱膏蘭謂蘭燈燭于其中金蟬首飾之類酒觥綰帶謂兩杯相並以帶繫其足而聯絡之今婚禮合巹用之謂之合巹杯卽古之所謂連理杯也觀此知唐時已有此制○文苑英華本綠鴨作鴨綠團迴作周迴膏蘭

作銀蘭將鬟作解鬟沉香火作沉香水酒觥作酒餘

南山田中行

秋野明秋風白塘水漻漻蟲嘖嘖漻漻謂水清深嘖嘖謂聲輕細○秋風姚經三本作秋色雲根苔蘚山上石冷紅泣露嬌啼色錦繡萬花谷唐人多使雲根為石以雲觸石而生也姚仙期訾其既云雲根又云山上石為重覆琦按雲根字本起自張協詩雲根臨八極雨足灑四溟六臣俱無註釋然玩其文義蓋謂雲起濃郁處原不作石字使冷紅謂花也以其開于秋露之中故曰冷紅荒畦九月稻叉牙蟄螢低飛隴徑斜荒畦謂荒野中之田蟄螢遇冷氣光不甚明石脈水流泉滴沙鬼燈如漆點松花鬼燈低闇不明狀如漆燈點綴松花之上述異記闔閭夫人墓中周圍八里漆燈照爛如日月焉○點曾本二姚本作照

騎下宋注一作妝

貴主征行樂　姚經三註元和朝王承宗反詔以吐突承璀爲神策河中河陽等道行營兵馬諸軍招討處置使討之承璀驕縱侈靡威令不振此詩蓋譏其征行爲樂耳貴主即中貴作主帥曾氏以爲女主統兵而行者非是琦按後漢書竇憲傳今貴主尚見枉奪謂沁水公主也沈佺期侍宴安樂公主新宅詩皇家貴主好神仙是皆以公主爲貴主也疑在當時有公主出行宴飲于河陽城中長吉見之而作是詩其所從之將卒皆護從之兵而非戰鬬之兵故其旌旗甲馬皆言其華靡艷麗而已雖史傳無考而因文度事畧爲近是以爲吐突承璀而作者非也

奚騎黃銅連鎖甲羅旗香幹金畫葉　鄭元周禮註古者從坐男女沒入縣官爲奴其少才智以爲奚今之侍史官婢或曰奚宦女也十六國春秋猾胡鐵如連鎖射不可入周翁公二老堂詩話今謂甲之精細者爲鎖子甲言其相銜之密也羅旗香幹金畫葉謂以羅爲旗以香木

爲幹而金畫之極言富麗之態○騎一作妓

中軍留醉河陽城嬌嘶紫燕踏花行

元和郡縣志河南府有河陽縣西南至府八十里自乾元以後常置重兵貞元後加置節度爲都城之巨防一統志河陽城在河南懷慶府孟縣西南三十里春秋天王狩于河陽即此劉劭趙郡賦其良馬則飛兔奚斯常驪紫燕

春營騎將如紅玉走馬捎鞭上空綠

西京雜記趙后體輕腰弱善行步進退女弟昭儀弱骨豐肌尤工笑語二人並色如紅玉爲當時第一今以稱騎將蓋言其儀取貌美者充之耳上空綠謂其驅馬輕捷如上騰空際

女垣素月角咿咿牙帳未開分錦衣

女垣即女墻城上小墻也角軍中吹之以司昏曉者太平御覽宋樂志曰角長五尺形如竹筒本細末稍大未詳所起今軍中用之或以竹木或以皮爲之無定制按古軍法有吹角此器俗名拔邏迴蓋胡虜警軍之音所以書傳無之牙帳主將所居之帳建牙旗于帳前故謂之牙帳分錦衣者以錦衣頒賜于下也天色未明主帳未開而犒賚之令已下以見號令不

時而賜子
橫濫之意

酒罷張大徹索贈詩時張初効潞幕　按張徹韓昌黎門人又其從子壻也中元和四年進士累官至范陽府監察御史長慶中遷殿中侍御史以軍亂被執罵衆而死昌黎作墓誌銘詳載其事潞州上黨郡也屬河東道

長鬣張郎三十八天遣裁詩花作骨　北史許惇美鬚下垂至帶省中號長鬣公三十八紀徹之年也董懋策曰花作骨猶錦心繡腸之謂○八或作一

往還誰是龍頭人公主遣秉魚鬚笏　魏畧華歆與北海邴原管寧俱遊學三人相善時人號三人爲一龍歆爲龍頭原爲龍腹寧爲龍尾往還誰是龍頭人言往還之人無有能出其上者公主遣秉魚鬚笏似言以外戚薦引入仕禮記笏大夫以魚鬚文竹正義云文飾也庾氏云以鮫魚鬚飾竹以成文盧云以魚鬚及文竹爲笏陸氏音義崔云用文竹及魚斑也隱義云以魚須飾文竹之邊須音斑

水

行青草上白衫匣中章奏密如蠶唐時無官人白衣八品九品官青衣青草上白衫正謂其初入仕途脫白着青舊註以水行謂徙潞中程次青草上白衫爲春天之候似非是○水行一作太行金門石閣知卿有豸角雞香早晚含言不久即當登侍從之班晉御史之秩三輔黃圖金馬門宦者署武帝得大宛馬以銅鑄象立于署門因以爲名東方朔主父偃嚴安徐樂皆待詔金馬門即此石渠閣蕭何造其下礱石爲渠以導水若今御溝因爲閣名藏入關所得秦之圖籍至于成帝又于此藏秘書焉初學記漢官儀曰獬豸獸一性觸不直故執憲者以其角形形爲冠杜氏通典法冠一名獬豸冠一角爲獬豸之形御史臺監察以上服之尚書郎口含雞舌香以其奏事對荅欲使氣息芬芳吳正子註香可含而以豸角連言似是語疵然古書多有此類如大夫不得造車馬車可造馬不可造不可以辭泥也隴西長吉推頹客酒闌感覺中區窄葛衣斷碎趙城秋吟詩一夜東方白中區窄謂心事不舒

蛇毒濃凝金本作毒蛇濃吁宋本呼

李長吉歌詩　卷二　三

趙城縣名在河東道屬平陽郡

賀與微相會飲酒舊在其地

羅浮山人與葛篇藝文類聚羅浮山記曰羅浮者蓋總稱焉羅羅山也浮浮山也二山合體謂之羅浮在增城博羅二縣之境○山人舊本二姚本作山父

依依宜織江雨空雨中六月蘭臺風二句畧言時景織狀容雨空濛之意宋玉風賦楚襄王遊于蘭臺之宮有風颯然而至王乃披襟而當之曰快哉此風寡人所與庶人共者耶

博羅老仙時出洞千歲石牀啼鬼工博羅卽羅浮之異名山中有朱明黃龍蝴蝶夜樂諸洞老仙卽謂山人石牀卽洞中之石牀名山洞府中多有之鬼工謂工作之巧者以其精細之極似非人工所能故謂之鬼工言此葛者乃鬼工所爲今山人持之出洞鬼工知其將以與人故惜之而啼也

蛇毒濃凝洞堂濕江魚不食銜沙立蛇因濕悶薰蒸而毒氣不散江魚因水熱沸鬱而靜伏不食極言暑溽之象以起下文命人剪葛製衣之意○蛇毒

宋全本此篇次第如此別本在第四卷内

濃凝一作毒蛇濃吁欲剪湘中一尺天吳娥莫道吳刀澀湘中一尺天驗蔥之瑩白如湘水清深中含天光與之一色猶老杜所謂馬得并州快剪刀剪取吳淞半江水也吳本姚經三本以湘中作箱中以簇中解之非也或作相中尤非吳刀謂吳地所出之剪刀鮑照詩吳刀楚製爲佩褘李白詩吳刀剪綵縫舞衣皆作此解以刀爲刀劍解者亦非澀謂刀鈍

仁和里雜敘皇甫湜湜新尉陸渾○按唐書柳玭傳仁和里在東都皇甫湜傳湜字持正睦州新安人擢進士第爲陸渾尉仕至工部郎中褊急使酒數忤同省求分司東都留守裴度辟爲判官陸渾縣名隸河南府爲畿縣有尉二人正九品下

宋無湜字

大人乞馬癯乃寒宗人貸宅荒厥垣橫庭鼠徑空土澀出籬大棗垂珠殘大人是其尊行宗人是其九族向大人乞馬則得其瘦且寒者向宗人借宅則又得其垣之荒者庭土穢塞僅爲鼪鼯所遊之徑籬落敗闕果木又見凋殘四句長吉自

敍困阨冷況魏志扶餘國出美珠珠大者如酸棗○乃寒姚經三本作且寒垂珠別本作垂朱一作垂紅

安定美人截黃綬脫落纓裾瞑朝酒還家白筆未上頭使我清聲落人後 後漢皇甫規皇甫嵩皆安定朝那人今渥雖占籍睦州而族望本自安定故謂安定美人顔師古漢書註丞尉職卑皆黃綬今渥爲尉故借用黃綬事其實唐時五品以上有綬六品以下皆去綬即五品以上所服之綬有緣紫青黑四色亦無黃色者也脫落纓裾謂其不以朝服爲重瞑夜也瞑朝酒謂其朝夜飲酒爲樂魏畧帝嘗大會殿中御史簪白筆側階而坐上問左右此爲何官何主辛毗曰此爲御史舊時簪筆以奏不法今者直備官但珥筆耳唐書車服志七品以上以白筆代簪八品九品去白筆今渥之官職始及九品所謂白筆未上頭也

枉辱稱知犯君眼排引纔陞強緪斷洛風送馬入長閶闔扇未開逢猰犬 枉辱稱知已而得遨君之盼睞方欲薦引陞朝而君又去如強繩引物忽然中斷更有何益排

引引薦也細常是紅字之訛說文作緪云大索也古恒切音與庚同呂氏春秋乃修闔扇高誘註闔扇門扇也猘犬當是瘈犬之譌讀若記謂犬之狂者左傳國人逐瘈狗是也此用其字宋玉九辨豈不鬱陶而思君兮君之門以九重猛犬狺狺而迎吠兮關梁閉而不通此用其義吳正子曰長吉爲皇甫諸公推挽又爲他人沮毀故有逐犬之喻小傳云中人人亦多排擯毀斥可見矣那知堅都相草草

客枕幽單看春老歸來骨薄面無膏疫氣衝頭鬢莖少吳正子註堅都一作豎都皆未詳會稽註以孟堅兩都賦解之恐無此用事法下三句皆自言病起之狀○疫氣一作瘡氣欲雕小說干天官宗孫不調爲誰憐明朝下元復西道崆峒敘別長如天莊子飾小說以干縣令白帖吏部爲天官選授之事吏部主之長吉以天潢之裔淹久不調故欲上書天官乞其見憐之事下元十月望日也太平寰宇記禹跡之內山名崆峒者有三一在臨洮一在安定一在汝州時湜方仕陸渾陸渾與汝州相

瘡字以金本宋本改

李長吉歌詩　卷二　三

近始指汝州之蛭蛔耶

宮娃歌 娃美女也此篇蓋爲宮女怨曠之詞

蠟光高懸照紗空花房夜擣紅守宮 博物志蜥蜴或名蝘蜓以器養之食以丹砂體盡赤所食滿七斤治擣萬杵點女人肢體終身不滅惟房室事則滅故又號守宮傳云東方朔語漢武帝試之有驗

象口吹香毾㲪煖七星挂城聞漏板 香譜香獸以塗金爲狻猊麒麟鳧鴨之狀空中以燃香使烟自口出以爲玩好復有雕木埏土爲之者此云象口吹香蓋爲象形而香噴于口者也毾㲪音榻登毾蒼毛席也北堂書鈔氍毹毾㲪細者謂之毾㲪韻會毾㲪織毛褥也一曰毾㲪通雅中天竺有毾㲪今日氍毹秦蜀之邊多有之似罽五色方錦從外徼來廣中洋泊亦有至者七星北斗也夜久則北斗横斜似挂于城上漏板以銅爲之隨更敲而擊以爲每更深淺之節

寒入罘罳殿影昏彩鸞簾額著霜痕 罘罳音浮思說文罘罳屏

也漢書未央宮東闕罘罳災顏師古註罘罳謂連闕曲閣也以覆重刻垣墉之處古今註罘罳屏之遺象也臣來朝君行至門內屏外復應思惟罘罳復思也漢西京罘罳合板爲之亦築上爲之每門闕殿舍前皆有焉于今郡國廳前亦樹之酉陽雜俎士林間多呼殿榱桷護雀網爲罘罳其淺誤也如此禮記曰疏屏天子之廟飾鄭註云屏謂之樹今罘罳也刻之爲雲氣蟲獸如今之闕張揖廣雅曰罘罳謂之屏劉熙釋名曰罘罳在門外罘復也罳思也臣將入請事于此復重思也蘇鶚演義謂罘罳織絲爲之象羅網交文之狀蓋宮殿簷戶之間胡三省通鑑註唐宮殿中罘罳以絲爲之狀如網以捍燕雀非如漢宮闕之罘罳也合諸說觀之漢之罘罳屏闕之異名唐之罘罳網戶之別號此詩所謂罘罳者是指捍護鳥雀之網戶但網戶亦有二種其一鏤木爲之其中疏通可以透明或爲戶方空或爲連瑣今之格亮之類其一結線爲之如今之魚網之類彩鸞簾額謂以繒帛爲簾帷之額而繡畫彩鸞于上

啼蛄弔月鉤闌下屈膝銅鋪鎖阿甄

蛄螻蛄也一名螻蟈穴于土中短翅四足本草衍義云此

蟲立夏後至夜則鳴聲如蚯蚓月令螻蟈鳴者是矣乃月向月而鳴也鉤欄即欄杆以其隨屋之勢高下彎曲相鉤帶故謂之鉤欄十六國春秋石虎作金銀鈕屈膝屏風梁簡文帝詩織成屏風金屈膝輟耕錄今人家窗戶設鉸具或鐵或銅名曰環鈕即古金鋪之遺意北方謂之屈戌李賀詩屈膝銅鋪鎖阿甄屈膝當是屈戌研北雜志金鋪爲門飾屈膝蓋鉸鏈上二乘者爲鎘下三衡者爲鈸云琦按屈膝是門與柱相交處之拳釘其形折曲若人膝之屈者然故曰屈膝銅鋪是門上之獸面環鈕所以受鎖者阿甄魏文帝之甄夫人入宮有寵後以郭后受李陰貴人並得幸遂失意幽閉初六朝時稱婦人多以阿字冠其姓上如南史齊高帝稱周盤龍愛妾杜氏曰阿杜是也○稱銅鋪一作金鋪

夢入家門上沙渚。天河落處長洲路。願君光明如太陽。放妾騎魚撇波去。

思歸家而不得惟有夢魂一往所願君之明如太陽無不徧照知宫人之幽怨而放出之如騎魚撇波而去幸矣騎魚字甚怪或傳寫之譌亦未可定若依文而釋之不曰乘舟而曰騎魚蓋欲歸之至舟行

推宋本作摧

稍緩不似魚游之速耳夫宮娃未易得放河魚豈可驟乘以必不然之事而設爲癡絶之想摹擬怨情語意雙極元和郡縣志蘇州長洲縣萬歲通天元年析吳縣置取長洲苑爲名苑在縣西南七十里王褒四子講德論故膺騰撇波而濟水不如乘舟之逸也李善註說文曰擊擊也擊字今多作撇匹滅切音篇入聲

堂堂

唐書隋樂府有堂堂曲樂府詩集樂苑曰堂堂角調曲又曰堂堂堂堂本陳後主所作唐爲法曲故白居易詩云法曲法曲歌堂堂是也

堂堂復堂堂紅脫梅灰香十年粉蠹生畫梁飢蟲不食摧碎黄 堂堂者指堂室而言也重言之以起其嘆息之意紅脫梅灰香謂其彩色脫落香塵銷歇飢蟲謂梁木中蛀蟲碎黄謂所蛀木屑○紅脫梅灰香一作紅熟海梅香摧一作堆 蕙花已老桃葉長禁院懸簾隔御光 花木雖好無人玩賞懸簾不改而御光隔絶見

君王久不行幸至此**華清源中礜石湯徘徊白鳳隨君王**驪山在陝西西安府山下有溫泉泰漢隋唐之君皆嘗遊幸唐太宗置溫泉宮于其地元宗改名華清宮王褒溫泉銘挺此溫谷驪邸之陰白礜上徹丹砂下沉漁隱叢話湯泉多作硫黃氣浴之則襲人肌膚惟驪山是礜石泉琦按礜石性熱置水中則水不冰故驪山之溫泉古人以爲下有礜石所致白鳳事未詳曹唐遊仙詩不知今夜遊何處侍從皆騎白鳳凰疑是神仙從衛以喻當時侍從之臣○此詩當是有離宮久不行幸漸見弊壞長吉見之而作結處見華清之地尚有君王巡幸侍從絡繹之盛以反形此地之寂寞

勉愛行二首送小季之廬山吳正子註勉愛乃勉旃自愛之意小季謂其弟也唐書地理志江州潯陽縣有廬山

洛郊無俎豆弊廄慚老馬相送于洛陽郊野之地無俎豆以餞行卽所乘之馬亦非強壯甚言貧窘之意○慚曾本姚本仙期本作斬曾氏註弊廄有老馬斬之以祖別余光註斬訓絕卽

小雁代季弟新態

無字也二說皆未妥從嘶字爲是

小雁過鑪峰，影落楚水下。小雁喻季弟也

萇詩傳大曰鴻小曰雁鑪峰即香爐峰在廬山之東南楚水楚地之水即鄱陽九江諸水一統志香爐峰在九江府城西南五十里峰形圓聳氣靄氤氳若烟故名

長船倚雲泊，石鏡秋涼夜。豈解有鄉情，弄月聊鳴啞。此預言別後情景長船倚雲而泊四顧悽其又當石鏡秋涼之夜益增寂寞即不解有鄉情者對月不能不興鳴啞之悲而況有鄉情者哉江西通志石鏡峰在南康府城西二十五里金輪峰側有一圓石懸崖明淨照人見影隱見無時謝靈運詩攀崖照石鏡即此

自然不如老馬之識途季弟之教及其幼弟耳

其二 一本自南雲之下作一首

別柳當馬頭，官槐如兔目。別柳送行餞別處之柳也馬頭謂水陸要道車馬往來輻湊之處官槐官道中所植槐樹國史補貞元中度支欲斫取兩京槐樹造車舊唐書吳湊傳官街樹

李長吉歌詩　卷二　〔〕

持此言以身易人
不過爲計累也

缺所司植榆以補之奏曰榆非九衛之玩亟命易之以槐是可證官槐之稱藝文類聚莊子曰槐之生也入季春五日而兔目十日而鼠耳

欲將千里別持此易斗粟

易斗粟謂以升斗之需而奔走千里之遠若持此身相易者然即左傳糊口四方之意此蓋指其弟而言也舊本皆作持我似與下文索米犯複一本註云我一作此此今從之

南雲北雲空脈斷靈臺經絡懸春綫青軒樹轉月滿牀下國飢兒夢中見

兒弟之別如雲之在南北兩處隔斷乃中心悲戀又如線之相牽而不能去于懷及至夜深睡夢中又見其弟所往之處復遇飢饉則益不堪為懷矣白樂天謂渴人多夢飲飢人多夢食今以糊口而往反夢見飢兒夢境顛倒因想而成往往如是莊子不可納于靈臺郭象註靈臺心也虞炎詩青軒明月時樹轉謂樹影轉移也下國是其弟所到之地對京師而言故曰下國飢兒飢民也或謂指其弟言則稱謂之間既非倫類又與末聯江干幼客犯複非是

維爾之昆二十餘年來持鏡頗有鬚

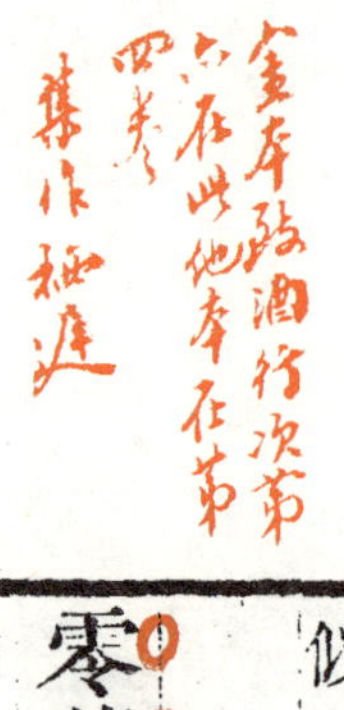

辭家三載今如此索米王門一事無古陌上桑詞鬑鬑頗有鬚漢書東方朔傳無令但索長安米王門王侯之門一事無謂一事無所成○持鏡姚經三本作對鏡　荒溝古水光如刀庭南拱柳生蠐螬二句承上起下見家庭冷落之狀古水謂積久之水光如刀言其明靜不動拱柳謂拱抱之柳曾氏作小柳解蕣以為拱把之拱夫拱把之柳焉能生蠐螬乎蠐螬狀如蠶而大生樹根及糞土中今謂之地蠶又有蝤蠐亦如蠶而大生樹木中蠹木作孔今謂之蛀蟲二物不同然古人亦多混稱玩此詩所稱蠐螬蕣指其生樹木中者　江干幼客真可念郊原晚吹悲號號因其弟以幼年作客江干極為可念側聽郊原晚風旋起其聲號號似助人之悲切

致酒行 文苑英華錄此詩題下有至日長安里中作七字本集無之

零落棲遲一杯酒主人奉觴客長壽主父西遊困不

迷魂句言從來做
老病夢也非也

李長吉歌詩　卷二

歸家人折斷門前柳漢書主父偃西入關見衛將軍衛將軍數言上上不省資用乏留久諸侯賓客多厭之長吉引以自喻家人折斷門前柳謂攀樹而望征人之歸至于折斷而猶未得歸以見遲久之意○吾聞馬周昔作新豐客天荒地老棲遲文苑作恓惶無人識空將牋上兩行書直犯龍顏請恩澤舊唐書馬周西遊長安宿于新豐逆旅主人唯供諸商販而不顧待周遂命酒一斗八升悠然獨酌主人深異之至京師舍于中郎將常何家貞觀五年太宗令百僚上書言得失何以武吏不涉經學周乃爲陳便宜二十餘事令奏之皆合旨太宗怪其能問何對曰此非臣所能家客馬周具草也太宗卽日名之未至間遣使催促者數四及謁見與語甚悅令直門下省六年授監察御史毛稚黄曰王父馬周作兩層敘本傳引證更作賓主詳略誰謂長吉不深于長篇之法耶○我有迷魂招不得雄雞一聲天下白少年心事當拏雲誰念龍顏會本姚經三本作龍鱗文苑作龍鬚誤

顏英華作韓

幽寒坐鳴呃孥雲喻言高遠

長歌續短歌古樂府有長歌行短歌行皆言人命不久當及時自勉或謂長歌短歌者以人生壽命長短之分或謂歌聲有長短之別未知孰是傅元艷歌行曰咄來長歌續短歌則以歌之長聲短聲言也長吉命題蓋出于此

長歌破衣襟短歌斷白髮秦王不可見旦夕成內熱時天子居秦地故以秦王爲喻姚經三曰秦王指憲宗言驕雄武好神仙大率相類是亦一說也成內熱即所謂不得于君則熱中之意莊子我其內熱與渴飲壺中酒饑拔隴頭粟凄凉四月闌千里一時綠闌猶盡也○凄凉會本姚經三本作凄凄夜峰何離離明月落石底徘徊沿石尋照出高峰外不得與之遊歌成鬢先改上已言秦王不可見此復借明月而喻言之落石底謂其光明

未嘗不照臨下土及俯仰求索其光忽又在高峰之外月爲山峰所隔則不得常近其光遂爲左右所蔽則不得親沐其澤引領微婉深得楚騷遺意離離卽羅列之狀

公莫舞歌 并序

公莫舞歌者詠項伯翼蔽劉沛公也會中壯士灼灼于人故無復書且南北樂府率有歌引賀陋諸家今重作公莫舞歌云沈約宋書公莫舞今之巾舞也相傳項莊劍舞項伯以袖隔之使不得傷漢高祖且語莊云公莫古人相呼曰公云莫害漢王也今之用巾蓋像項伯衣袖之遺式

方花古礎排九楹，刺豹淋血盛銀罌。礎柱下石方花琢方石爲花楹柱也一宅而排列九楹言其室之大刺豹淋血見其宴飲豪華不比尋常芻豢之味○古礎一作石礎

樂府東下注一作軍

蔺粹作削
材官小臣謂
樊噲也

華筵鼓吹無桐竹長刀直立割鳴箏桐竹謂琴瑟簫管之類軍中飲宴但有鼓吹並無絲竹于長刀直立之中即有彈鳴箏者其聲全不成音總見軍中一片殺伐之氣○華筵一作軍筵鳴箏曾本二姚本俱作雞箏橫楣粗錦生紅緯日炙錦嫣王未醉楣門戶上橫梁也以錦飾之生紅緯言錦色鮮明日炙錦嫣言爲時已久腰下三看寶玦光項莊掉箾攔前起材官小臣公莫舞座上真人赤龍子芒碭雲瑞抱天迴咸陽王氣清如水史記項王留沛公與飲范增數目項王舉所佩玉玦以示之者三項王默然不應范增起出召項莊謂曰君王爲人不忍若入前爲壽壽畢請以劍舞因擊沛公于座殺之不者若屬且皆爲所虜莊入前爲壽壽畢曰軍中無以爲樂請以劍舞項王曰諾項莊拔劍起舞項伯亦拔劍起舞常以身蔽翼沛公莊不得擊箾音背又音朔作樂時舞者所執竿也又以竿擊人亦曰箾皆與劍無涉此葢削字之訛削音笑刀劍之室釋文刀

李長吉歌詩 卷二

室曰削是也今作鞘材官小臣以下數句蓋是作歌之意明漢王爲天所祐必非范增以讒所能害劉須谿以爲作項伯口語夫未醉之楚王與衆玦之亞父獨不畏其聞之而敢明目張膽以言耶漢書材官騶發薛瓚曰材官騎射之官也顔師古曰材官有材力者赤龍子卽赤帝子之變稱史記秦始皇帝常曰東南有天子氣因東游以厭之高祖卽自疑亡匿隱于芒碭山澤巖石之間呂后與人俱求常得之高祖怪問呂后曰季所居上常有雲氣故從往常得季裴駰註徐廣曰芒今臨淮縣也碭縣在梁國芒碭二縣之界有山澤之閒故隱于其閒也二句言漢氏將興秦運已終之兆

鐵樞鐵楗重束關大旗五丈撞雙鐶漢王今日須秦印絕臏刳腸臣不論

潛夫論懼門之不堅而作爲鐵樞樞門戶開闔之機也楗限門之木卽戶牡兩端入北孔所以止門者鐵樞鐵楗言秦關之堅固雙鐶門扉上雙鐶先是懷王與諸將約先入定關中者王之夫以秦關堅固未易攻取乃漢兵旣到子嬰出降五丈大旗撞其雙鐶而入吏定約束秦人大喜惟恐沛公不爲秦王卽皇帝

印璽已入沛公掌握之中而為所用其臣如樊噲之流投身為之雖絶臏刳腸亦所不論天命有歸人心攸附彼項莊者安得而殺之哉須字當作用字解或謂須漢高祖佩秦璽而為天子者非也又曾本二姚本作頒頒謂漢王當王關中頒秦印以分諸侯王者亦非也臏膝骨也絶臏刳腸即樊噲對項王所云臣死且不避之意

昌谷北園新笋四首

籜落長竿削玉開，君看母笋是龍材。更容一夜抽千尺，別却池園數寸泥。籜笋皮也母笋大笋也○泥一作埃

其二

斫取青光寫楚辭，膩香春粉黑離離。無情有恨何人見，露壓煙啼千萬枝。刮去竹上青皮而寫楚辭于其上所謂楚辭者乃長吉所自作

李長吉歌詩　卷二

之辭莫錯認屈宋所作楚辭解賦香春粉咏新竹之美黑離騷言所寫字跡之形無情有恨即謂所寫之楚辭其句或出于無心或出于有意雖俱題竹上無人肯尋覓觀之千枝萬幹惟有露壓烟啼而已慨世上無人能知之也甫圖詩有舍甫有竹堪書字之句是長吉好于竹上書寫與此詩可互相引証

其三

家泉石眼兩三莖曉看陰根紫陌生今年水曲春沙上笛管新篁拔玉青

竹之根或時露生上上陰根者指其行鞭上內者而言見其上有筍生出則知其根所及之遠近紫陌謂郊野間大路王粲賦筍紫陌而並征夫在家泉石罅之中初見兩三莖筍出曉看紫陌復有出者其廣生如是則水曲春沙之地其所生者不又美乎上二句指已見者而言下二句指將來者而言笛管言新篁之材玉青言新篁之色拔挺生貌

其四

此宮體小律詩
故不用唐均隱
李新聲皆宗
師于王孫也

古竹老梢惹碧雲茂陵歸臥嘆清貧風吹千畝迎雨嘯鳥重一枝入酒樽史記相如傳相如既病免家居茂陵貨殖傳渭川千畝竹其人與千戶侯等次句以相如自比謂其貧病無聊家無長物末二句見惟有此君可以快心娛目

惱公姚經三註惱公即樂府懊惱懊也曾氏引李白詩云一面紅粧惱殺人猶惱人意琦按今謂可愛曰可憎即惱公之意蓋狹邪遊戲之作

宋玉愁空斷嬌嬈粉自紅宋玉愉男嬌嬈愉女二句言其始之相慕而未能即合之意宋玉九辯余委約而多愁後漢宋子侯有董嬌嬈詩杜子美詩佳人屢出董嬌嬈歌聲春草露門掩杏花叢歌聲之美纍纍如草上露珠之圓而聞其出自杏花叢中于是識其住處法口櫻桃小添眉桂葉濃曉奩粧秀靨夜帳減香筒奩鏡匣也靨音葉婦人面頰上之飾始自孫吳鄧夫人以琥珀屑傅頰傷及差而有赤點如朱視之

更蓋其妍宮人欲要寵者以丹脂點頰效之爾後相沿至唐蓋盛或朱或黄或黒其色不一隨時好所尚大抵面有痕瘡多借此掩之其無痕瘡者亦倣作此粧以爲妖艶香倩帳中燒香器至曉火燼故香滅

鈿鏡飛孤鵲江圖畫水葓說文鈿金華也此言鏡背以金華飾之作單飛鵲形太平御覽神異經日昔有夫妻將別破鏡人各執半以爲信其妻與人通鏡化爲鵲飛至夫前夫乃知之後人因鑄鏡爲鵲安背上自此始也曾益註江圖屏障屬畫水葓之草于上也**陂陀椀碧鳳腰裊帶金蟲**陂陀高低不平之貌碧鳳鳳髻也腰裊宛轉搖動之貌金蟲以金作蝴蝶蜻蝏等物形而綴之釵上者又宋祁益部記利州山中有金蟲其體如蜂綠色光若泥金俚人取作婦女釵鐶之飾吳均古意寶粟鈿金蟲

杜若含清露河蒲聚紫茸以香草比其柔艶也本草陶弘景日杜若今處處有之葉似薑而有文理根似高良薑而細味辛香又絕似旋葍根殆欲相亂葉小異耳楚辭云山中人兮芳杜若是也河蒲蒲草生水際似莞而褊有脊而柔至老收之可以爲席又草

寄金本寄
宋本寄

可作扇及包裹之類或謂之香蒲者是也本草蕪頌曰香蒲處處有之春初生嫩葉出水時紅白色茸茸然至夏抽根于叢葉中花抱梗端如武士棒杵故俚俗謂之蒲槌亦曰蒲萼其蒲黃即花中蘂屑細若金粉當欲開時便取之市廛以蜜搜作果食貨賣謝靈運詩新蒲含紫茸正謂此草

月分蛾黛破花合靨朱融如新月兩分于額上是其蛾眉之描黛如好花點綴于腮側是其笑靨之施朱破字作分開之意靨頰輔也俗云笑窩腮斗是也與上文秀靨有別**髮重疑盤霧腰輕乍倚風寄書題荳蔻隱語笑芙蓉**桂海虞衡志紅荳蔻花叢生葉瘦如碧蘆春末發初開花先抽一幹有大籜包之籜解花見一穗數十蘂淡紅鮮妍如桃杏花色蘂重則下垂如葡萄又如火齊瓔珞及剪綵鸞枝之狀此花無實不與草荳蔻同種每蘂心有兩瓣相並詞人托興如比目連理云古讀曲歌云霧露隱芙蓉見蓮詎分明又曰湖燥芙蓉萎蓮汝藕欲死又云芙蓉腹裏萎憐汝從心起又云芙蓉萬層生蓮子信重沓又云行膝點芙蓉深憐非骨念蒸以芙蓉者蓮也暗合憐

字之意題荳蔻者寄輸有同心之許笑芙蓉者隱語相憐愛之意○寄書曾本二姚本作寄書

莫鎖茱萸匣休開翡翠籠有茱萸古時錦名十六國春秋錦茱萸匣又云茱萸錦衣玉作匣知茱萸匣者以茱萸錦糊匣也翡翠籠者以翡翠羽毛點飾箱籠爲觀美

弄珠驚漢燕燒蜜引胡蜂酉陽雜俎世說蓐泥爲窠聲多稍小者謂之漢燕爾雅翼越燕小而多聲頷下紫巢于門楣上謂之紫燕亦謂之漢燕蜜者小蜂採花蘂釀之而成故燒之蜂聞其氣則競集不去然其蜂卽名蜜蜂與胡蜂異胡蜂不能作蜜長吉徒以胡漢字偶相對而借用之

醉纈拋紅網單羅挂綠蒙韻會纈繫也謂繫繒染爲文也廣韻結也韻增文繒也胡三省通鑑註纈撮絲以線結之而後染色旣染則解其結凡結處皆原色餘則入染色矣其色斑斕謂之纈庾信詩花鬟醉眼纈龍子細文紅唐書地理志成都府蜀州土貢單絲羅琦按醉纈卽醉眼纈單羅卽單絲羅皆當時采色纈帛之名紅網綠蒙亦當時婦女衣佩之飾吳正子以爲庾信以醉眼爲纈眼

肢字從金本
宋同

醉眼空花如紅網羅輕薄色如綠草蒙蒙徐文長以爲屏風姚經三以上句爲簾下句爲幕皆非是

數錢教姹女，買藥問巴竇。姹丑雅切嗏上聲說文少女也廣韻美女也後漢書桓帝之初京師童謡曰河間姹女工數錢顏師古漢書註巴俞之人所謂竇人也十六國春秋廪君後種類繁盛秦并天下以爲黔中郡薄賦斂之口歲出錢四十巴人呼賦爲竇因謂之竇民焉姹女謂小婢巴竇謂巴人之爲童僕者

勻臉安斜雁，移燈想夢熊。勻臉勻粉傅面也斜雁吳正子以爲層花之類曾益以爲首飾未知孰是詩小雅吉夢維何維熊維羆維虺維蛇維熊維羆男子之祥維虺維蛇女子之祥用此只作吉夢解以求賢偶之意以下五聯遂極言之作求子解者非是

腸攢非束竹，腔急是張弓。攢聚也腔音實讀會腔胃之厚肉今俗言肚腔束竹卽喻其攢聚張弓郎喻其緊急非束竹正言其似束竹而反言以明之也○腔吳氏云一作絃者非今曾本二姚本俱作弦

晚樹迷新蝶，殘蜺憶斷虹。蝶向晚則欲棲樹故曰迷虹蜺天地間不

正之氣雨晴則見鮮盛者爲雄暗者爲雌雌曰蜺雄曰虹古時塡渤澥今日鑿崆峒子虛賦浮渤澥顏師古曰渤澥海別枝也澥音蟹司馬貞曰案齊都賦海旁曰渤斷水曰澥也塡渤澥鑿崆峒似言欲去其阻隔之意繡沓褰長幔羅裙結短封古楊叛兒辭繡沓織成帶嚴帳信可憐據此則繡沓是指帳帶而言吳正子疑爲帷帳上覆非也心搖如舞鶴骨出似飛龍如舞鶴言其盤旋不定之狀似飛龍言其消瘦之狀古讀歌曲自從別郎後臥宿頭不舉飛龍落藥店骨出則爲汝井檻淋淸漆門鋪綴白銅以下八騑賦其室中之美麗隈花開兔徑向壁印狐蹤隈當作偎作倚字釋玳瑁釘簾薄琉璃疊扇烘藝文類聚漢武故事曰上起神屋扇屛悉以白琉璃作之光明洞徹以白珠爲簾玳瑁壓之洞冥記編翠羽麟毫爲簾靑琉璃爲扇梁簡文帝詩金鋪玉鎖琉璃扇花鈿寶鏡織成衣象牀緣素柏瑤席卷香葱藝文類聚漢武故事曰以象牙爲牀

黃庭事未詳
庾子山紀史賦中韓
馮讀如本音古人
必有來處

緣素栢謂以素栢緣其邊際楚辭瑶席兮玉鎮香葱郎水葱也生水中如葱而中空可以爲席杜氏通典東牟郡貢水葱席六領是也姚仙期註自井檻以下總言其門內之華麗曾益註由井而門而徑而壁而簾扉而牀席以漸次言也

細管吟朝幌芳醪落夜楓

幌帷幔也上句言朝吟下句言夜飲落夜楓未詳

宜男生楚巷梔子發金墉

二句言所植花卉之美宜男兆子梔子同心故特舉二花言之庾信詩不如山梔子猶解結同心徐悱妻摘同心梔子贈謝娘詩兩葉雖爲贈交情永未因同心何處恨梔子最關人李善文選註陸機洛陽記曰金墉城在宮之西北角魏故宮人皆在中杜氏通典金墉城在洛陽故城西北角魏明帝所築也生楚巷發金墉言其來自遠方之意

龜甲開屏澀鵝毛滲墨濃

初學記郭子橫洞冥記曰上起神明臺上有雜下爲龜甲屏風蓋言其文似龜甲上紋路也鵝毛帛也吳均詩筆染鵝毛素○滲吳本作澡

黃庭畱衛瓘綠樹養韓馮

晉書衛瓘與尚書郎索靖俱善草書時人號爲一臺二妙漢末

張芝善草書論者謂瓘得伯英筋靖得伯英肉其爲
黃庭經于書傳無考大抵借言善書者耳太平廣記
韓朋鳥者乃鳧鷖之類此鳥好雙飛泛溪浦水禽中
鸂鶒鴛鴦鵁鶄嶺北皆有之惟韓朋鳥未之見按干
寶搜神記云大夫韓朋其妻美宋康王奪之朋怨王
囚之朋遂自殺妻乃陰腐其衣王與之登臺自投臺
下左右提衣衣不勝手遺書于帶曰願以尸還韓氏
而合葬王怒令埋之二塚相望經宿見梓木生二塚
之上根交于下枝連于上有鳥如鴛鴦恒栖其樹朝
暮悲鳴南人謂此禽卽韓朋夫婦之精魂故以韓朋
名之韓朋或作韓馮或作韓憑傳者不一止一人也

雞唱星懸柳鵶啼露滴桐

寫夜深之候

黃娥初出座寵妹始相從

黃娥謂其長者寵妹謂其次者

嬾淚垂蘭爐秋蕪掃綺籠

蘭爐謂燭之餘燼狀似蘭心也秋蕪採秋草作帚以掃塵者綺櫳卽綺窗張協七命蘭宮秘宇雕堂綺櫳韻會櫳說文房室之疏也徐曰窗也小曰窗闊遠曰櫳

吹笙翻舊引沽酒待新豐

翻舊引翻舊引爲新曲也梁元帝詩試酌新豐酒遥

勸陽臺人陸放翁入蜀記長安新豐出名酒見王摩詰詩至今居民市肆頗盛短佩愁填粟長絃怨削崧古玉佩之上多滿琢爲粟文今其式猶佩愁填粟也崧山高山也豈能削之使卑而怨情之見于絃聲者亦不能削之使平所謂長絃怨削崧也○削崧吳本作削菘曲池眠乳鴨小閣睡娃僮褥縫篸雙線鉤絡辮五騘吳正子曰篸針綴物也鉤帶鉤縚與條同編絲繩鉤縚謂繫帶鉤之縚也徐文長云五騘當是五總名南詩云羔羊之皮素絲五紽羔羊之縫素絲五總韻會詩傳曰古者素絲以英表紽數也總亦數也疏釋之曰謂紽絲之飾有五非謂紽總爲數紽縫也總亦縫也嚴氏詩緝曰有素絲爲組紃五處紽縫而飾之也○騘諸本皆作驄而引毛詩作五總解亦同惟姚經三本竟作總字蜀烟飛重錦峽雨濺輕容蜀烟峽雨卽爲雨爲雲之意重錦輕容指其衣裳衾帳而言左傳重錦三十兩杜預註重錦錦之熟細者九域志越州土貢輕容紗五匹齊東野語紗之至輕者有所謂輕容

李長吉歌詩　卷二

出唐類苑云輕容無花薄紗也

拂鏡羞温嶠，熏衣避賈充

世説温公喪婦從姑劉氏家值亂離散惟有一女甚有姿慧姑以屬公覓婚公密有自婚意荅曰佳壻難得但如嶠比云何姑曰喪亂之餘乞粗存活便足慰吾餘年何敢希汝比却後少日公報姑曰已覓得婚處門第粗可壻身名宦盡不減嶠因下玉鏡臺一枚既婚交禮女以手披紗扇笑曰我固疑是老奴韓壽美姿容賈充辟以爲掾充每聚會賈女于青瑣中見壽悦之恒懷存想發于吟咏後婢往壽家具述如此并言女光麗壽遂請婢潛修音問自是充覺女盛自拂拭説暢有異于常後會諸吏聞壽有奇香是外國所貢一著人則歷月不歇充計武帝惟賜已及陳騫餘家無此香疑壽與女通取女左右婢考問即以狀對充秘之以女妻壽

魚生玉藕下，人在石蓮中

玉藕藕之嫩白似玉者子夜歌玉藕金芙蓉無稱我蓮子人謂蓮子中之青心傳所謂薏者是也蓮實經秋房枯子黑其堅如石者謂之石蓮子二句亦隱語體取其同音之義謂歡娛生于求偶之念而其人實爲可憐中人也

含水彎蛾翠，登樓

濮馬鬉○。舊註或以含水爲淚或以馬鬉爲鬉俱恐未是姑闕其疑可也○蛾皃本作娥使君居曲陌○園令住臨邛○。使君用陌上桑古詞使君調羅敷事然居曲陌則無有事實殆亦湊泊語耶司馬相如爲孝文園令未達時在臨邛以琴心感卓王孫女桂火流蘇暖○金爐細炷通○。皃均詩香薪桂火炊雕胡徐陵詩流蘇錦帳桂香囊左思吳都賦搆流蘇胡三省通鑑註毛皃曰流蘇盤線繪繡之毬五采錯爲之同心而下垂者是也蘇蘇猶鬚鬚也又散貌以其藥下垂故曰蘇蘇○今人謂一條頭鬚爲蘇○桂火一作桂帳春遲王子態○鶯嚶謝娘慵○。詩云春日遲遲毛傳云遲遲舒緩也鶯嚶比其聲音婉麗曾益曰王子謂凝之謝娘謂道韞琦意王子謂東晉時王氏子弟謝娘指謝安所携之妓要爲近之玉漏三星曙○銅街五馬逢○。玉漏謂宮禁中刻漏以玉爲飾者此則借作更鼓之稱三星用詩三星在天今夕何夕見此良人事胡三省通鑑註水經註洛陽城中太尉司徒兩坊間謂之銅駝街魏明帝置銅駝于閶闔門南街即此沈約麗人賦狹邪

李長吉歌詩　卷二

才女銅街麗人陌上桑古詞使君從南來五馬立踟躕使君遣吏往問是誰家姝犀株防膽

怯銀液鎮心忪游宦紀聞犀中最大者曰墮羅犀一株有重七八斤者本草犀角治心煩

止驚鎮肝安五臟水銀主治安神鎮心銀液即水銀也跳脫看年命琵琶道吉

凶繁欽定情篇繞腕雙跳脫唐詩紀事文宗問宰臣古詩云輕衫襯跳脫跳脫是何物宰臣未對上云

即今之腕釧也真誥言安妃有斵粟金跳脫是臂飾舊解跳脫看年命謂以重物酬談命者琦謂此必唐

時有看跳脫而知年命吉凶法如古時相手板之類雖書傳未載以對句觀之此解似優琵琶亦唐時卜

法女巫彈琵琶以迎神自云有神憑之爲言休咎異苑南平國蠻兵在姑熟有鬼附之聲呦呦細長或在

簷宇之際或在庭樹上每占吉凶輒先索琵琶隨彈而言事事有驗朝野僉載江南洪州上人何婆善琵

琶卜士女塡門遺餉滿道崇仁坊阿來婆能琵琶卜朱紫塡門張鷟曾往觀之見一將軍紫袍玉帶甚偉

下一匹細綾請一局卜來婆鳴絃燒香合眼而唱東告東方朔西告西方朔南告南方朔北告北方朔上

方宋作玄滯字誤
金本宋作帶

告上方朔下告下方朔將軍頁禮既告請甚多必望細看以決疑惑遂郎隨意支配云云所謂琵琶卜者大約可見

王時應七夕夫位在三宮

此承上年命吉凶而言也王時郎良時之意應七夕謂男女會遇之期與七夕牛女會合之期相應夫位在三宮言其夫必是貴人王逸楚辭章句天有三宮謂紫宮太微文昌也文昌家以地支十二宮分配十二事所謂夫位在三宮其夫應在寅宮歟

無力塗雲母多方滯藥翁

按本草雲母生土石間有五色作片成層可析明滑光白者為上其片有絕大而瑩潔者古時取以為屏風或以為燈扇之飾方士家製鍊以為服食之藥及粉滓而點惡瘡火瘡之類則用雲母粉塗之此言閒闊擺治事而以塗雲母入詞似另有解

符因青鳥送書用絳紗縫

搜神記吳猛書符擲屋上有青鳥啣去續齊諧記汝南桓景隨費長房遊學長房謂曰九月九日汝家中當有災宜令家人各作絳囊盛茱萸以繫臂登高飲菊花酒此禍可除此承上文因其多病而送符假術以禳之

漢苑尋官柳河橋闕禁

鐘將與別去入漢苑而尋春色又聞河橋之外禁鐘已止不能復留閨閣與癡同止也阻也限也徐文長註闋歇也**月明中婦覺應笑畫堂空**言與美人會遇之時極其歡樂迴憶在家之中婦獨眠而覺應笑書堂空寂矣他人○于此多用怨字而長吉反用一笑字其意婉而深矣○吳炎牧曰見色聞聲遂切思慕心懷彼美彷彿儀容揣摩情態始因媒而通芳訊繼訂約而想佳期當赴招時由門而徑由壁而簾屏以及牀席對酒盟心題詩鳴愛方承歡于永夜又惜别于終宵美人之出座相送攜手叮嚀再圖良會驚喜悲恐曲盡綢繆篇中起結不爽絲黍讀者但見其色之濃麗而忽其法之婉寄琦按黃氏註以爲紀夢之作搭緣結語而附會之姚仙期本中諸註悉從其說殊失賀意見氏所云可云超乎諸說之上者也然細讀本文有重複處又有難解處當是取一時謔浪笑傲之詞歡娛遊戲之事相雜而言讀者畧其文通其意可也若句句釋之字字訓之難乎其說矣

感諷五首

合浦無明珠龍洲無木奴足知造化力不給使君須

後漢書孟嘗遷合浦太守郡不産穀實而海出珠寳與交趾比境常通商販貿糴粮食先時宰守並多貪穢詭人採求不知紀極珠遂漸徙于交趾郡界于是行旅不至人物無資貧者死餓于道嘗到官革易前弊求民利病曾未歲餘去珠復還百姓皆反其業商賈流通稱爲神明襄陽記李衡每欲治家妻輒不聽後密遣客十人于武陵龍陽洲上作宅種甘橘千株臨死勑兒曰汝母惡吾治家故窮如是吾州里有千頭木奴不責汝衣食歲上一匹絹亦可足用耳衡亡後二十餘日兒以白母母曰此當是種甘橘也汝家失十戸客來七八年必汝父遣爲宅汝父恒稱太史公言江陵千樹橘當封君家吾荅曰人患無德義不患不富若貴而能貧方好耳用此何爲吳末衡甘橘成歲得絹數千匹家道殷足晉咸康中其宅上枯樹猶在○龍洲無曾本姚仙期本作龍陽有造化姚經三本作造物

越婦未織作吳蠶始蠕蠕謂蠶尚小○蠕蠕微動貌**縣官騎馬來獰色虯紫鬚懷中**

一方板板上數行書不因使君怒焉得詣爾廬陳開先註板印紙也如今之牌票古所謂符檄是也越婦拜縣官桑牙今尚小會待春日晏絲車方擲掉越婦通言語小姑具黃粱縣官踏飧去簿吏復登堂本草蘇恭曰黃梁出蜀漢商浙間穗大毛長穀米俱粗于白梁而收子少不耐水旱食之香美勝于諸梁宋祁曰黃梁白梁西洛農家多種爲飯尤佳踏飧飽食之意○此章諷催科之不時也蠶事方起而縣官已親自催租何其火迫乃爾獰色虬鬚畫出武健之狀彼却又能推卸以爲使君符牒致然似乎不得已而來者果爾言語既畢即當策馬而去乃必飽飧不顧爾婦子之拮据爲民父母者固如是乎縣官方去簿吏又復登堂民力幾何能豐供此輩之口腹耶夫子女丁猶不恤乃爾男丁在家者其誅求又可想矣

其二

奇俊無少年日車何躃躃我待紆雙綴遺我星星髮
吳正子註奇俊無少年謂奇俊之人不能常少年也冂車謂日之行于天如車之行于地李尤詩年晚歲暮日已斜安得壯士翻日車躃躃去而不止之意紆綰也謝靈運詩星星白髮垂李周翰註星星白髮貌

都門賈生墓青蠅久斷絕寒食搖揚天憤景長肅殺
青蠅指讒譖之人荆楚歲時記去冬節一百五日即有疾風甚雨謂之寒食張說清明日詔宴寧王山池詩搖揚花雜下嬌囀鶯亂飛觀此搖揚字義可見舊註或以搖揚爲白楊非也詩意謂過賈生墓下嘆昔時讒譖之人亦歸烏有怨恨之氣可以消平乃當寒食搖揚之時不散肅殺憤景之意何哉蓋妒能嫉賢雖衹在一時而千載之下猶令人悵悵而不能釋○搖揚姚經三本作垂楊

皇漢十二帝惟帝稱睿哲一夕信豎兒文明永淪歇
西漢起高帝歷惠帝文帝景帝武帝昭帝宣帝元帝成帝哀帝平帝而止凡十一帝而云十二帝者中間蓋連高后所立之少帝言

也書舜典濬哲文明異氏曾氏以豎兒指絳灌東陽之屬且疑其稱擬非是琦按風俗通賈誼與鄧通俱侍中同位誼惡通爲人數廷譏之由是疏遠遷爲長沙太傅是長吉所稱豎兒蓋指鄧通而言之一夕猶言一朝文明永淪歌者謂棄賈誼不用不能成文明之治也○一夕信豎兒一作反信豎兒言

其三

南山何其悲鬼雨灑空草長安夜半秋風前幾人老低迷黃昏徑裊裊青櫟道月午樹立影一山惟白曉漆炬迎新人幽壙螢擾擾

謝靈運詩白楊信裊裊李善註裊裊風搖木貌本草櫟葉似栗葉所在有之木堅而不堪充材月午謂月至中天當午位上則樹影不斜其直如立白曉謂月色皓然如天將曉之狀漆炬鬼燈也新人新鬼也幽壙墓塚也螢擾擾謂鬼火聚散如螢光之擾擾○風前幾人老曾本姚經三本作風剪春姿老立影姚仙期本作無影

其四

星盡四方高萬物知天曙已生須已養荷擔出門去君平久不反康伯遁國路曉思何譊譊闤闠千人語

漢書嚴君平卜筮于成都市以爲卜筮者賤業而可以惠衆人有邪惡是非之問則依蓍龜爲言利害與人子言依于孝與人弟言依于順與人臣言依于忠各因勢道之以善從吾言者已過半矣裁日閱數人得百錢足自養則閉肆下簾而授老子後漢書韓康字伯休京兆霸陵人家世著姓常採藥名山賣于長安市口不二價三十餘年時有女子從康買藥康守價不移女子怒曰公是韓伯休那乃不二價乎康嘆曰我本欲避名今小女子皆知有我何用藥爲乃遯入霸陵山中博士公車連徵不至桓帝備玄纁之禮以安車聘之使者奉詔造康康不得已乃許諾辭安車自乘柴車冒晨先使者發因道逃遯長吉正用此事而曰康伯蓋誤稱也韻會譊譊語也古今註闤市垣也闠市門也詩意貧人以治生爲務不能不荷擔

瘦字狀變荒之意入妙

李長吉歌詩 卷二 三

入市乃古之賢而隱于市者若嚴君平韓伯休今既不可復作闤闠之中諠鬧雜沓殊難復問甚言市井濁氣之不可耐也

其四

石根秋水明石畔秋草瘦侵衣野竹香蟄蟄垂葉厚蟄蟄多貌岑中月歸來蟾光挂空秀桂露對仙娥星星下雲逗釋名山小而高曰岑○空秀一作雲秀桂露一作秋露凄涼梔子落山壘泣清漏壘音問廣雅壘裂也山壘山石裂處清泉流出狀如漏泣清漏者水點滴下有張仲蔚披書案將朽趙岐三輔決錄註張仲蔚扶風人也隱居不仕明天官博學好作詩賦所居蓬蒿没人庾信詩不廢披書案

三月過行宮

金本此首在南園詩前

渠水紅繁擁御牆風嬌小葉學娥粧垂簾幾度青春
老堪鎖千年白日長渠水行宮外御溝之水吳正子
註紅繁荷也小葉柳也琦按以
紅繁爲荷出自臆擬三月時荷錢始貼水于擁御牆
三字亦不甚妥切竊謂紅是水葒繁是蘩蒿二草多
生水旁爾雅釋草云紅龍古其大者蘬郭璞註俗呼
紅草爲龍鼓語轉耳本草陶弘景曰葒生下濕地似
馬蓼而甚長大詩稱隰有游龍郭璞云即龍古也蘇
頌曰葒即水葒也似蓼而葉大赤白色高丈餘埤雅
爾雅曰蘩皤蒿白蒿也葉粗于青蒿從初生至枯白
于衆蒿頗似細艾者所在有之今人謂之遊蒿可以
爲菹夏小正傳繁游胡游胡旁勃也爾雅疏及埤雅
皆以爲即蘩蒿後漢書載邊讓章華賦振弱支而紆
繞兮若綠繁之垂幹據諸書葒紅蘩繁通用蓋古人
書芙蓉作夫容亦有不加草頭者即此可以類推曾
本二姚本俱以繁字作蘩字是也小葉即是葒蘩二
草之葉初生尚小爲春風搖動嬌綠可愛比之女子
畫眉之色古之畫眉以黑至隋唐則尚綠韓非子
曰粉白黛黑韓昌黎文則曰粉白黛綠于此可證

李長吉歌詩卷之三

錢塘　王琦琢崖彙解

熥　葆光較

追和何謝銅雀妓

樂府詩集銅雀臺一曰銅雀妓鄴都故事曰魏武帝遺命諸子曰吾死之後葬于鄴之西岡上妾與妓人皆著銅雀臺臺上施六尺牀下繐帳朝晡上酒脯棖糒之屬每月朔十五輙向帳前作伎汝等時登臺望吾西陵墓田按銅雀臺在鄴城建安十五年築其臺最高上有屋一百二十間連接榱棟侵徹雲漢鑄大銅雀置于樓巔舒翼奮尾勢若飛動因名爲銅雀臺樂府解題曰後人悲其意而爲之詠也何遜謝朓皆有銅雀妓詩何詩曰秋風木葉落蕭瑟管絃清望陵歌對酒向帳舞空城寂寂簷宇曠飄飄帷幔輕曲終相顧起日暮松柏聲謝詩曰繐帷飄井幹樽酒若平生鬱鬱西陵樹詎聞歌吹聲芳襟染淚迹嬋娟

李長吉歌詩卷三

空復情玉座猶寂寞況乃妾身輕長吉美其詩故追和之

佳人一壺酒秋容滿千里

酒即朝晡所上酒脯粻精之酒臺上佳人因上酒而瞻望西陵之墓田但見秋容極目言外見操之音容笑貌已化為烏有也

石馬臥新烟憂來何所似

古墓荒墳石獸傾倒者多如所謂苑邊高冢臥麒麟是也若曹氏正當盛時塋中石馬寧有倒臥之理蓋謂其蹲立草中寂然不動有似臥然不可作倒臥解新烟新草也自遠望之漠漠如烟也古柟憂心如酲憂心如惔憂心如熏又有如結如檮各種譬喻今日憂來何所似則其不堪之狀又覺非言語所能形容矣

歌聲且潛弄陵樹風自起

臺上伎人歌聲潛唱而陵中寂然不聞所聞者風吹墳樹之聲而已謝詩所謂鬱鬱西陵樹詎聞歌吹聲同是一意

長裾壓高臺淚眼看花机

長裾壓高臺謂伎妾衆多滿列臺中机即几也周易渙奔其机家語俯察机筵机几二字古書通用花机謂臺上供靈之案會謙甫註淚眼看几非哭老矚正自傷薄命耳

送秦光祿北征

此猶是齊梁體故用韻不拘唐格

北虜膠堪折秋沙亂曉鼙漢書欲立威者始于折膠蘇林曰秋氣至膠可折弓弩可用匈奴常以爲候而出軍顏師古急就篇註鼙騎鼓也其形似鞞而庳薄髯胡頻犯塞驕氣似橫霓後漢紀匈奴頻犯塞史記匈奴日已驕歲入邊殺掠人民畜産甚多以上言北征之由灞水樓船渡營門細柳開元和郡縣志灞水在雍州萬年縣東二十里杜氏通典樓船船上建樓三重列女牆戰格樹幡幟開弩窗矛穴置拋車壘石鐵汁狀如城壘史記文帝後六年匈奴大入邊乃以河內守亞夫爲將軍軍細柳以備胡服虔曰細柳在長安西北如淳曰長安細柳倉在渭北近石徼張揖曰在昆明池南今有柳市是也將軍馳白馬豪彥騁雄材魏志龐德常乘白馬羽軍謂之白馬將軍皆憚之箭射欃槍落旗懸日月低爾雅彗星爲欃槍箭發而妖星可落言弓矢所及之遠旗懸而日月若低言幟旆之高而鮮明

以上言軍容之壯

榆稀山易見，甲重馬頻嘶。漢書：蒙恬爲秦侵胡，辟數千里，以河爲境，累石爲城，樹榆爲塞。如淳曰：塞上樹榆也。

天遠星光沒，沙平草葉齊。風吹雲路火，雪汗玉關泥。雲路火，謂烽火其高上冲雲霄。太平寰宇記：玉門關在沙州壽昌縣西南一百十八里。以上預言征途之景。

屢斷呼韓頸，曾燃董卓臍。漢書：姑夕王與烏禪幕及左地貴人共立稽侯狦爲呼韓邪單于，稱臣入朝于漢，立二十八年而死。後漢書：呂布持矛刺董卓，趣兵斬之，乃尸卓于市。天時始熱，卓素充肥，脂流于地，守尸吏然火置卓臍中，光明達曙，如是積日。按：燃董卓臍是實事，斷呼邪頸非實事，乃借說此以實對虛之法。二句言光祿平昔之威望。

太常猶舊寵，光祿是新臍。唐書百官志：太常寺卿正三品，少卿正四品；光祿寺卿從三品，少卿從四品。今以太常而移光祿，是左遷也。恐光祿是散階中之號，所謂光祿大夫之名耳。臍，一作階。

寶玦麒麟起，銀壺狒狖啼。寶玦上刻爲麒麟像，銀壺外畫

蟻宋本作蟻

作狒狖之形狒音廢狖音又二獸名狒類人而被髮長脣反踵狖似猿而昂鼻長尾**桃花連馬發縹絮撲鞍來**首聯言折膠秋沙此聯言桃花縹絮春秋互見者蓋首聯追敘髯胡犯塞之時此聯正點光祿北征之時不曰柳絮而曰縹絮避上細柳字重見**阿臂懸金斗當脣注玉罌**世說周侯曰今年殺諸賊奴當取金印如斗大懸肘後玉罌玉杯也**清蘇和碎蟻紫膩卷浮杯**釋名泛齊浮蟻在上泛泛然也曾益註漢俞白波賊飲酒者謂之卷白波清酥紫膩皆酒琦按清蘇恐即清酥長吉又有白鹿清蘇夜半煮之句可以互証酥酪屬以牛羊乳爲之和酒飲之極佳碎蟻酒初開時面有浮花狀若蟻然紫膩恐是肴饌之名卷者謂以是下酒而易于乾若卷而去之之意也潘岳閑居賦浮杯樂飲絲竹騈羅李善注說苑曰公乘不仁舉大白浮君廣雅曰浮罰也呂向註浮杯流杯也夫軍行而出餞不應有罰爵且又非流水泛觴之時合是順流而飲之義**虎鞹先蒙馬魚腸且斷犀**左傳胥臣蒙馬以虎皮畋用鞹字以協音調然虎皮

而已鄴安用蒙馬此是才人疎處魚腸劍名已見二卷註李尤寶劍銘陸斷犀象水截鯨鯢二句是預試戰時器技之精利

趁趕西旅狗蹙額北方奚

左思吳都賦趁趕猱李善註相隨馳逐衆多貌廣韻趁趕走貌書經西旅底貢厥獒孔安國傳西戎之長致貢其獒犬高四尺曰獒以大爲異舊唐書奚國蓋匈奴別種所居亦鮮卑故地即東胡之界也在京師東北四千餘里東接契丹西至突厥南拒白狼河北至霫國自營州西北饒樂水以至其國蹙額者奚人之狀

守帳然香暮看鷹永夜棲

香謂記時刻之香故曰守帳然香暮養鷹者夜不令得睡睡則生膘然而息于搏擊故睡輒警之所謂看鷹永夜棲也

黃龍就別鏡青冢念陽臺

水經註白狼水又北徑黃龍城東十三州志曰遼東屬國都尉治昌黎道有黃龍亭者也太平寰宇記青冢在振武軍金河縣西北漢王昭君葬于此其上草色常青故曰青冢一統志王昭君墓在古豐州西六十里地多白草此冢獨青故名宋玉高唐賦先王嘗游高唐怠而晝寢夢見一婦人曰妾在巫山之陽高邱之阻旦

爲朝雲暮爲行雨朝朝暮暮陽臺之下周處長橋役侯調短弄哀初學記祖台之志怪曰義興郡溪渚長橋下有蒼蛟吞噉人周處執劍橋側俟久之遇其出于是懸自橋上投下蛟背而刺蛟數劍流血出溪自郡渚至太湖勾浦乃死奇按此處忽用周孝侯事甚覺不倫以對句觀之意者饑飲時伶人所扮者乃周處刺蛟所彈者乃箜篌短調卽景而言之耶風俗通謹按漢書孝武皇帝賽南越禱祀太乙后土始用樂人侯調依琴作坎侯之樂言其坎坎應節奏也侯以姓冠章耳短美謂箜篌所彈之曲其調短者錢唐階鳳羽正室劈鸞釵舊註釋上句曰與子偕行下句曰與婦贈別蓋以鳳羽爲鳳毛也而上三字殊不可解恐有錯謬內子攀琪樹羌兒鄭康成禮記註內子卿之嫡妻也盧思道詩庭前琪樹已堪攀塞外征人殊未還樂府雜奏落梅錄笛羌樂也古有落梅花曲李白詩笛奏梅花曲二句敘家人送別之事攀琪樹卽攀柳贈行之意上文已用正室此句復用內子不應重複至此此亦恐有誤今朝擎劍去何日刺蛟回

吳正子引淮南子荆有佽非得寶劍于干隊還反渡江至于中流陽侯之波兩蛟夾繞其船佽非謂枻船者曰嘗有如此而得活者乎對曰未嘗見也于是佽非瞋目勃然攘臂拔劍曰武士可以仁義之理說也不可劫而奪也此江中之腐肉朽骨棄劍而已予有奚愛焉赴江刺蛟遂斷其頭船中人盡活風波畢除荆爵爲執珪此以喻斬馘敵人周處亦刺蛟吳氏不引周事而引佽飛事以釋此句恐與長橋句犯複耳然此篇自黃龍就别鏡以下意多重複又難通解或係章句舛錯兼之字誤魚豕俱未可定姑缺其疑可也

酬答二首

金魚公子夾衫長，密裝腰鞓割玉方。行處春風隨馬尾，柳花偏打內家香。通典三品以上紫衣金魚袋五品以上緋衣銀魚袋金魚公子謂公子而佩金魚袋者蓋貴冑也鞓音汀皮帶也曾本二姚本作凝同一字耳割玉方謂裁玉作方樣而窗裝了皮帶之上也內家官人劉無雙傳云有中使押領內家三十人往園陵是也內家香謂宫中所製之香徐文長註公子佩內家之香而柳花偏打之郎蝤蠐也解尋好處之意

其二

雍州二月梅池春御水鵁鶄暖白蘋試問酒旗歌板地今朝誰是拗花人

唐時雍州即西京地又爲京兆府郭璞爾雅註鵁鶄似鳧脚高毛冠江東人家養之以厭火災輟耕錄南方謂折花曰拗花○梅一作海

[red marginal note: 拗字敏艸]

畫角東城

曾益註全首與畫角無涉角字誤當是畫甬東城猶畫江潭苑之意也左傳集解甬東越地會稽勾章縣東海中洲也史記集解賈逵曰甬東越東鄙甬江東也韋昭曰句章東海口外洲也元和郡縣志明州鄮縣翁洲入海二百里即春秋所謂甬東地也越滅吳請吳王居甬東其洲周環五百里有良田湖水多麋鹿獢按今浙江之定海縣是其處

河轉曙蕭蕭鴉飛睥睨高河漢運轉天曉之候睥睨音譬詣睪名城上垣曰睥睨言于其孔中睥睨非常也亦曰陴陴禆也言禆助城之高也亦曰女牆言其卑小比之于城若女子之于丈夫也帆長標越甸壁冷掛吳刀海舟之帆較江湖中之帆更為長大標高畢貌杜預左傳註郊外曰郊郊外曰甸越甸謂越地郊外之地壁軍營韻會軍壘臨危謂之壁冷者軍令嚴肅不聞笳擾意吳刀卽軍士所佩者挂者懸而不用淡菜生寒日鰅魚濺白濤淡菜海中介蟲蚌蛤類胡三省通鑑註淡菜狀如蠔而小黑殼脣有鬚如茸本草淡菜生東南海中似珠母一頭小中啣少毛說文鰅魚子也又呂氏春秋魚之美者東海之鰅其形狀無考濺音與巽同噴水也濤大波也濤頭湧起作白色故曰白濤鰅魚能濺白濤則非魚子也水花霑抹額旗鼓夜迎潮水花乃水波相激而起若雨點者抹額軍士紫巾中華古今註昔禹王集諸侯于塗山之夕忽大風雷震雲中甲馬及卒士千餘人中有服金甲及鐵甲不服甲者以紅綃抹其首額禹王問

之對曰此抹額蓋武士之首服皆佩刀以爲衛從乃是海神來朝也秦始皇巡狩至海濱亦有海神來朝皆戴抹額緋衫大口袴以爲軍容禮至今不易其制迎潮者舟行海中過潮至則操舟者正其舟首觸濤而進雖顛蕩于層波疊浪之中終不覆沒不迎潮則舟爲軟浪所拍多遭沉溺此詩言曙言鵶飛言寒日皆是曉景末聯乃說夜中事蓋是倒裝句法見軍士抹額之上爲水花露濕而知其旗鼓夜迎潮也迎潮而用旗鼓是水軍習戰事○姚經三曾註改角字作甬字爲謬夫全首無一字言及畫角不應脫略如許若越句若淡菉若鰤魚若迎潮則惟東越近海之地可以言之曾氏之說是居八九矣

謝秀才有妾縞練改從于人秀才引留之不得後生感憶座人製詩嘲謝賀復繼四首

誰知泥憶雲望斷梨花春泥在地雲在天言不相及之意梨花落盡已過一春思而不見眼幾望斷矣荷絲製機練竹葉剪花裙服飾如此可謂美矣而心

破瓜後從金本宋同不復字及後薊作字俱不通

志不樂復生感憶此即國風副笄六珈之義合下文四句觀之其意始出練熟素繒也徐陵詩竹葉裁衣帶梅花奠酒盤**月明啼阿姐燈暗會良人**阿姐似指秀才之正室而言悲啼月下不敢顯言憶謝而以阿姊當之託詞也燈暗會良人謂其心雖感憶無由相晤或者燈下可訂佳期一良會耳**也識君夫壻金魚挂在身**嚮其擇人而嫁已得所從何必又憶故夫金魚見前四首註金魚在身言其宦職之不卑

其六

銅鏡立青鸞燕脂拂紫綿腮花弄暗粉眼尾淚侵寒對鏡曉妝施朱傅粉而眼角却有淚痕知其爲憶故夫銅鏡立青鸞者鏡臺爲青鸞跱立之象而以鏡倚其上也**碧玉破不復瑤琴重撥絃**吳正子註破不復或云今作破瓜後架本作破不復非也碧玉宋汝南王之妾王寵幸之作歌曰碧玉初破瓜相爲情顛倒不復與瓜後字相近而

訛耳琦謂此二句皆是喻意謂其既改從于人如彼碧玉破而不可復完如彼瑤琴重爲他人鼓擫以誚彼其此時感憶無益之意若訂作碧玉破瓜後不但對句直致無味亦與前四句不相聯屬江淹詩瑤琴豈能開李周翰註瑤琴玉琴也春渚紀聞秦漢之間所製琴品多飾以犀玉金彩故有瑤琴緣綺之號

今日非昔日何人敢正看 今日爲貴人之姬非昔日秀才奕可此何人敢正看當此揚揚得意之日而忽生感憶又何爲乎此與上首同一結法但上首借其夫作襯此首借旁觀者作襯

其三

洞房思不禁蜂子作花心 言其感憶之情不能自禁猶蜂子之營營不靜

暖殘香炷髮冷青蟲簪 梁昭明太子詩袖輕見跳脫珠概雜青蟲琦接廣中有綠金蟬大者如班猫其背作青綠泥金色喜匿朱槿花中一一相交傳云帶之令夫婦相愛婦女多以爲釵簪之飾段公路北戶錄所謂金龜子竺法真羅浮山疏所謂金花蟲陳藏器本草所謂吉丁蟲宋祁益部

段匹磾弟亦名文鴦詩似用此

方物器所謂利州金蟲皆此物也舊註謂以青玉爲簪而雕鏤蟲式者恐未是

夜遥燈燄短　睡熟小屏深

夜遥燈暗方得睡熟以見感憶之切不能即寐之況

好作鴛鴦夢　南城罷擣碪

思而不見惟夢中得以相會當此夜分人靜擣碪之聲寂然不作庶幾得一佳期之夢以少慰其轆轤反側之思耳董懲策註罷者冀其罷也即打起黃鶯兒莫敎枝上啼之意其說亦通韻會碪擣繒石也

其四

尋常輕宋玉　今日嫁文鴦

宋玉謂謝秀才文鴦謂其後夫魏氏春秋文欽中子淑小名鴦年尚幼勇力絕人晉書文欽子鴦年十八勇冠三軍十六國春秋石勒攻幽州幽州刺史王浚遣鮮卑段文鴦率騎救之是文鴦有二一爲將家子一爲番人縞之後夫非番將亦武夫也

戟幹橫龍簴　刀環倚桂窻　邀人裁半袖　端坐攬胡牀

四句晉寫

武人粗鄙傲慢之狀宜縞練之不樂而復思謝生也禮記夏后之龍簨虡鄭康成註簨虡所以懸鐘磬也横曰簨飾之以鱗屬植曰虡飾之以羸屬羽屬孔穎達正義簨虡之上以龍飾之簨虡即虡字音渠上聲釋名刀本曰環形似環也梁元帝詩桂窓斜月輝半袖三亦謂之半臂釋名曰半袖其袂半襦而施袖也胡三省通鑑註胡牀隋改曰交牀今之交椅是也舊註以裁半袖爲裁剪半袖之衣夫以佩金魚貴人端坐胡牀命姬妾剪裁半袖亦屬常事未見驕傲態琦謂裁字古與纔字通用作僅字解僅服半袖而見人自據胡牀而端坐是言其平素接人妄自尊大之意待客如此閨房之内自可知矣**淚濕紅輪重**

栖烏上井梁曾益註紅輪即吹輪婦女所執如暖扇之類引沈約詩畫扇迎初著紅輪映早寒以謌又徐交長以紅輪爲車輪薰爐策以紅輪爲半袖琦按皆非是庾信詩步搖釵朶動紅輪披角斜李頎詩纖成花映紅綸巾二詩輪綸字體雖殊詳義則一疑是婦女所佩巾披之類故爲淚所沾濕也井藻井也梁屋梁也薛綜西京賦註藻井當棟中交木方爲之如井幹也夢溪筆談屋上覆橑古人謂之綺

井亦曰藻井井梁之地非棲烏所止而有烏集其上喻言其身不當爲武夫之配而今爲其配也疑當時有此喻而長吉引以爲比令俚俗歌詞有誰知逐魂鳥空占畫眉籠之句以喻拙夫而配巧婦者亦是此意○棲烏一作投烏

昌谷讀書示巴童

蟲響燈光薄宵寒藥氣濃君憐垂翅客辛苦尚相從

後漢書馮異傳始雖垂翅回谿終能奮翼黽池蓋以鬭鳥爲喻敗則垂翅而遁勝則奮翼而鳴此詩是下第後所作

巴童荅

巨鼻宜山褐龐眉入苦吟非君唱樂府誰識怨秋深

巨鼻謂巴童龐眉長吉自謂後高軒過中亦有龐眉書客感秋蓬之句龐字一作厖古通用王褒四子講

德論厖眉者耇之老李善註厖雜也謂眉有黑白雜色張衡思元賦尉厖眉而郎潛用顏駟厖眉皓髮老于郎署事按長吉年未過三十安得遽有厖眉如顏駟或者其眉黑白厖雜生而已然令人亦間有之又厖字一訓厚一訓大李義山作長吉小傳謂長吉通眉蕤其眉濃密中間相連不甚開豁自謂厖眉者或取厚大之義亦未可定

代崔家送客 家曾本作是

行蓋柳煙下，馬蹄白翩翩。恐送行處盡，何忍重揚鞭。恐送行處盡曾本作恐隨行處盡二姚本作恐隨送處盡重一作復

出城

雪下桂花稀，啼烏被彈歸。二句皆喻言不第關水乘驢影，秦風帽帶垂。歸路蕭條之況入鄉試萬里，無印自堪悲。自昌谷至長安

路途不遠萬里字恐誤一作誠萬重一作誠可重言還鄉本人之所樂今以無官而歸自堪悲耳　卿忍相問鏡中雙淚姿預擬閨人憐己點頷忍苦以相勞問不覺雙淚垂下鏡中自顧方始知之世說王安豐婦常卿安豐安豐曰婦人卿壻於禮爲不敬後勿復爾婦曰親卿愛卿是以卿卿我不卿卿誰當卿卿遂恒聽之○姿一作垂重第二韻非

莫種樹

園中莫種樹種樹四時愁獨睡南牀月今秋似去秋南牀二姚本作南窗

將發

東牀卷席罷護落將行去秋白遙遙空日滿門前路卷席東裝而行也魏書已護落而火成又靡靡而無立濩落護落同義○遙遙一作逍遙非

追賦畫江潭苑四首 吳正子註按金陵六朝事跡江潭苑乃梁苑也梁大同九年置在上元縣東南二十里景定建康志古江潭苑其地在新林路西去城二十里梁大同初立按輿地志武帝從新亭鑿渠通新林浦又爲池開大道立殿宇亦名王遊苑未成而侯景亂蔡宗旦金陵賦云訪江潭之大苑惟蕭溝之名存註今有溝名蕭家溝卽此也四詩皆咏宮人早起遊獵之景蓋因觀畫而賦其事如此

吳苑曉蒼蒼，宮衣水濺黃。苑在金陵乃古之吳地故曰吳苑蒼蒼曉色水濺黃采色之名今之鵝黃色

小鬟紅粉薄，騎馬珮珠長。路指臺城迥，羅薰袴褶香。六朝事跡建康實錄晉成帝咸和七年新宮成名建康宮註卽今之所謂臺城也在縣東北五里周回八里又按輿地志云同泰寺南與臺城隔路今法寶寺及圓寂寺卽古同泰寺基故法寶亦名臺城院以此考之法寶圓寂之南蓋古臺城地也今基址尚在袴音庫褶音習韻會袴褶騎

蘭澤將作澤蘭

服也隋書袴褶近代服以從戎今纂嚴則文武百官咸服之中華古今註袴褶古之裳也周武王以布為之名曰褶敬王以繒為之名曰袴但不縫口而已琦按恐即今馬上所着戰裙之類

行雲霑翠輦。今日似襄王。

其二

寶袜菊衣單。蕉花容露寒。

楊升菴曰袜女人脇衣也隋煬帝詩錦袖淮南舞寶袜楚宮腰盧照鄰詩倡家寶袜蛟龍被是也古今註謂之腰彩菊衣衣之黃色如菊花者姚註以周禮之鞠衣證之大鞠衣乃皇后六服之一親蠶則衣之非宮人遊獵所宜衣蕉花句徐文長以爲串言袜色之黃琦按寶袜者宮人近身之服人所不見然其色之紅艷有似蕉花其上以菊衣單之菊衣既單則不能掩却寶袜之色而容露其紅艷之影寒字即從單字生出是以下句中上句法

水光蘭澤葉。重帶剪刀錢。

宋玉神女賦沐蘭澤含若芳李善註沐洗也以蘭浸油澤以塗頭也枚乘七發

蒙清塵被蘭澤張銑註覽其髮如被沐蘭澤也蘭澤以蘭漬膏者也觀此則知水光者是美其髮光如水之光緣以蘭葉漬膏塗之致有此美重帶帶之下垂者古者謂錢爲刀漢書食貨志貨寶于金利于刀如淳曰名錢爲刀者以其利于民也則刀與錢一也于帶上剪刀錢之文以爲飾猶竹葉剪花幇之類○重帶吳本作帶重**角暖盤弓易靴長上馬難**盤曲也弓不用則弛其弦將上弦則必盤曲其弓體天寒角勁盤之爲難天暖角軟盤之則易也女子着靴跨馬供非素習今以遊獵改裝而兼用之故覺其難二句摹寫宮人雖作軍裝而嬌弱之態宛然如在**淚痕霑寢帳匀粉照金鞍**夜眠怨淚不覺沾漬寢帳殆曉起而匀粉傳面從鴦由遊冶容艷色照耀于金鞍之上見者方以爲從行之樂而豈知其中心之隱憂哉

其三

剪翅小鷹斜縚根玉鏇花姚經三註刷羽斜擊其翅如剪此說是也會註謂剪

翅以調習則似平時畜養之法非獵時用以搏擊之禽且于斜字無當絡繫鷹之索鏇轉軸也纏之根以

玉作鏇而琢花其上也○鏇會本作簇鞦垂粧鈿粟箭箙釘文牙鞦馬轡也

曾本二姚本作鍬誤金華曰鈿鈿粟者鈿文粒粒然如粟之文也箭箙盛箭之箙釘文牙釘象牙于箙上

以爲飾鸊鷉啼深竹鵁鶄老濕沙䰽音廢韻會狒說文本作䰽周成王時州

靡國獻䰽䰽人身反踵自笑笑即上唇掩其目食人北方謂之土螻爾雅䰽如人被髮迅走一名梟羊俗

謂山都今交州山中有之或作狒亦作𥝗文選吳都賦䰽䰽笑而被格又作䰽狡獵賦蹈飛豹絹梟羊師

古曰梟陽鸓鸓也人面黑身有毛集韻又作鸓禺琦按吳本姚經三本作鸓鸓曾本姚仙期本作鸓鸓同

一字耳今之所謂人熊野人是也本草鵁鶄水鳥也出南方池澤似鴨綠毛人家養之馴擾不去可厭火

災二句見苑中多有奇禽異獸宮官燒蠟火飛燼汚鉛華天時尚暗故宮官燒

蠟以照其行而飛燼汚觸粉面也洛神賦鉛華弗御李善註鉛華粉也博物志曰燒鉛成胡粉

乳鄉酪擬之
盧龍猶言烏
龍耳

其四

十騎簇芙蓉宮衣小隊紅十騎爲一小隊皆着紅練衣相簇聚如芙蓉然練

香燻宋鵲尋箭踏盧龍博物志宋有俊犬曰鵲埤雅義訓曰良犬韓有盧宋有鵲盧黑色鵲黑白色曾益註練香使通鼻以知臭董懋策註獵犬須藥燻乃捷練對尋即煉藥也非衣香也姚經三註宮娃雲集獵犬亦惹衣香璚謂姚說是也太平寰宇記盧龍山在昇州上元縣西北二十里周迴五里西臨大江景定建康志盧龍山在城西北二十五里周迴一十二里高三十六丈東有木下注平陸西臨大江今張陳湖北倚隴北接靖安皆北山地晉元帝初渡江見此山嶺綿延遠接石頭真江上之關塞以此北地盧龍山因以爲名按今江寧城西北二十里之獅子山即其山也旗濕金鈴

重霜乾玉鐙空今朝畫眉早不待景陽鐘南齊書上數游幸苑囿載宮人從後車宮內深隱不聞端門鼓漏聲置鐘于景陽樓上宮人聞鐘聲早起粧飾

李長吉歌詩　卷三　十七

李長吉歌詩　卷三

潞州張大宅病酒遇江使寄上十四兄　有酒龍

張大徽索賄詩時張初效潞幕此云潞州張大宅即張徽之宅也

秋至昭關後當知趙國寒昭關十四兄所住之地趙國長吉所寓之地江南通志昭關在和州含山縣小峴西伍子胥自楚奔吳過昭關即此潞州春秋時潞子國戰國時爲上黨地初屬韓其後馮亭以上黨降趙又爲趙地故曰趙國

繫書隨短羽寫恨破長箋短羽舊註用蘇武雁足繫書非琦謂短羽當作羽檄解凡警急檄書則以鳥羽插其上所謂江使蓋奉檄而行者破猶裁字之義

病客眠清曉疎桐墜綠鮮城鴉啼粉堞軍吹壓蘆烟軍吹軍中所吹如胡笳之類

岸幘褰紗幌枯塘臥折蓮覆髻之巾曰幘岸幘者謂戴幘而露額也世說謝奕在桓溫座岸幘嘯詠無異常日幌音黃上聲帷幔也○紗竹本一姚本作沙

木窗銀跡畫石磴水痕錢銀畫吳正子懸銀沫

彩畫爲飾蓋謂未寫之上原有塗銀彩昔但年深色漶僅存其跡而已其說本是徐文長以爲篇中無後語似述窮居疑指蝸跡者似太鑿石磴山上登陟之道今與木窗作對似指庭院之石凳水痕錢謂石上水漬之痕漸成苔蘚有似錢狀○銀跡畫二姚本作銀書跡旅酒侵愁肺離歌繞懦絃陸機詩急絃無懦響詩封兩條淚露折一枝蘭莎老沙雞泣沙雞陸璣草木疏莎雞如蝗而斑色毛翅數重其翅正赤或謂之天雞六月中飛而振羽索索作聲幽州謂之蒲錯木草莎雞居莎草間蟋蟀之類泣者謂鳴聲凄切松乾瓦獸殘瓦松松也生屋瓦上高尺許遠望如松苗瓦獸屋上鴟尾後狼之類年深殘毀爲瓦松所蔽故不見今松既乾死而瓦獸殘敗之狀始見二句皆言秋日蕭條之景覺騎燕地馬夢載楚溪船燕地馬謂燕地所産之馬燕趙地相鄰接故云和州乃戰國時楚地十四兄在其處時時懷想故遂夢至具處椒桂傾長席鱸魴斫玳筵豈能忘舊路江島滯佳

言豈便緣此滯留也

金本載古詩云云
作允注如宋本同

宋本楊

缶。姚經三註見處椒桂鱸魴雖江南風景可樂豈得竟忘舊路而久滯江鳥卯楚辭奠桂酒兮椒漿王逸註桂酒切桂置酒中也椒漿以椒置酒中也曹植瓜賦瓜布象牙之席香薰玳瑁之筵

難忘曲 樂府詩集相逢行一曰相逢狹路間行亦曰長安有狹邪行李賀有難忘曲亦出于此蓋相逢行古辭云君家誠易知易知復難忘長吉本此辭而命名也

夾道開洞門。弱楊低畫戟。（柳）漢書董賢傳重殿洞門顏師古註洞門謂門門相當也弱楊楊之弱者耶垂柳也畫戟戟之彩畫有文飾者唐時三品以上官皆列戟于門以爲儀飾二句言門外之壯麗○弱姚仙期本作強

簾影竹華起。簫聲吹日色。竹華謂簾竹之華紋起者因風蕩擺而其紋見也二句言室中之沉靜○竹華一作竹葉非

蜂語繞粧鏡。畫蛾學春碧。蜂語蜂聲也蜂飛則有聲聞花香處則群萃焉美人曉粧之地花氣馥郁故蜂聲繞之春碧草也江淹別賦春草碧色言所畫之蛾眉如春草之色也邱象升註以春碧爲遠山之色亦

逼○畫蛾吳本曾本作拂蛾亂繫丁香梢滿欄花向夕杜子美詩丁香體柔弱亂結枝猶墊

賈公閭貴壻曲按晉書賈充字公閭官至太尉前妻李氏生二女一名荃爲齊王攸妃一名裕未詳所嫁後妻郭氏生二女一名時爲晉惠帝后一名午爲韓壽所竊而後嫁者壽官至散騎常侍河南尹此云賈公閭貴壻殆謂韓壽

朝衣不須長分花對袍縫言衣服之時式嚶嚶白馬來滿腦黃金重古詩黃金絡馬頭不過以黃金爲絡頭之飾而已今滿腦之上皆黃金而嫌其重其裝飾之繁多可知今朝香氣苦珊瑚澀難枕香氣本甜而云苦珊瑚枕本滑而云澀以見富貴驕奢之態二句言其不安家居而騎馬出遊之故且要弄風人暖蒲沙上飲弄風郎行雲行雨之意二句似指其挾妓宴飲或謂弄風人指賈女言者恐未是燕語

李長吉歌詩　卷三

踏簾鉤日虹屏中碧 後漢書凡日旁氣色白而純者名爲虹日虹者謂日光透入室中見成白氣有如虹狀映射屏中遂成碧色二句言其出遊至晚室中寂寥之景 潘令在河陽無人死芳色 晉書潘岳爲河陽令美姿儀辭藻絕麗少時常挾彈出洛陽道婦人遇之者皆連手縈繞投之以果遂滿車而歸詩意謂如潘岳之才貌宜爲貴族之所擇而以爲壻者也乃遠在河陽無人爲其芳色而心死蓋深薄乎目中所見之狂且也此詩當是貴臣之壻挾妓出遊長吉遇之惡其輕薄而作此詩其借賈公閭之名以立題者或以其婦翁之姓相同或以其壻結縭之先有類午壽所爲者故因之而有所諷耶○芳色一作花色

夜飲朝眠曲

觴酬出座東方高 出座酒罷也東方漸明天曉之候 腰横半解星勞勞 腰横腰帶也半解酒後衣冠不整之貌 柳花鵶啼公主醉薄露壓花

園作蘭宋金本
園

蕙蘭氣柳花一作柳苑其義似長蕙蘭吳本作蕙園玉轉濕絲牽曉水玉轉謂井上轆轤濕絲謂汲水繩熱熱粉生香琅玕紫姚仙期註面熱則粉香酒上面色如紅夜飲朝眠斷無事楚羅之幃臥皇子詩意是公主玉之家宴請皇子而爲長夜之飲者作

王濬墓下作太平寰宇記虢州恆農縣有王濬冢濬仕晉平吳有功卒葬于此晉書王濬傳濬卒葬柏谷山大營塋域葬垣周四十五里面別開一門松柏茂盛

人間無阿童。猶唱水中龍。晉書時吳有童謡曰阿童復阿童御刀浮渡江不畏岸上虎但畏水中龍羊祜聞之曰此必水軍有功當思應其名者耳會益州刺史王濬徵爲大司農祜知其可任濬又小字阿童因表留濬監益州諸軍事加龍驤將軍密令修舟檝爲順流之計白草侵烟死。秋藜遶地紅。白草經霜衰草其色變白藜即灰藋之紅心者史記正義藜似藿而

李長吉歌詩　卷三

表赤○秋黎兒本作秋梨誤

古書平黑石。神劍斷青銅。

黑石墓上碑版歲久而字畫漸平銅劍殉葬之物年深而銹蝕斷壞上句是得之目擊下句是得之臆度因見墓上之碑字漸滅而知其墓中之古劍且斷也古劍銅鐵皆爲之西京雜記魏襄王冢有銅劍二枚郭璞山海經註汲郡冢中得銅劍一枚長三尺五寸是其一證

耕勢魚鱗起。墳科馬鬣封。

班固西都賦溝塍刻鏤原隰龍鱗呂延濟註刻鏤龍鱗皆地之畦疆相交錯成文章檀弓孔子之喪子夏曰昔者夫子言之曰吾見封之若堂者矣見若坊者矣見若覆夏屋者矣見若斧者矣從若斧者焉馬鬣封之謂也○墳科一作墳斜

莿花垂濕露。棘徑臥乾蓬。松栢愁香澀。南原幾夜風。

客遊

悲滿千里心日暖南山石不謂承明廬老作平原客

漢書嚴助傳君厭承明之廬勞侍從之事張晏曰承明廬在石渠閣外直宿所止曰廬史記平原君趙勝者趙之諸公子也喜賓客賓客蓋至者數千人長吉時遊趙地故曰平原客老字當作久字解下文三年字可見不然長吉年未及壯安得遽稱老乎

四時別家廟三年去鄉國旅歌屢彈鋏歸問時裂帛戰國策齊人馮驩貧乏不能自存使人屬孟嘗君願寄食門下居有頃倚柱彈其鋏歌曰長鋏歸來乎食無魚孟嘗君曰食之居有頃復彈其鋏歌曰長鋏歸來乎出無車孟嘗君曰爲之駕後有頃復彈其鋏歌曰長鋏歸來乎無以爲家孟嘗君使人給其食用鋏劍把也古烏夜啼曲裂帛作遜書江淹恨賦裂帛繫書

崇義里滯雨按長安志朱雀街東第二街有九坊崇義坊其一也

落漠誰家子來感長安秋壯年抱羇恨夢泣生白頭瘦馬秣敗草雨沫飄寒溝南宮古簾暗濕景傳籖籌

按雍錄尚書省在朱雀門北正街之東自南第一坊六部附隸其旁又曰禮部既附尚書省矣省前一坊別有禮部南院者即貢院也長安志曰四方貢舉所會其說是也有試其中而賦詩曰才到第三條燭盡南宮風月書難成則以試所爲南宮也或謂尚書省六部皆在省之南故禮部郎爲南宮舍人然唐人通呼尚書省爲南宮白居易詩我爲憲部入南宮是除刑部時詩也盧綸詩南宮樹色曉森森是謂金部王郎中詩也李嘉祐詩多雨南宮夜仙郎寓直時是和一官員外詩也數詩可證第尚書省在朱雀街東第一街之西崇義坊在第二街之東何緣咏及疑所謂南宮古簾暗是隱喻有司之不明濕景傳籤籌是隱喻有司之去取不能無誤蓋籤籌者報時辰之籌雨中無日景可驗所報之籌安得無差誤耶

家山遠千里雲脚天東頭長吉家于河南之福昌縣在長安東相去八百餘里曰千里者約其大數也舊註以爲指隴西成紀者非隴西在長安之西與天東句不合

憂眠枕劍匣客帳夢封侯思于書者夢于夜因試文不合有投筆從戎之意故見于夢者若此

馮小憐 隋書齊後主有寵姬馮小憐慧而有色能彈琵琶尤工歌舞後主惑之拜爲淑妃

灣頭見小憐請上琵琶絃破得東風恨今朝值幾錢 東風吳本作春風 裙垂竹葉帶鬢濕杏花烟 梁簡文帝詩帷寒竹葉帶徐陵詩竹葉裁衣帶女紅餘志桓豁女字女幼製絲錦衣帶作竹葉樣遠視之無二 玉冷紅絲重 齊宮駕妾鞭 吳氏謂紅絲即琵琶絃以朱絲爲之邱氏謂紅絲是衣琦謂恐是指馬鞭而言也蓋是以玉飾鞭而以紅絲爲其繫夫以玉飾鞭而嫌其冷以紅絲爲繫而嫌其重寫其嬌弱之狀玩詩意似是女伶將入宮供奉擁琵琶騎馬而行長吉見之而借小憐以諭者○駕妾鞭吳本曾本作妾駕鞭

贈陳商 吳正子註陳商字述聖陳宣帝五世孫散騎常侍彛之子也登進士第仕至秘書監封許昌縣男有集十七卷見藝文志按登科記商中元和九年進士

長安有男兒，二十心已朽。楞伽堆案前，楚辭繫肘後。人生有窮拙，日暮聊飲酒。祇今道已塞，何必須白首。以上自述年少而不遇于時。文獻通考：楞伽經四卷，宋天竺僧求那跋陀羅譯。楞伽，山名，佛爲大慧演道于此山。元魏僧達磨以付僧慧可曰：吾觀中國所有經教，惟楞伽可以印心。謂此經也。道已塞，謂道不行。淒淒陳述聖，披褐鉏俎豆。學爲堯舜文，時人責衰偶。邱象升註：俎豆何可鉏，蓋郎耕治禮樂之謂。琦謂恐是帶經而鉏，休息輒讀誦之意，謂其耕鉏之間又習俎豆之事。韓昌黎有荅陳商書曰：辱惠書，語高而旨深，三四讀尚不能通達。所謂學爲堯舜文，時人責衰偶者，于此可證。衰偶，直弱排偶之意。柴門車轍凍，日下榆影瘦。黃昏訪我來，苦節青陽皺。柴門二句，自言居處冷落之況。日下，日落時也。爾雅：春爲青陽。郭璞註：氣青而温陽也。皺者，鬱而不舒之意。言固守其節，而春氣亦若爲之不暢。太華五千仞，劈地抽森秀，旁苦無寸尋。一上戛牛斗。山海經太華四方其高五千仞其廣十里蓋太華之峰拔地峭立而有如削成之狀不似他山坡陀易涉所謂旁苦無寸尋者言其無寸尋平坦之處戛轢也謂其高上犯牛斗之宿也四句喻言陳商人品之高○旁苦徐本曾本二姚本供作旁古公卿縱不憐，寧能鎖吾口。不憐曾本二姚本作不言李生師太華，大坐看白晝。李生長吉自謂吳註疑當爲陳生生者非是師太華者以陳商爲師師法亦欲立品如太華之高不肯奔走于富貴之門長坐而過白日了無一事逢霜作樸樕，得氣爲春柳。又言己才淺薄遇艱難之時則如逢霜之樸樕遇盛明之朝亦不過爲得氣之春柳無甚奇特毛萇詩傳樸樕小木也孔穎達正義釋木云樸樕心某氏曰樸樕槲樕也有心能濕江淮閒以作柱孫炎曰樸樕一名心是樸樕爲木名也言小木者以林有此木故言小木也鄭樵爾雅註樸樕其樹易大花葉似栗禮節乃相去，顑頷如芻狗。莊子夫芻狗之未陳也盛

以筐衍巾以文繡尸祝齋戒以將之及其已陳也行
者踐其首脊蘇者取而爨之而已陸德明註芻狗結
芻爲狗巫祝用之言已雖師法陳商而才能淺薄與
人相接禮節之間較之子商相去甚遠爲人所賤如
已祭之芻狗不堪極矣

風雪直齋壇。墨組貫銅綬。臣妾氣態間。

長吉爲奉禮郎祭祀之事是其所職故當風雪之時直事齋壇雖佩戴印綬儼
然王臣而仰臣妾之氣態只欲親承掃除之細務其

唯欲承箕帚。

禮節乃如是乎漢書百官公卿表秩比六百石以上
皆銅印黑綬唐之奉禮郎從九品官也掌祭祀君臣
之板位陳設祭器贊導拜跪之節無印綬可佩而云
墨組銅綬者蓋借古之儀制而言耶抑與祭之官得
有此章服耶銅固印印矣綬即組也今以墨組而貫銅
綬理不可解恐有外誤書費誓臣妾逋逃孔安國傳
云役人賤者男曰臣女曰妾又其下文曰誘臣妾傳
云誘偷奴婢鄭元周禮註臣妾男女貧賤之稱是臣
妾者即今奴婢之謂詩意似指宦豎輩唐自中葉之
後宦官得勢想當祭祀亦有宦官監視者指揮禮臣
故作氣態長吉憤焉故欲親箕帚之事而自雜于賤

役之中以避其驕䶩所以申明上文顱頷如芻狗之實

天眼何時開。古劍庸一吼。

言己之不遇由天意不肯聰顧耳若天眼苟開而見顧得時遇主騰踏而上如古劍之鳴吼而去何至如今日之顱頷乎太平御覽世說曰王子喬墓在京陵戰國時人有盜發之者覩無所見惟有一劍停在空中欲取之劍作龍鳴虎吼遂不敢取俄而徑飛上天

釣魚詩

秋水釣紅渠。仙人待素書。菱絲縈獨繭。菰米蟄雙魚。

列仙傳陵陽子明者銍鄉人也好釣魚于旋溪釣得白龍子明懼解鉤拜而放之後得白魚腹中有書教子明服食之法子明遂上黃山採五石脂沸水而服之所謂仙人待素書疑用此事列子詹何以獨繭絲爲綸芒針爲鉤荆條爲竿剖粒爲餌引盈車之魚于百仞之淵汨流之中綸不絕鉤不伸竿不撓爾雅其獨成繭者謂之獨繭自二以上謂之同功繭本草蘇頌曰菰生水中葉如蒲葦其苗有莖梗者謂之菰

蔣草至秋結實乃彫菰米也古人以爲美饌今饑歲人猶採以當糧蟄者伏其下而不出猶蟲之蟄于土中○菰米吳本作蒲米而註云蒲米菰米也

斜竹垂清沼。長綸貫碧虛。餌懸春蜥蜴。鈎墜小蟾蜍。綸釣緡也細者謂之釣絲稍肥者謂之綸碧虛水也蜥蜴似蛇而有四足長五六寸有水陸二種生陸地者色黃褐生水中者背上色黑如漆腹下紅如丹砂人謂之水蜥蜴亦謂之泉龍蟾蜍似蝦蟆而大苐蝦蟆多在陂澤中蟾蜍多居陸地鈎魚于水而得陸地之蟾蜍此句似因趁韻之誤然陶弘景別錄謂蝦蟆一名蟾蜍疑古人亦多混呼之○淸曾本二姚本作靑綸曾本姚本作輪誤 仙期

詹子情無限。龍陽恨有餘。爲看煙浦上。楚女淚沾裾。詹子卽列子所稱之詹何戰國策魏王與龍陽君共船而釣魚龍陽君得十餘魚而涕下王曰何謂也對曰臣之始得魚也臣甚喜後得又益大直欲棄臣前之所得矣今以臣之凶惡而得爲王拂枕席爵至人君走人于庭避人于途四海之內美人亦甚多矣聞臣之得幸于王也必褰裳

而趨王臣亦猶曩臣前所得之魚也臣亦將棄矣臣安能無涕出乎○此詩似爲釣而不得魚者言首四句是一意初聯仙人待素書覩待之一字則魚之未獲可知也三四承上而言釣絲爲菱根所縈雙魚又伏于叢草之間而不出求其獲也不亦難乎中四句是一意言釣魚之具若竿若絲若餌若鈎無一不具乃所獲者只蜥蜴蟾蜍之類而魚竟無所得語尤明晰末四句是一意詹子之釣也以小鈎粒餌所獲盈車之魚其心則有無限之樂龍陽之釣也因前魚之欲棄而涕下其心則動有餘之恨若釣而不得者何能無艱難不遇之感耶迴瞻烟浦之上適有淚下沾裾之楚女非傷遇人之不淑即悲生世之無聊其情其恨諒亦與余有同感矣全詩舊解皆不甚切或指蜥蜴爲芳餌或解蟾蜍爲如初月之利鉤尤爲未確

奉和二兄罷使遣馬歸延州唐時延州屬關內道在京師東北六百三十一里○和二姚本作賀

空留三尺劍不用一丸泥二句言罷使後閒廢不用後漢書隗囂將王元說囂曰請以一丸泥爲大王東封函谷關馬向沙場去人歸故國來笛愁翻隴水隴水隴頭流水曲即隴頭吟也文獻通考鼓角橫吹十五曲有隴頭吟亦曰隴頭水酒初熟時下石灰水火許易子澄清所謂灰酒酒喜瀝春灰錦帶休驚雁羅衣向鬭雞錦帶羅衣皆燕游之服猶言緩帶輕裘之意驚雁用更嬴事戰國策更嬴謂魏王曰臣爲王引弓虛發而下鳥有閒雁從東方來更嬴以弓虛發而下之王曰然則射可至此乎更嬴曰此孽也其飛徐而鳴悲飛徐者故瘡痛也鳴悲者久失群也故瘡未息驚心未去聞絃音烈而高飛故瘡隕也庾肩吾詩驚雁避虛弓二句言既已罷使閒居可以不必再習射事且尚鬭雞游戲之務以寄其雄心○向吳本作尚還吳已渺渺入鄴莫淒淒晉書顧榮微爲散騎侍郎以世亂不應遂還吳入鄴事未詳自是桃李樹何患不成蹊漢書桃李不言下自成蹊顏師古註

蹊謂徑道也言桃李以其花實之故非有呼名而人爭歸趨來往不絕其下自然成徑此用其意謂旣有其材人將爭用之矣不必以一時之罷使爲戚○何患與本曾本作何畏

苔贈

此因人買妾作詩内指若陵如子事

本是張公子作**曾名萼綠華**○玩全首詩意是貴公子家新買寵妓宴客而作也張公子驕貴公子萼綠華驕寵妓漢書成帝時童謠曰燕燕尾涎涎張公子時相見其後帝爲微行出遊常與富平侯張放俱張公子謂富平侯也真誥萼綠華者自云是南山人不知是何山也女子年可二十上下靑衣顏色絕整以升平三年十一月十日夜降羊權家自此往來一月之中輒四五過來耳云本姓楊贈權詩一篇并致火浣布手巾一條金玉條脫各一枚神女語權君愼勿泄我泄我則彼此獲罪訪問此人云是九疑山中得道女羅郁也宿命時曾爲師母毒殺乳婦元州以先罪未滅故令謫降于臭濁以償其過今在湘東山此女已九百歲矣此妓想曾爲女冠故以萼綠華比之　**沈香熏小像**○楊

柳伴啼鴉以小像對啼鴉則像字當是象字之訛長吉宮娃歌內亦有象口吹香之句蓋肖象形作薰爐今時尚有此式吳正子註云小像香器也其說甚是而欠明餘註皆謬古樂府暫出白門前楊柳可藏烏歡作沉水香儂作博山爐長吉演作對句以喻相依而不能離之意**露重金泥冷杯闌玉樹斜**露重夜深之候金泥是泥金衣杯闌酒闌也玉樹斜者醉而身體倚斜貌以玉樹爲比者即杜子美所謂宗之瀟灑美少年舉觴白眼望青天皎如玉樹臨風前也**琴堂沽酒客新買後園花**琴堂沽酒客謂司馬相如相如善琴其舊宅基址有琴臺故跡琴堂即琴臺也相如又嘗賣酒于臨邛故以琴堂沽酒客稱之而取之以喻貴公子後園花以比寵妓

題趙生壁

大婦然竹根中婦舂玉屑然竹根以供炊舂米作粉以爲餌玉屑謂米粉細白有如玉屑**冬暖拾松枝日烟生蒙滅**蒙滅不明之狀日光山氣相映未即解散

敗意語乃如此　俊筆

若有若無冬日最多此景○生吳本作㞢誤木蘚青桐老石泉水聲發生所居之處有古木流水之趣木皮上生苔蘚惟老木有之○石泉吳本作石井縣背臥東亭桃花滿肌骨古稱色如桃花言其面色美好也此言桃花滿肌骨則徧體之色皆美好矣所以言其頤養之善○趙生恭隱居自樂者也所謂大婦中婦實指其家人而言與樂府所稱大婦織羅綺中婦織流黃小婦無所作携琴上高堂云云迥然不同舊註引以作證而或且美其能截作兩句為詩家斜換法皆非是

桐集作留　宋本桐

感春

日暖自蕭條花悲北郭騷呂氏春秋齊有北郭騷者結罘網捆蒲葦織屨履以養其母使信詩學畀南宮敬貧同北郭騷長吉有母而家貧故以北郭騷自比榆穿萊子眼柳斷舞兒腰吳正子註萊子當作來子宋廢帝景和元年鑄二銖錢文曰景和形式轉細無

金本萊子　宋同

古歌詞云東飛伯勞西飛燕黃姑織女時相見誰家女兒對門居開花發色照里閭又云三春已暮花從風空留可憐誰与同此詩當本其意耳

李長吉歌詩　卷三

輪郭不磨鑿者謂之來子尤輕薄者謂之苻葉今謂榆莢似之又宋書作來子如此則來字誤作來又轉誤作萊也琦按舊本昌谷集有作萊字者亦誤杜子美詩隔戶楊柳弱嫋嫋恰似十五女兒腰

上幕迎神燕飛絲送百勞

上幕張幕也月令仲春之月元鳥至至之日以太牢祀于高禖蓋古人以燕至爲祈嗣之候上幕迎神燕蓋是其事謂之神燕美其稱也庾肩吾詩金箔圖神燕張華禽經註鳴伯勞也狀類鶡鶡而大左傳謂之伯趙方言口孤雞鳴則草衰易通卦驗伯勞性好單飛其飛㚇其聲嗅嗅夏至應陰而鳴冬至而止曹植惡鳥論侍臣曰世人同惡伯勞之鳴敢問何謂也王曰昔尹吉甫用後妻之讒殺孝子伯奇吉甫後悟追傷伯奇出遊于田見鳥鳴于桑其聲噭然吉甫心動曰伯勞乎鳥乃撫翼其音尤切吉甫顧謂曰伯勞乎是吾子棲吾輿非吾子飛勿居鳥尋聲而棲于蓋吉甫遂射殺後妻以謝之故俗惡伯勞之鳴言所鳴之家必有凶也此好事者附名爲之說而今普傳惡之斯實否也伯勞以五月而鳴應陰氣而動陰爲賊害盛殺害之鳥也其聲鵙鵙然故俗憎之若其爲人災害蠱人之

所信通人之所畧也燕來主吉祥故迎之伯勞鳴主有凶兆故送之想長吉居處風俗有此言故云送者遺去之義飛絲事未詳

胡琴今日恨急語向檀槽昔人謂琵琶郎是胡琴考岑參白雪歌云中軍置酒飲歸客胡琴琵琶與羌笛則胡琴琵琶乃二物也又琵琶據傳元賦漢遣烏孫公主嫁昆彌念其行道思慕故使工人裁箏筑爲馬上之樂欲從方俗語故曰琵琶杜摯云長城之役絃鼗而鼓之是琵琶本不起胡中謂之胡琴當不其然考唐時有五絃琵琶一器如琵琶而小北國所出舊以木撥彈樂工裴神符初以手彈太宗悅甚後人習爲搊琵琶唐人所謂胡琴應是五絃琵琶耳檀槽謂以紫檀木爲琵琶槽張祜詩金屑檀槽玉腕明王建黄金捍撥紫檀槽王仁裕詩紅妝齊抱紫檀槽是也

仙人

彈琴石壁上。翻翻一仙人。手持白鸞尾。夜掃南山雲。

鹿飲寒澗下。魚歸清海濱。當時漢武帝。書報桃花春。

仙人居山澤間養靜守閑悠然自得如鹿之飲于寒澗魚之歸于清海藏身遠害與世事漠不相與乃其宜也奈何生當漢武帝之時聞其志慕神仙招致方術遂不能守其恒志而上書以報桃花之春悟道修真之士應不如是姚經三謂元和朝方士輩競趨輦下帝名田伏元入禁中詩爲此輩而作㫖不誣也鸞色五采而多紫爲瑞應之鳥其色多青者爲青鸞多白者爲白鸞皆仙禽也以鸞尾爲帚故可以掃雲作塵尾解者非是澗曰寒澗海曰清海爲熱鬧塲中運濁世界作一對證桃花春者謂王母仙桃三千年一開花三千年一結實屆當其時以爲求之而可得也○翻翻曾本作翩翩

河陽歌　唐時河南府東北有河陽縣相去八十里行水金鑑今懷慶府孟縣西有河陽廢縣

染羅衣。秋藍難着色。

羅衣染色初非難事乃有時而難着色以喻兩美相遇初無難

合而有時不能相合盍詩之興而比者也不是無心人爲作臺卬客言其人來爲河陽客者不是無心而來蓋有所爲而來也吳正子曰臺卬疑爲臨卬用司馬相如爲臨卬令客事

花燒中潬城顏郎身已老惜許兩少年抽心似春草花燒謂花盛開其色如燒也潬音但水中沙渚也廣韻河陽縣南有中潬城泊宅編河陽三城其中城曰中潬黃河兩派貫于三城之間秋水汎溢時南北二城皆有漂足之患惟中潬屹然如故相傳此潬隨水高下若所謂地肺浮玉者一統志河陽三城在河南懷慶府孟縣西南舊有三城拔北齊書神武使潘樂鎮北城即舊北中府城今下孟州是高永樂守南城今孟津是中潬城今夾灘是舊傳宋嘉祐八年秋爲大水漂襄中潬城遂廢今河中之郭家灘是其故處漢武故事顏駟不知何許人漢文帝時爲郎至武帝輦過郎署見駟厖眉皓髮上問曰叟何時爲郎何其老也對曰臣文帝時爲郎文帝好文而臣好武至景帝好美而臣貌醜陛下即位好少而臣已老是以三世不遇老于郎署上感其言擢拜會稽都尉蕭子顯

鳴宋全本烏

李長吉歌詩〇卷三　三四

詩皆笑顏郎老盡謝蕭公起詩言花方盛開而客年已老乃見兩少年女子而惜許之心生憐愛有若春草之心勃發而起〇中潭一作中誕謾惜許脩本二姚本作昔許

今日見銀牌今夜鳴玉讌牛頭高一尺隔坐應相見自今夜鳴玉讌以下至末聯皆預擬席中之事曾謙甫註唐官妓佩銀牌刻名其上國語王孫圉聘于晉定公享之趙簡子鳴玉以相鳴玉讌謂鳴玉佩而佐讌也牛頭酒卮陸德明莊子音義犧尊王肅云刻爲牛頭〇鳴玉一作烏玉非

月從東方來酒從東方轉觥船飫口紅蜜炬千枝爛觥船酒觥之大者故以船名之太平廣記裴弘泰次第揭座上小爵以至觥船凡飲皆竭見乾膜子又杜牧詩觥船一棹百分空飫者厭飫之意着此似不稱當是沃字之訛蜜炬即蠟炬也蜂采花蘂醞釀成蜜其房如脾謂之蜜脾蜜脾之底爲蠟可以爲燭然蠟與蜜古人亦渾稱之如賈公彥周禮疏言燎燭之狀以布纏之以蜜塗其上西京雜記南越王獻高帝蜜燭二百枚是皆以蠟爲蜜也〇姚經三註此賀再過河陽見向

月全本日

來所狎宮妓而作云云蓋以借許作昔許而遂創爲此解夫借昔二字固難別其孰真孰舛然以三十未及之年而遽以老顏郎自比恐擬非其倫也當是有客于河陽之人年甲已過風情不減見少年宮妓而愛戀者長吉鄙調而作此詩歟

花遊曲 并序

寒食諸王妓遊賀入座因採梁簡文詩調賦花遊曲與妓彈唱曾本姚仙期本寒食下多一日字

春柳南陌態冷花寒露恣今朝醉城外拂鏡濃掃眉

烟濕愁車重紅油覆畫衣烟謂雨之極細搖颺空中似烟者楊士佳註紅油幕也畫衣妓女之衣以紅油幕覆之防雨濕也

舞裙香不暖酒色上來遲第三句已說醉字末句復云酒色上來遲蓋以天氣尚寒醉色不易即現于面故遲遲而後上也

金本在晝第四卷此列本在第四卷
綠字金本缺
此平陽塢當即用長留眠事

李長吉歌詩　卷三

春晝

朱城報春更漏轉光風催蘭吹小殿草細堪梳柳長如練卷衣秦帝掃粉趙燕朱城紫禁也更漏轉言一夜漏盡而天曉也光風見一卷註樂府古題要解有秦王卷衣曲言咸陽春景及宮闕之美秦王卷衣以贈所歡也掃粉謂勻粉也與上首畫眉爲掃眉之義相同趙燕趙飛燕也趙后外傳飛燕姊弟事陽阿主家爲舍直事專事膏沐澡粉其費無所愛日含晝幕蜂上羅薦平陽花塢河陽花縣曾謙甫註漢平陽公主治花塢號平陽塢然未詳出何書白帖潘岳爲河陽令種桃李花人號曰河陽一縣花越婦攜機嬰繭作蘭菱汀繫帶荷塘倚扇攜掛也織機欲得平實而不搖動故欲織者必先掛其機也菱絲初出浮漾似帶荷葉已長圓大似扇按蠶入夏而繭始成荷入夏而葉始大以二事寫入春晝似欠切江南有情塞北無限此篇言同一春晝而其中

人地各有不同朱城報春六句是宮禁中之春晝日合晝幕四句是富貴家之春晝越婦揞機四句是田野間之春晝至于江南則爲有情之春晝塞北則爲寂寥之春晝異以人而異時以地而殊萬有不齊之致正未易盡其形容無限字稍晦似爲歇後語吳本作無恨更費解而韻亦不叶尤非

安樂宮

太平寰宇記安樂宮在武昌縣西北水路二百四十里吳黃武二年築宮于此赤烏十三年取武昌材瓦繕修建業遂停廢王僧虔技錄相和歌瑟調二十八曲中有新城安樂宮行樂府古題要解新城安樂宮備言雕飾刻鏤之美長吉此詩則爲弔慨嘆之作姚經三日此借梁陳舊宮名以弔安樂公主按安樂公主中宗愛女恃寵驕橫所營第宅及安樂佛盧皆憲寫宮省而工緻過之又嘗奪臨川長公主宅以爲第旁撤民廬怨聲囂然第成禁藏空彈姚說或是

深井桐烏起尚復牽清水未盥邵陵瓜瓶中弄長翠

宮中之井已爲民間所汲見宮室敗壞桐郎井邊所植桐樹樹上所棲之鳥飛起乃天曉之候御陵瓜即名不瓜也史記召平者故秦東陵侯秦破爲布衣貧種瓜于長安城東瓜美故世俗謂之東陵瓜從召平以爲名也然不曰東瓜不曰東陵瓜而曰御陵瓜蓋字訛也未盥未及盥也汲井水者將以盥洗瓜果乃未盥之時而見其瓶內之清泚言其井源之甘潔弄者播動之意長綆清水色○深井一作漆井尚復一作尚服清水會本二姚本皆作情水御陵瓜吳本作御陵王本而以瓜字爲非甚誤

新成安樂宮宮如鳳凰翅歌迴蠟板鳴左悺提壺使言今日之安樂宮雖已毀敗迴思此宮新成之時形勢高昂有若鳳凰之作翅之狀室中歌聲婉轉拍板徐鳴雖以天子親信之宦者亦來給提壺使令之役蓋極言盛時景象徐文長註蠟板以蠟砑光拍板也後漢書宦者列傳左悺河南平陰人桓帝初爲小黃門史以誅梁冀功遷中常侍封上蔡侯此借其名以爲宦侍之稱○新成曾本二姚本俱作新城左悺一作大綰誤

綠蘩悲水曲茱萸別秋子蘩曰藹也

似青蒿而葉粗上有白毛從初生至枯白于衆蒿潘尼詩綠蘩被廣隰傳亮登凌囂館賦倅綠蘩于清渚蓋謂之白蒿者以較之青蒿爲少白耳其本色終是淡綠故文人又稱之爲綠蘩也吳本以蘩字作繁字蕎古字通用辨見二卷中悲言草木憔悴之狀本草蘇頌曰茱萸木高丈餘皮青綠色葉似椿而闊厚紫色三月開紅紫細花七八月結實似椒子嫩時微黃熟則深紫别者謂其子墮落詩意當日歌吹盈耳中使傳觴之地今則徒見野卉閑花擁落于荒池敗苑之中而已感嘆之意皆自古詩麥秀黍離二首化出

蝴蝶舞

二姚本作蝴蝶飛

楊花撲帳春雲熱。龜甲屏風醉眼纈。東家蝴蝶西家飛。白騎少年今日歸。

龜甲屏風醉眼纈解見二卷惱公註中白騎白馬也典畧曰黑山黃巾諸帥謂騎白馬者爲張白騎

梁公子

風采出蕭家本是菖蒲花二句言其家世之美梁書太祖獻皇后張氏嘗于室內忽見庭前菖蒲生花光采照灼非世間所有后驚視問侍者曰見否對曰不見后曰嘗聞見者當富貴因取吞之是月產高祖按所稱梁公子必蕭姓以其為蕭梁後裔故謂之梁公子耳南塘蓮子熟洗馬走江沙二句言其意興之豪古西洲曲採蓮南塘秋蓮花過人頭低頭弄蓮子蓮子清如水○沙曾本二姚本俱作涯御牋銀沫冷長簟鳳窠斜二句言其服用之精御牋牋之佳好可以供御者銀沫洒銀屑于上堆起如水上浮沫者潘岳詩長簟竟牀空是長簟乃上牀上所施之簟唐時有獨窠綾兩窠綾所謂窠者即團花也鳳窠織作團花為鳳凰形者耳種柳營中暗題書賜館娃二句言其行樂之韻晉書陶侃鎮武昌嘗課諸營種柳蓋公子所往之地是江夏武昌之所故用種柳營事太平寰宇記越絕書云吳人于硯石山置館娃宮劉逵註吳都賦引揚雄方言云吳有館娃宮吳人呼美女為娃故三都賦云幸乎館娃之宮中張女樂而宴群臣今

吳縣有館娃鄉按種柳營館娃鄉不在一處且此用館娃二字本意謂館娃中美人耶然終是歇後語氣愚意館娃疑是營妓之別稱與吳郡之館娃宫了無干涉想公子爲人必自誇工書而又好狹邪之遊者故以此贈之

牡丹種曲

蓮枝未長秦蘅老走馬馱金斸春草宋玉風賦獵蕙草離秦蘅李善

註秦香草也蘅杜蘅也范子計然曰秦蘅出于隴西天水芳香也按秦蘅至牡丹開時已老不知是何花決非杜蘅杜蘅雖是芳草然其花殊不足觀難與蓮枝牡丹爲伍走馬馱金吳正子以爲馬負鍬鍤之屬以斸掘者非也大鍬鍤而安事馬馱乎姚仙期謂唐時牡丹甚貴不惜多金以買之按白居易詩共道牡丹時相隨買花去一叢深色花十戶中人賦柳渾亦有詩云近來無奈牡丹何數十千錢買一窠國史補京師貴游尚牡丹三十餘年矣每春暮車馬若狂以不耽玩爲恥執金吾鋪官圍外寺觀種以求利一本

有直數萬者觀此三則姚氏之說是也春草即指牡丹謂亦是春草之類走馬馱金而徙者只擱此春草而歸以見一時好尚之奢

水灌香泥却月盆一夜綠房迎白曉

古有却月城却月障蓋其形似月之半缺者也花盆似之故謂之却月盆綠房花之蕊也花未開時其苞房皆綠色迎白曉謂迎天曉而花放也

美人醉語園中烟晚花已散蝶

又闌

宴飲已久侍酒美人漸作醉語園中晚烟徐起花瓣披離蝶又盡散賞花者將去之候散落也闌希也盡也

梁王老去羅衣在拂袖風吹蜀國絃

二句舊註皆無解惟姚仙期註謂花謝而種仍在思意梁王當是二妓之姓羅衣亦是妓女之名皆善于歌吹者梁王雖然衰老羅衣今在席中拂袖臨風而吹蜀國絃之曲以娛賓客有將去而尚流連意蜀國絃樂府曲名詳見一卷註中

歸霞帔拖蜀帳昏嫣紅落粉罷承恩

吳正子註帔拖帳額也則歸霞作帳額上雲霞解又歸霞或是晚霞而帔拖爲霞影離披拖曳解與下文昏字更襯得起

帔字亦有披音卽作披字解者或帔字原是披字之訛也蜀帳遮花之幕以蜀中所出布帛爲之故曰蜀帳嫣紅落粉花色衰敗之喻罷承恩謂宴罷也

檀郎謝女眠何處樓臺月明燕夜語 檀郎謝女卽賞花之人宴罷而去醉眠何處花畔之樓臺頓然冷靜明月依然惟聞燕語而已吳正子註檀奴潘安小字後人因目曰檀郎謝女舊註以爲謝道韞恭以才子才女並稱耳然唐詩中有稱妓女爲謝女者大抵因謝安石畜妓而起始稱謝妓繼則改稱謝女以爲新異耳○樓臺會本二姚本作樓庭

後園鑿井歌

晉書拂舞歌詩淮南王篇云淮南王自言尊百尺高樓與天連後園鑿井銀作牀金瓶素綆汲寒漿汲寒漿飲少年少年窈窕何能賢揚聲悲歌音絶天我欲渡河河無梁願作雙黃鵠還故鄉還故鄉入故里徘徊故鄉苦身不已繁舞奇歌無不泰徘徊桑梓遊天外長吉此詩畧祖其義而名與調及辭意皆變焉恭爲夫婦之相愛好者思得長相依也

李長吉歌詩　卷三

廣韻轆轤圓轉木也今井上圓木轉水

井上轆轤牀上轉水聲繁絃聲淺繩懸汲器以取水者是牀井欄也絃即汲水之繩水聲與絃聲相和而成音以比男女相配而成好合

情若何荀奉倩裴松之三國志註荀粲字奉倩常以婦人者才智不足論自宜以色爲主驃騎將軍曹洪女有美色粲于是聘焉容服帷帳甚麗專房歡宴歷年後婦病亡傅嘏往唁粲粲不病而神傷嘏問曰婦人才色並茂爲難子之娶也遺才而好色此自易遇今何哀之甚粲曰佳人難再得顧逝者不能有傾城之色然未可謂之易遇痛悼不能已歲餘亦亡

城頭日長向城頭住一日作千年不須流下去欲夫婦長得相守而不老也

開愁歌花下作○花下舊本作筆下誤

秋風吹地百草乾華容碧影生晚寒我當二十不得意一心愁謝如枯蘭衣如飛鶉馬如狗臨岐擊劍生

宋本闕然蒂在此
别本在弟四卷

然字从金本
宋本弦

銅吼○旗亭下馬解秋衣請貰宜陽一壺酒荀子子夏貧衣若懸鶉後漢書車如雞棲馬如狗史記集解西京賦曰旗亭五重薛綜註旗亭市樓也立旗于上故取名焉漢書高帝紀嘗從王媼武負貰酒顏師古註貰賒也舊唐書河南府福昌縣本隋宜陽縣義寧二年置宜陽郡領宜陽澠池永寧三縣武德元年改宜陽郡爲熊州改宜陽縣爲福昌縣壺中喚天雲

不○開白晝萬里閑淒迷主人勸我養心骨莫受俗物相塡豗醉後叫天天亦不知浮雲蔽塞白晝淒迷當此不堪爲懷之際賴有主人相勸養此心骨待時而行莫爲俗物塡塞其中先自失其本體也壺中卽醉中之意吳正子註玉篇廣韻無豗字止有豗字同灰音唐音統籤云豗卽灰字音灰相擊也塡豗寫俗物塡塞心胸之意也琦按字書旣無此字則爲訛寫無疑曾本姚經三本俱作嗔欺愚意或是嗔詠二字謂受俗人之嗔怪訝笑未知合否○壺中喚天雲不開曾本姚經三本作酒中喚雲天不開

豗字宋韻不載
豗与豗同相擊
也

愛字
法全
本宋本受

李長吉歌詩卷三　三

秦宮詩 并序

漢秦宮將軍梁冀之嬖奴也秦宮得寵內舍故以驕名大譟于人予撫舊而作長辭辭以馮子都之事相爲對望又云昔有之詩後漢書梁冀愛監奴秦宮官至太倉令得出入冀妻孫壽所壽見宮輒屏御者託以言事因與私焉宮內外兼寵威權大振刺史二千石皆謁辭之漢書霍光愛幸監奴馮子都常與計事及顯寡居與子都亂長吉以古樂府羽林郎一首言馮子都事而秦宮事古未有咏者故作此詩與之作對而又有云者昔已有人作此題者矣○曾本姚仙期本漢字下多一人字唐文粹本漢字在宮字下

越羅衫袂迎春風玉刻麒麟腰帶紅樓頭曲宴仙人語帳底吹笙香霧濃三國志景初元年帝遊後園召一人以上曲宴極樂例三省曰

曲宴禁中之宴猶言私宴也又曰内宴于宮中謂之曲宴仙人語謂人之望見者疑以爲仙也香霧濃謂香氣濃郁似霧○衫袂一作夾衫香霧一作烟霧**人間酒暖春茫茫花枝入簾白日長飛窓夜道傳籌飲十夜銅盤膩燭黃**史記上從夜道望見諸將裴駰註如淳曰夜音復上下有道故謂之夜道○人間一作人閒吳正子註傳籌一作傳頭者非杜詩杯行不計籌十夜銅盤一作半夜朦朧一作午夜朦朧姚經三本作卜夜銅盤愚意晝飲不足繼之以夜夜宴未終又預治曉筵沉湎之狀一串說下則半夜午夜皆㬠是作十夜者非也**禿襟小袖調鸚鵡紫繡麻鞋踏哮虎所桂燒金待曉筵白鹿清酥夜半煮**調謂習而使之知人意也報音遐履也廣韻報履跟後帖也調鸚鵡言宮多精細事踏哮虎言宮能服強暴深論之以鸚鵡喻孫壽宮能得其歡心以哮虎喻梁冀宮能柔其粗猛所桂言其以桂爲薪燒金言其以金爲釜述異記鹿千五百年化爲白是不易得之物而以充口腹之味

桐陰調生馬屏風
注金本宋作騎生
馬深屏
深文粹作琛

則餘之山珍海錯重疊羅列者畢一而具見矣○麻
報吳正子云見唐文粹兩本作霞一本作報言踏虎
則麻報必履鳥屬作一霞恐或訛然琦所見文粹本又
有作遐者更訛孝虎一作虩虎一作乳虎清酥吳本作青蘇夜半一作夜來

桐英永巷騎新馬內屋深屏生色畫開門爛用水衡錢卷起黃河向身瀉吳正子註桐英桐花也永巷所植詩

經正義王肅曰今後宮稱永巷是宮內道名也三輔
黃圖曰永巷永長也永巷宮中之長巷陳仁錫曰宮中長廡
相通曰永巷生色畫謂畫之鮮明色像如生者漢書
以水衡錢為平陵徙民起第宅應劭曰水衡天子私
藏也卷起黃河向身瀉言其用之無節若卷黃河之
水而瀉之以見無所愛惜之意向身是為己一身而
用此句本是足上句爛用二字之意吳正子註以為
言其權勢足以翻河倒海而遂己之貪欲另作一意
者非也正子又謂秦宮止得幸于冀家非得幸于大
內今永巷騎新馬爛用水衡錢等說如鄧通董偃之
流若議其非是者琦按冀以貴戚可以出入禁中官
亦隨之出入禁中人主之私錢冀戚得擅自盜用宮即

盗之以爲己用專權據位目無天子如梁冀其寵奴亦敢妄作妄爲勢所必至不可以尋常正論疑之也

○新馬一作主馬　深屏一作珍屏

皇天厄運猶曾裂秦宮一生花底活鸞篦奪得不還人醉睡氍毹滿堂月

晉書惠帝元康二年二月天西北大裂案劉向說天裂陽不足地動陰有餘篦所以去髮垢以竹爲之修者易以犀象瑇瑁之類鸞篦必以鸞形象之也廣韻聲類曰氍毹毛席通俗文曰織毛褥謂之氍毹說文氍毹㲪毲皆罽緂之屬上四句言宮之得寵于冀此四句言宮之得寵于壽鸞篦戲奪醉睡氍毹寫小人恃寵驕肆竟忘主父爲何物誰寔階之厲歟

古鄴城童子謡效王粲刺曹操　一本少刺字

鄴城中暮塵起探黑丸斫文吏

漢書尹賞傳長安中奸滑浸多閭里少年群輩殺吏受賕報仇相與探丸爲彈得赤丸者斫武吏得黑者斫文吏白者主治喪城中薄暮塵起剽刦

行者死傷橫道枹鼓不絕棘爲鞭虎爲馬團團走鄴城下切玉劍射日弓獻何人奉相公切玉劍見一卷註射日弓用羿射日事見後四卷註扶轂來關右兒香掃塗相公歸知有相公不知有天子

奉相公者操爲盜歷邊獲而括以香之事

一本在第四卷

楊生青花紫石硯歌李肇國史補端溪紫石硯天下無貴賤通用之端溪硯譜李賀有端州青花石硯歌蓋自唐以來便以青眼爲上黃赤爲下○吳註云京本無紫字曾本二姚本少青花二字

端州石工巧如神踏天磨刀割紫雲端溪硯譜端州治高要縣自唐爲高要郡郡東三十三里有山曰斧柯在大江之南蓋靈羊峽之對山也峻峙壁立下際潮水自江之湄登山行三四里即爲硯巖也先至者曰下巖下巖之中有泉出焉雖大旱未嘗涸下巖之上曰中巖中巖之上曰上巖自上巖轉山之背曰龍巖龍巖蓋唐取硯之所後下巖得石勝龍巖龍巖不復取龍巖石色

金本無紫字

深紫眼少又舊硯譜端石水中石其色青山半石其
色紫山極頂者尤潤如猪肝色者佳據二譜言之則
唐時端硯取自山頂之龍巖其下巖水中之石尚未
取用所謂踏天磨天割之紫雲是登最高山頂而取其
紫色之石一如登天而割紫雲也正子謂踏天言水
中之天端巖之下四時水浸硯工取石皆于水中鑿
取故曰踏天說非不巧然是宋時取硯之法似非確證
傭刓抱水含滿脣暗洒
萇弘冷血痕
傭齊也刓刻也齊其所刻之池而注水滿中暗洒萇弘冷血痕謂硯中有碧色
眼也其眼或散布有似花葩之象故曰青花否則其
時尚無諸眼之名故謂之青花未可知硯譜端石有
眼者最貴謂之鸜鵒眼永叔以端溪爲後出不然也
李賀有端州青花石硯詩云暗洒萇弘冷血痕則謂
鸜鵒眼知端石爲硯久矣莊子萇弘死于蜀藏其血三年而化爲碧
紗帷晝暖墨花春
輕漚漂沫松麝薰
漚沫皆水中細泡輕漚漂沫謂蘸少水以磨墨也古墨以松烟爲之
中和以麝薰香也
乾膩薄重立脚匀數寸光秋無日昏
言以墨磨

靜硯叢作清

其上則乾處膩處薄處重處其墨腳皆勻靜數寸中光色皎潔如秋陽之鏡自無纖毫昏翳言其發墨也○光秋姚經三本作秋光

圓毫促點聲靜新，孔硯寬頑何足云。

圓毫促點聲靜新美石質細緻以筆試之其聲細靜不傷毫顯大凡硯石之發墨者多損筆上文已言其發墨此句又言其不損筆硯石之美可知矣初學記伍緝之從征記曰孔子牀前有石硯一枚作甚古朴蓋孔子平生時物因楊生一硯而以孔硯爲不足云太無忌憚杜牧之惜其不能少加以理也然唐之詩人往往如此姚經三註以孔硯爲孔方平之歙硯蓋爲長吉護短耳殊不知歙硯後五代李後主時方見珍于世前此安有所謂孔方平之歙硯哉○寬頑姚仙期本作寬頑

房中思

新桂如蛾眉，秋風吹小綠。新生桂葉其嫩綠之色如閨人所畫蛾眉之色梅妃詩所謂桂葉雙眉久不描也其葉尚小故曰小綠

行輪出門去，玉鑾聲斷續。

自此以下三首一本在第四卷

張衡思元賦鳴玉鸞之譻譻章懷太子註鸞鈴也在鑣月軒下風露曉庭自幽澀誰能事貞素臥聽莎雞泣

石城曉一統志石城在湖廣安陸州城西北古有女子名莫愁者居此樂府所謂莫愁在何處莫愁石城西者是也長吉此詩專爲娼女曉起將別之況故題曰石城曉與樂府所傳石城樂一章不同

月落大堤上女垣棲烏起月落烏飛天曉之景細露濕團紅。寒香解夜醉。團紅花也有露潤之其香甚寒嗅之可以解夜來之醉女牛渡天河柳烟滿城曲織女牽牛夜來相會至曉亦分別渡河復歸本位天暗未曉柳色不甚分明旣曉則見其濃綠如烟滿于城曲之中矣。吳正子註女牛京本作石子上客畱斷纓殘蛾鬭雙綠斷纓舊註引說苑楚莊王飲酒命群臣盡絕冠纓事與此似無涉按內則衿纓綦屨

女牛全本作石子

李長吉歌詩　卷之三

之文解者以纓爲香囊此蓋謂上客斷其香囊爾以贈別也女子宿粧未理其蛾眉猶是昨日所畫故曰殘蛾鬬者蹙其兩眉有似乎鬬蓋不忍離別之況

春帳依微蟬翼羅橫茵突金隱體花自帖蟬翼羅名謂羅之輕薄狀似蟬翼者纈文帝詩絹綃白如雪輕花比蟬翼吳遒遠詩羅衣飄蟬翼橫茵臥褥也突金金色鮮異有如突起隱體花謂暗花也

帳前輕絮鶴毛起欲說春心無所似輕絮柳絮也庾信楊柳歌獨憶飛絮鵝毛下上客已去臥具依然此後春心蕩佚不知又將誰屬欲舉一物以擬一時無有似之者因觀飛絮而覺其相似陳二如曰無所似言舍此則無所似甚見其相似也○鵝毛吳本作鶴毛

苦晝短

飛光飛光勸爾一杯酒沈約詩飛光忽我遒張銑註飛光日月光也晉書孝武帝末年長星見于華林園舉酒祝之曰長星勸汝一杯酒吾不識青天高黃地厚

惟見月寒日暖來煎人壽食熊則肥食蛙則瘦熊掌及背中白脂皆爲珍味富貴者食之蛙黽粗味貧賤者食之埤雅熊似豕堅中山居冬蟄當心有白脂如玉味甚美俗呼熊白冬蟄不食飢則自舐其掌故其美在掌

神君何在太一安有史記封禪書是時上求神君舍之上林中蹏氏館神君者長陵女子以子死見神于先後宛若宛若祠之其室民多往祠平原君往祠其後以尊顯及今上即位則厚禮置祠之內中聞其言不見其人云又云天子病鼎湖甚巫醫無所不致不效游水發根言上郡有巫病而鬼神下之上名置祠之甘泉及病使人問神君神君言曰天子無憂病病少愈強與我會甘泉于是病愈遂起幸甘泉病良已大赦置酒壽宮神君壽宮神君最貴者太一其佐曰大禁司命之屬皆從之弗可得見聞其言言與人音等時去時來來則風肅然居室帷中時晝言然常以夜天子祓然後入因巫爲主人關飲食所以言行下又置壽宮北宮張羽旗設供具以禮神君神君所言上使人受書其言命之曰書法其所語世俗之所知也無絕殊者而天子心獨

喜其事秘世莫知也天東有若木下置啣燭龍吾將斬龍足嚼
龍肉使之朝不得迴夜不得伏自然老者不死少者
不哭山海經西北海外大荒之中有洞野之山上有赤樹青葉赤華名曰若木郭璞註生崑崙西附
西極其花光赤下照地楚辭日安不到燭龍何照王逸註天之西北有幽冥無日之國有龍啣燭而照
之是若木不在天東而啣燭龍亦不在若木之下又其啣燭而照者乃是西北幽暗日月不照之地與中
國日月所照之處若風馬牛之不相及玩長吉詩意以日月有出有沒遂成日月歲時若日長在天不落則無
日月歲時而人自然可以不死天東當是天西之訛啣燭龍當是指駕日車之六龍淮南子爰止羲和爰
息六螭是謂懸車註云日乘車駕以六龍羲和御之日至此而薄虞泉羲和至此而迴六螭始本此立說
而不覺其其訛歟○姚仙期本缺使之二字何爲服黃金吞白玉抱朴子經曰服金者
壽如金服玉者壽如玉故其書中有餌黃金方及服卜諸法○服會本二姚本俱作餌誰是任

公子。雲中騎白驢。據文義任公子是古仙人騎驢上昇者然其事無考舊註引投竿東海之任公子解上句引以紙爲白驢之張果解下句皆牽扯無當。誰是會本姚經三本作誰似白驢異本作碧驢

劉徹茂陵多滯骨。嬴政梓棺費鮑魚。劉徹漢武帝姓名死葬茂陵嬴政秦始皇姓名史記始皇崩于沙邱平臺丞相斯謂上崩在外恐諸公子及天下有變乃秘之不發喪棺載轀涼車中故幸宦者參乘所至上食百官奏事如故宦者輙從轀涼車中可其奏事遂從井陘抵九原會暑上轀車臭乃詔從官令車載鮑魚一石以亂其臭行從直道至咸陽發喪禮記天子之棺四重水兕革棺被之其厚三寸梲棺一梓棺二此詩大旨雖以苦晝短爲名其意則言仙道渺茫求之無益而已

章和二年中吳正子註按晉書樂志此題乃古鞞舞曲第二章魏改章和二年中爲太和有聖帝晉改爲天命章和漢章帝年號也詩大意言時和歲豐吏戢民安無事賽神以

金本有田字宋同

宋本西祖償下注一作賞

李長吉歌詩　卷三

祝君壽也

雲蕭索田風拂拂。麥芒如篲黍如粟。韻會蕭索紛紵貌漢志蕭索輪囷是謂慶雲篲掃帚也麥芒如篲謂其穗之大而多有如篲也黍是稷之粘者粟是粱之細者黍大而粟細黍如粟似言一顆粒之多亦如粟耳。田風一本無田字關中父老百領襦關東吏人乏詬租。說文襦短衣也父老有百領之襦足以見無東鮫之患吏人無催租詬詈之聲足以見民間之殷實健犢春耕土膏黑。菖蒲叢叢沿水脈。說文犢牛子也國語土膏其動韓昭曰膏土潤也土有肥則色黑菖蒲沿水而生見雨暘時若不虞夫旱亦不虞乎水也殷勤為我下田租。百錢攜償絲桐客。殷勤見其急子還租之意還租之外尚有贏餘以百錢酬彈唱之客以為娛樂。租一作鈿遊春漫光塢花白。野林散香神降席。漫光謂春光徧漫也塢山阿也散香焚香以請神其氣散布也神降席神來而止于拜神得壽獻天子七星貫斷姮娥死所供之席也時和年豐百姓安樂皆天子聖德所致故願獻無疆之壽于天子使得長亨大位而我民蒙其利樂亦得長亨無疆之澤七星在天屈曲相次若有繩貫之者而終古不移動七星之貫無斷理姮娥之壽亦無死期以此爲祝則其壽尚何終盡哉毛馳黃曰李太白蒼梧山崩湘水竭張文昌菖蒲花開月長滿李長吉七星貫斷姮娥死俱是决絶語詞絶工○姮娥姚仙期本作嫦娥

春歸昌谷

束髮方讀書謀身苦不早終軍未乘傳顏子鬢先老漢書終軍傳軍年十八至長安上書言事武帝異其文拜軍爲謁者給事中使行郡國建節東出關所見便宜以聞又高帝紀田横乘傳詣洛陽顏師古註傳者若今之驛古者以車謂之傳車其後又單置馬謂之驛騎家語顏回魯人字子淵年二十九而髮白三十一而死天綱信崇大矯士常

慅慅曹植與楊修書吾王于是設天網以該之頓八紘以掩之蒸言其收羅賢傑如以網網取之也極言其大謂之天網嬌士謂士之強直者爾雅慅慅勞也詩意謂朝廷捜取賢才其網非不高且大而若已嬌嬌強直之士終日勞勞竟不能爲所收用○慅慅曾本二姚本作騷騷

逸目騈甘華

羈心如茶蓼逸日縱目也騈聯也言放眼而觀雖甘美華彩之物並陳于前無如羈旅之中心事不堪茶苦菜也蓼水蓼也茶蓼味苦蓼味辛故取以喻心之苦辛

旱雲二三月岑岫

相顊倒誰揭頳玉盤東方發紅照晴佑天旱故以其雲爲旱雲呂氏春秋旱雲烟火岑岫相傾倒者言旱雲之狀似之頳玉紅玉也李太白詩顏如頳玉盤○此則指言曉日之狀似之

春熱張鶴蓋兔目官槐小劉楨魯都賦蓋如飛鶴馬如游龍劉孝標廣絕交論鶴蓋成陰官槐兔日已見二卷兔愛行註

思焦面如病嘗膽腐似絞史記越王句踐反國乃苦身焦思置膽于坐坐臥即仰膽飲食亦嘗膽也曰汝忘會稽之恥耶長吉笑事嘗膽

大抵言愁腸絞結有似嘗膽之況故作倒裝句法者一以爲上句之對一以爲韻脚之押耳**京國**

心爛漫夜夢歸家少在京國之中應酬大不易心事紛擾無暇念及家事即夜夢歸家之時亦少槩可知矣以上言在京之無益而動歸與之念也**發軔東門外天地皆**

浩浩以帝京爲苦故出東門外乃覺天地間如此浩浩廣大何爲留滯此方楚辭朝發軔于蒼梧王逸註軔搘輪木也馮衍顯志賦發軔新豐兮裴回鎬京章懷太子註軔止車木也將行故發之**青樹**

驪山頭花風滿秦道宮臺光錯落裝畫徧峰嶠細綠

及團紅當路雜啼笑一統志驪山在陝西臨潼縣東南二里因驪戎所居故名山之麓溫泉所出唐元宗更名昭應山上有驪山老母廟山左肩曰東繡嶺右肩曰西繡嶺秦道謂秦地往來之大道宮臺謂驪山上下宮殿臺榭如華清宮集靈臺按歌臺舞馬臺之屬光彩錯落徧于峰嶠之間有如裝畫細綠樹草之葉團紅則其花也啼謂花葉之帶露如啼笑謂花葉之含日似笑也宮臺二句承上

驪山而言細綠二句承上花風而言

香氣下高廣鞍馬正華耀獨乘雞香氣遊人之香氣即指鞍馬華耀者而言高廣謂郊野之中地高且

棲車自覺少風調廣可以盤桓宴坐者爾雅廣平曰原高平曰陸是也後漢書諺曰車如雞棲馬如狗疾惡如風朱伯厚北齊書崔儦學識有才思風調甚高北史崔昂有風調才識○香氣曾本二姚本俱作香風

心曲語形影祇身焉足樂豈能脫負擔刻鵠曾無兆心曲謂心中委曲處詩秦風亂我心曲祇身謂此身也豈能脫負擔謂未能脫往來奔走之勞左傳弛于負擔刻鵠用馬援誡兄子書中事書云龍伯高敦厚周慎口無擇言謙約節儉廉公有威吾愛之重之願汝曹效之效伯高不得猶爲謹敕之士所謂刻鵠不成尚類鶩者也長吉恭用其事謂學爲謹飭之士卻亦不見有佳處兆吉也○兆正字本作刻鶴引李抱眞刻鶴服羽衣君乘之非是

幽幽太華側老柏如建纛龍皮相排戛翠羽更蕩掉驅趨委樵悴眺覽

强笑貌花蔓閣行輣轂炯暝深微初學記郭緣生述征記及華山記云山下自華岳廟列栢南行十一里纛軍中大旗也栢木枝幹亭亭直上以建纛擬之形狀絶肖皮老而皴文細裂故比之以龍皮葉細而綠色鮮好故比之以翠羽驅馳趨走委實憔悴眺覽之中忽遇好景心目爲之開爽遂乃强作笑貌閣與廔同閣閣也輣車前曲木上鉤衡者亦謂之轅轂紲也轂炯炯之輕薄有似乎轂者也微境也又小路也花蔓或與車轅縈拂如相阻閡遠炯起于深微如天色將暝之狀皆眺覽中所見之景以上十二韻俱述歸途之景以下五韻述歸家之事。笑貌與本作容貌少健無所就入門媿家老家老謂一家之尊長淮南子家老異飯而食殊器而亭聽講依大樹觀書臨曲沼知非出柳虎甘作藏霧豹說文柳檻也以藏虎兒列女傳南山有玄豹霧雨七日而不下食者何也欲以澤其毛而成文章也故藏而遠害韓鳥處繒繳湘鯈在籠罩此二句喻世間名士入于世網而不能自適者韓鳥

李長吉歌詩　卷三　三

吳正子以爲即韓馮鳥解見前惱公註中琦謂當是韓地所產之鳥耳繒繳乃矰繳之訛鄭元周禮註結繳於矢謂之矰賈公彥疏繳則繩也謂結繩於矢以弋射鳥獸史記集解韋昭曰繳弋射也其矢曰矰韻會白鱗魚名陸佃云形狹而長若條性浮似鱠而白或作儵莊子儵魚出遊琦按以鱗作儵蓋省筆耳古文多有之湘子儵謂湘水中之儵也籠捕魚器也罩亦謂之籗編細竹爲之用以掩取魚也者韓鳥湘鱗當是實有所指其人一在古韓地境內一在楚地湘水之濱爲人所羈縻籠絷欲去而不能者故以矰繳龍罩爲言而嗟其失所也

狹行無廓路壯士徒輕躁行步也廓大也言人之狹步而行以無廓大之路故耳雖有壯士心生輕躁亦屬無益我之歸昌谷以言旋者此耳○廓路吳本曾本俱作廓落

昌谷詩

五月二十七日作○吳本姚經三本無此註

昌谷五月稻細青滿平水遙巒相壓疊頹綠愁墮地

遠山重疊狀如傾頹故愁其墮地光潔無秋思涼曠吹浮媚所見景物皆光潤潔淨不似秋時之象風氣涼曠百物遇其吹動皆浮媚可觀浮媚猶嫵媚也竹香滿淒寂粉節塗生翠竹節邊微有白粉生翠謂其其翠色鮮明草髮垂恨鬢光露層闉泣幽淚細草稠生如鬢髮之垂零露沾其上如淚珠之將滴董懋策曰竹香四句遙對層闉層層闉轉爛然入日或閉谿如山洞或宛轉成曲路乃芳徑之爛洞曲芳徑老紅醉老紅醉也老紅花之紅而將萎者醉倚斜傾側之態攢蟲鏤古柳蟬子鳴高邃攢簇聚也鏤音蒐雕刻也謂古柳中蠹蟲群聚而鏤蝕其木也高邃謂樹木高而深遠之處大帶委黃葛紫蒲交狹涘古詩有黃葛篇葛之莖葉皆青以其皮漚練作絺綌始成黃色謂之黃葛者以蔓草中有白葛紫葛赤葛諸名故以此別之耳大帶委黃葛謂葛莖蔓垂而下若大帶之垂于地者然委字出曲禮主佩倚則臣佩垂主佩垂則臣佩委之義蓋微俯則佩倚于身小俯則佩垂大

俯則佩委于地也紫蒲水中蒲草嫩時之葉紅白色
已詳見二卷註中涘涘音士亦音以水涯也○大帶吳
本作天
帶誤
石錢差復藉厚葉皆蟠膩
石錢石上苔蘚圓
生如錢者差參差
不齊也藉重疊相次如枕藉也厚葉草葉之厚
大者蟠盤結也膩肥大也○厚葉吳本作重葉
汰沙
好不白立馬印青字
韻會汰或作汏說文汏淅瀾也
徐曰水激過也音與代同沙土
爲水漫流而過則平鋪潔白有似淘汰也立馬印青
字似謂馬立草間離合斷續相配彷彿印成字形青
謂草色也吳正子謂馬身上所印之字按唐六典有
諸監馬印凡諸監馬駒以小官字印印左髀以年辰
印印右髀以監名依左右廂印印尾側若形容端正
擬送尚乘者則不須印監名至二三歲起脊量強弱
漸以飛字印印右髀細馬次馬俱以龍形印印項左送
尚乘者于尾側依左右閑印以三花其餘雜馬上乘
者以風字印印左髀以飛字印印右髀經印之後簡
入別所者各以新入處監名印印左頰官馬賜人者
以賜字印配諸軍及充傳送驛者以出字印並印于
右頰此是官馬之印若民間私牧其印各有記別長于

李長吉歌詩　卷三　四

吉所見之馬適有印靑字者遂以入咏未可知然語義俱稚拙不應出自才人筆底董懋策謂此狀立馬之跡與杜工部六印帶官字不同蓋亦不從吳解然走馬之跡可以辨其成字與駱馬尚立而不動安能知其跡之如字乎

晚鱗自遨遊瘦鵠暝單峙 晚鱗將暮而浮游之魚也鵠即鶴也古書或有通用者暝單峙天色將暝鳥漸歸飛惟有瘦鶴獨峙立而不動也○峙吳本作跱義同

嶚嶚濕姑聲咽源驚濺起 姑螻蛄也穴土而居下濕糞壤之中尤多故曰濕姑天晚則鳴咽源泉源流緩觸石驚濺而起其聲紆緩細澀如人聲之幽咽者以狀螻蛄之聲似之也

玉真路神娥蕙花裏 玉真路元註近武后巡幸路琦按文義當是往蘭香神女廟中之路故謂之玉真路玉真猶云玉女也若指武后恐未是不云自註而云元註其非長吉自註可知矣神娥謂神女也其祠廟之處必有蘭蕙羅生故曰神娥蕙花裏此是遙指其處至高眠二聯方是實言其處

苔絮縈澗礫山實垂赬紫 苔絮水中綠苔長弱似絮者澗礫澗中小石山實山

中果實小栢儼重扇肥松突丹髓栢木中有側栢一種其葉扁而側生團欒成片微風動搖儼似扇形重者重疊相比也突流出意松樹流出之脂皆黃白色而謂之丹髓者喻其爲道家服食之用有如丹髓龍虎經云丹髓流爲汞謂丹砂之液也鳴流走響韻壠秋拖光穟鳴流溪聲也董懋策以光穟爲稻穟五月細青之稻安得遽有穟生蓋緣秋字之訛秋當作楸楸樹與梓相似惟以木理爲別理白者爲梓理赤者爲楸其樹高大莖幹直聳可愛其上結角狀如箸長尺餘下垂若線謂之楸線詩意謂朧上楸木其線下拖光穟若稻之穟也鶯唱閔女歌鶯聲圓美以憂閔女子歌聲相比殊不類錢飲光疑其當作閩字者是也蓋閩人語似鳥音謂鶯之綿蠻巧唱與閩女之歌甚似且閩字與下句楚字正相對也瀑懸楚練帔楚練楚地所出白繒帔有二音二義作轡音讀者遮肩背之衣也作披音讀者亦披字解也今謂瀑流懸挂似楚練之帔當作披字解而上下叶韻又當作轡音讀黃山谷謂晉魏人作詩多借韻長吉殆亦借韻耶風露滿笑

眼駢巖雜舒墜笑眼恐是笑俱之訛笑恨與下句舒墜亦相對風露及物受其益者則喜受其損者則恨也山洞曰巖駢巖山洞之相並而列者或舒張開豁或傾墜頹敗也姚經三本以笑眼作眼笑蓋亦以笑眼難通故耳亂篠迸石嶺細頸喧鳥毖說文篠小竹也吳正子註細頸謂鳥也毖泉始出貌詩邶風毖彼泉水山鳥之中有泉水流出鳥群飛往飲故喧鬧其中也日腳掃昏翳新雲啟華閟空中昏翳浮氣在日下者消滅已盡其新起之雲爲日光所映華采璀錯可玩閟深也雲氣深厚不淺薄也謐謐厭夏光商風道清氣謐謐清靜貌夏光夏日之色炎熱可畏故厭之歲華紀麗秋風曰商風風時方夏五而用秋時風名殆以西風爲商風耳高眼復玉容燒桂祀天几霧衣夜披拂眼壇夢真粹元註谷與女山嶺阪相承山即蘭香神女上天處也遺几在焉女山即女几山也元和郡縣志女几山在河南府福昌縣西南三十四里高眼謂靜臥齋戒將以進見于神也復白也白巳之

心事也玉容卽指神女而言陸雲詩仰瞻玉容張銑註玉容謂容如玉也燒桂焚香也天几謂神女所遺之几敬而稱之故曰天几霧衣神女所服之衣也神女之靈或夜中來降故眠于壇上真心粹念思得夢見四句咏廟中之事細玩有似今新夢以卜休吉之象○復吳本作服

待駕棲鸞老故宮椒壁圮鴻瓏數鈴響羈臣發涼思

元註福昌宮在谷東唐書地理志河南府福昌縣有故隋福昌宮顯慶二年復置一統志福昌宮在河南府宜陽縣西坊郭保隋煬帝建以下五聯皆指福昌宮而言棲鸞當是福昌宮中器物如漢時建章宮之銅鳳凰魏銅雀臺上之銅雀類當時置此原以待天子巡幸之駕今巡幸久曠棲鸞如昔想其歷年故已長矣藝文類聚漢官儀曰皇后稱椒房以椒塗室取溫暖除惡氣也鈴謂宮殿簷角上所懸之鈴鴻瓏其聲也羈臣羈旅之臣涼思悽涼之思

陰藤束朱鍵龍帳着魈魅

鍵門關也玉宮之鍵故以朱塗之無人啟閉有藤延其上若束其鍵者然藤生室內不見天日故曰陰藤龍帳御帳有畫龍于上者也魈山魈也生深山

中如人而一足俗謂之獨脚仙亦魍魎之類說文魁老精物也賈公彦周禮疏魅人面獸身而四足好惑人山林異氣所生爲人害宅內久無人跡乃爲異物所占**碧錦帖花檉香衾事殘****貴**檉一名赤楊一名觀音柳今謂之西河柳小幹弱枝葉色嫩綠狀如新柏鮮翠可愛碧錦帖花檉謂花木無人翦伐枝幹橫斜與窗壁所漫之碧錦相帖姚仙期解上句以爲牖劉須谿解下句謂異代而人事之是皆以此數句猶說神女廟中事而不知其爲說福昌宮中事也疑當時福昌宮中或有所供昏滛之祀及貴嬪靈位設于其中故有龍帳着魍魅及香衾事殘貴之語耳**歌塵蠹木在舞綵長雲似**劉向別錄漢興以來善雅歌者魯人虞公發聲清哀遠動梁塵李義府詩鏤月成歌扇裁雲作舞衣詩意謂清歌久歇故塵滿蠹梁之上而不動艷舞無人僅存綵服有似長雲而已**珍壞割繡段里俗祀風義**珍瓌謂地土珍貴人競購買有如割錦繡段也風義淳風高義以下四聯言昌谷風俗之美**鄰凶不相杵瘦病無邪祀**禮記鄰有喪春

不相鄭康成註相謂送杵聲鹽鐵論古者鄰有喪舂不相杵巷不歌謠**鮐皮識仁惠丱**

角知醜恥釋名九十曰鮐背背有鮐文也郭璞爾雅註鮐背背皮如鮐魚邢昺疏舍人曰老人氣衰皮膚消瘦背若鮐魚詩齊風總角丱兮毛萇傳云總角聚兩髦也丱幼穉也朱子云丱兩角貌韻會丱束髮貌角頭髻也琦按丱角童子之稱髮始長總而結之以爲兩角故曰總角丱則狀其總角之貌如丱字之形此蓋因字形而釋其義如此醜面醜也○鮐皮曾本二姚本作鮐文**縣省司刑官**

戶乏訴租吏見昌谷之民不好爭訟不少王稅**竹藪添墮簡石磯引**

鉤絇餌古者以竹爲簡用以寫書昌谷之竹多而成藪可以製之爲簡以添修古簡之墮敗者○絇一作紉

溪灣轉水帶芭蕉傾蜀紙芭蕉葉大光滑可以書字觀其敧傾之狀無異蜀紙

岑光色晃縠襟孤景拂繁事山光明晃與紗縠衣襟相映孤日之景將落可以掃除一切繁事猶日入群動息之意

泉樽陶宰酒月眉謝郎妓泉樽郎有

佳境名句

酒如泉之意晉陶潛好酒嘗爲彭澤令故曰陶宰酒梁武帝詩容色玉耀眉如月謂眉之彎環狀如初月也謝安携妓東山故詩人有謝妓之目而稱安爲謝郎欠妥 **丁丁幽鐘遠嬌嬌單飛至** 嬌嬌高舉貌單飛孤飛之鳥 **霞巘殷嵯峨危溜聲爭次** 霞巘山石赤黑如雲霞之色殷當作于閑切與黜音同赤黑色也嵯峨高峻貌危溜泉之自高而直下不平流遇有激石則聲起石有層次致水聲亦有層次如爭鳴也 **淡蛾流平碧薄月眇陰悴** 淡蛾月也不碧夜色清明也薄侵也眇陰微雲也月至二十七日夜半後方出于卯地其狀亦如蛾眉流行于碧天之上而爲微雲所侵見者心意悴然爲之不快 **凉光入澗岸廓盡山中意** 廓開爽之意 **漁童下宵網霜禽竦烟翅** 霜禽鳥之白色者鷗鷺之屬 **潭鏡滑蛟涎浮珠㗇魚戲** 潭水深處多有蛟龍居之蛟龍不可見有時見涎沫浮出知其下有蛟龍潛矣昌谷中或有龍潭在焉故云一卷中之南園詩有松溪黑水新龍卯句可以互

證韻會蛟魚口動貌增韻魚口上見貌讀作嚴聲魚
每日未出及日入後群于水面出口吸水久則噴出
之累累如珠**風桐瑤匣瑟螢星錦城使**風吹桐木作聲悲凉如鼓瑤匣中之
瑟螢飛往來有似天星之流行錦城使用使星向益
州事華陽國志李郃爲郡候吏和帝遣使使者二人微
行至蜀宿郃候舍郃爲山酒夜飲露坐郃問曰君來
時寧知二使何日發耶二人怪問之郃指星言曰有
二使星入益部錦城即益州也成都志云以山川明麗錦如錦繡故曰錦城**柳綴長繰帶**
篁掉短笛吹綴連也柳條下垂有似青色之長帶連綴其上掉搖也竹聲與短笛聲殊不似
此特言其形質相類耳作聲音解者大誤**石根緣緣蘚蘆筍抽丹漬**丹漬水之
渾濁作紅色者**漂旋弄天影古檜拏雲臂**漂浮也旋當作漩回泉也檜樹松身
而栢葉性耐寒其材大而多壽拏雲臂者其幹亭亭
直上無旁枝相附螯葉皆叢于頂間有似臂形而極
言其高拏雲也爲**愁月薇帳紅脣雲香蔓刺**薇帳薔薇交延叢遮若帳也韻

會冐挂也讀作狷音香蔓蔓生而有刺之花也芒麥平百井閒乘列千肆芒麥
麥之有芒者平百井言其廣而盛也禮記唯社丘乘
共粢盛鄭康成註邱十六井也四邱六十四井曰甸
或謂之乘乘者以其車賦出長轂一乘正義曰邱乘
者都鄙井田也九夫爲井四井爲邑四邑爲邱四邱
爲乘肆市鬻之舍也又官府造作之處亦謂之肆詩
意謂其閒空不耕之地有一乘之廣其中則列爲千
肆言其屋室之多也按古者地方一里爲井井中之
田九百畝百井則爲地百里爲田九萬畝矣乘得六
十四井之地約計其田亦五萬七千六
百畝昌谷中未必有此姑侈言之耳**刺促成紀人**
好學鴟夷子刺促詳見一卷註成紀人長吉自謂李
氏系出隴西成紀故云好學鴟夷子言
欲隱居此地不復出而仕宦也史記范蠡浮海出齊
變姓名自謂鴟夷子皮耕于海畔苦身戮力○吳正
子註本傳言長吉且出乘馬奚奴背古錦囊自隨遇
有所作投入囊中其未成者夜歸足成之今觀此篇
可驗蓋其觸景遇物隨所得句比次成章妍蚩雜陳
爛班滿目所謂天吳紫鳳顛倒在短褐者也○成紀

人曾本二姚本作成幾人不成文句

銅駝悲 陸機洛陽記銅駝街有漢鑄銅駝二枚在宮之南四會道頭高九尺頭似羊頸似馬有肉鞍夾路相對俗語云金馬門外聚群賢銅駝陌上集少年言人物之盛也

落魄三月罷尋花去東家 漢書酈食其家貧落魄無衣食業鄭氏曰魄音薄應劭曰落魄志行衰惡貌顏師古曰落魄失業無次也

誰作送春曲洛岸悲銅駝

橋南多馬客北山饒古人 橋南行樂之地馬客騎馬尋春之客也北山殯葬之處古人已死人也

客飲杯中酒駝悲千萬春生世莫徒勞風吹盤上燭 古怨詩行百年未幾時奄若風吹燭

厭見桃株笑銅駝夜來哭 史通今俗文士謂鳥鳴爲啼花發爲笑

自昌谷到洛後門

長字從金本

宋本尋

自此以下三首一本在第四卷

九月大野白蒼岑竦秋門大野曠野也白者草木零落遥望地上均作白色也張協七命據蒼岑而孤生蒼岑山之蒼然多樹木者竦峙兩旁有似門闕因在秋時故曰秋門舊註以洛陽之宜秋延秋二門爲釋蓋以爲卽洛後門耳不知首五聯皆言未到洛時事也寒凉十月末露霰濛曉昏一本十字作交字蓋以昌谷至洛程路只一百五十里安有九月起行至十月末方到之理不知此聯是言在昌谷時事九月中在家無事秋高氣爽如此十月末有事往洛乃雪霰雜下昏曉濛昧如此豈非闕事韻會霰說文稷雪也徐按詩如彼雨雪先集維霰郭璞謂雨雪雜下也雪初作未成花圓如稷米直撒而下陸佃云闔俗謂之米雪今名濇雪亦曰濕雪又曰粒雪澹色結晝天心事填空雲慘澹之色結而不解雖晝亦然則不但曉昏時矣而我之心事亦如空中陰雲填塞而不能解道上千里風野竹蛇涎痕千里風大風也野竹霑雨而凍其痕有似蛇涎石澗凍波聲雞叫清寒晨強行到東舍

辛廖晉大夫見閔二年左氏傳爲畢萬筮者也

李長吉歌詩　卷三　四

解馬投舊鄉道路之中雪霰風冷若此然不得不勉強而行東合是長吉在洛之舊居東家名廖者鄉曲傳姓辛杖頭非飲酒吾請造其人左傳畢萬筮仕于晉遇屯之比辛廖占之曰吉杜預註辛廖晉大夫世說阮宣子常步行以百錢挂杖頭至酒店便獨酌酣暢此借用其事而謂杖頭之錢非以飲酒用以酬卜筮者耳始欲南去楚又將西適秦襄王與武帝各自留青春楚地有襄王秦地有漢武帝皆古來好文之主留青春猶云其名今日尚存其人至今如在也襄王(?)猶當時藩鎮武帝猶時君意中不決故造筮者卜之閒道蘭臺上宋玉無歸魂緗縹両行字蟄蟲上四句言去楚之意下二句言適秦蠹秋芸爲探秦臺意豈命余負薪之意風賦楚襄王遊于蘭臺之宮宋玉景差侍文選序詞人才子則名溢于縹囊飛文染翰則卷盈于緗帙縹囊謂以青白色之帛爲書囊緗帙謂以淺黄色之帛爲書衣僅舉上二字以爲囊帙之稱詩人往往

宋本召

有此爾雅翼仲冬之月芸始生芸香草也謂之芸蒿似邪蒿而香美可食其莖幹婀娜可愛世人種之中庭故成公綏賦云芸藂類秋竹葉象春檉是也沈括曰芸類豌豆作小叢生其葉極芳香秋後葉間微白如粉汙南人採置席下能去蚤虱今謂之七里香古者秘閣藏書置芸以辟蠹故號爲芸閣韻會芸說文草也似苜蓿淮南說芸草可以死復生徐案芸草著于衣書辟蠹漢種之于蘭臺石室藏書之府贊蟲謂藏匿書卷中之蟲芸本辟蠹今秋芸亦爲所蠹蝕則書卷之不堪可知矣詩意謂蘭臺之上已無宋玉之流所存書冊大抵半壞蠹魚其地並無好文之顯者楚地之行書可以絕想今將西適秦地必將有所遇合豈令余窮困無聊而至于負薪自給乎

七月一日曉入太行山元和郡縣志太行山在懷州河內縣北二十五里圖書編太行山在懷慶府城北其山西自濟源東北接河內修武輝縣林縣至磁州界綿亘數十里峰谷巖洞景物萬狀雖各因地立名然實皆太行爲中州巨鎮山西志太行山跨山西

河南直隸三省形大而原遠延袤千餘里不絶
地界中外省畫東西聳爲恒岳融爲霍鎮秀如
中條奇如五臺險如三關靈境
名跡隨地異稱皆其支脈云

一夕繞山秋香露溘蒙菉六月爲夏七月爲秋晦朔之間僅隔一夕而繞山已作秋色謂時景之不同也露本無香草木得其潤澤而香氣發越故曰香露溘依也蒙菉絲也菉王芻也見爾雅釋草篇新橋倚雲阪候蟲嘶露樸說文坡者曰阪一曰澤障一曰山脅也雲阪山深有雲氣生處之阪候蟲候時而鳴之蟲鮑照詩寒光蕭條候蟲急樸木之叢生者阪際生雲樸間疑露皆是一曉景○蟲嘶字曾本二姚本俱作新上句甫下一新字對句復用之恐誤洛南今已遠越衾誰爲熟洛南即昌谷山居越衾越布之衾誰爲熟志在早起而行不能熟寐也○洛南姚仙期本作洛陽越衾姚經三本作越禽謂越地來禽果非是石氣何凄凄老莎如短鏃爾雅翼莎莖葉都似三稜根若附子周匝多毛大者如棗近道者如杏人許謂之香

附子一名雀頭香合和香用之

秋涼詩寄正字十二兄

閉門感秋風幽姿任契闊幽姿幽雅之姿謂十二兄也俗以久不相見爲契闊與毛萇詩傳勤苦之訓不同大野生素空天地曠肅殺素空秋氣清明貌露光泣殘蕙蟲響連夜發露沾蕙上有如人淚蟲聲夜以繼日達旦不止。露光曾本二姚本俱作光露房寒寸輝薄迎風絳紗折寸輝燈也薄者不明貌絳紗謂帳帷類後漢書馬融常坐高堂施絳紗帳前授生徒後列女樂折者因風而轉折也披書古芸馥恨唱華容歇百日不相知花光變涼節花光指春景涼節指秋時弟兄誰念慮牋翰旣通達牋翰書信也青袍度白馬草簡奏東闕見十二兄爲正字之榮正字官從九品其服青色度作騎乘解草謂造爲草稿也簡手版也古者以竹爲牒謂之簡後世易之以紙不可名以簡矣而手板之類猶謂之簡御史彈章謂之白簡蓋沿古爲名耳史記蕭丞相營作未央宮立東闕北闕。白馬一作瘦馬

夢中相聚笑覺見半牀月長思劇循環亂憂抵覃葛傅元怨歌行情思如循環憂來不能遏鮑照詩憂來無行伍歷亂如覃葛詩周南葛之覃兮施于中谷毛傳云覃延也謂葛之蔓延也

李長吉歌詩卷之四

錢塘　王琦琢崖彙解
慶霄周春較

艾如張

按宋書漢鼓吹鐃歌十八曲中有艾如張曲其詞曰艾而張羅夷于何行成之四時和山出黃雀亦有羅雀以高飛奈雀何云云野客叢書艾如張艾與刈同如訓而古詞之意謂芟除草木而張羅也至溫子昇所作則曰誰在閑門側羅家諸少年張機蓬艾側結網槿籬邊若能飛自勉豈爲繒所纏黃雀尚爲戒朱絲猶可延是以艾爲蓬艾也長吉艾葉綠花之句亦沿其說非古題本意

錦襜褕繡襜襦 襜褕蔽膝也襜袊也襦短衣也皆人身所服借喻鳥之羽毛錦繡喻羽毛之有綵色。襜音近詹襦音如 強飲啄哺爾雛 唐文粹作強強啄食哺爾雛樂府詩集作

强强飲啄哺爾雛隴東臥穟滿風雨莫信籠媒隴西去隴與壟同

田埒之高者臥穟五穀之穟經風雨而偃仆者以見儘有豕食之處籠媒取雛鳥畜之長乃馴狎籠而置之壙野得其鳴聲以招集同類而掩取之西京雜記茂陵文固陽善馴野雉爲媒用以射雉是其事也。

龍媒會一本姚經三本作良媒一作龍媒非齊人織網如素空張在野田平野田一作野春艾碧中網絲漠漠無形影誤爾觸之傷首紅艾葉綠花誰剪刻中藏禍機不可測以艾葉綠花剪刻之而置于網之上

下四旁鳥以爲叢薄而就之則入死地故曰中藏禍機不可測徐文長曰綠花當作緣花蒜以艾字與古題異解若以綠字作緣字則艾字仍當同刈刈去草葉以置網而以花緣飾網上以紿鳥另作一解

上雲樂

古今樂錄上雲樂七曲梁武帝製一曰鳳臺曲二曰桐栢曲三曰方丈曲四曰方諸曲五曰玉龜曲六曰金丹曲七曰金陵曲其詞皆言神仙之事

飛香走紅滿天春花龍盤盤上紫雲言宮禁之中香烟瑞彩溢洋散布有若五色斑龍盤旋而上接于紫雲之中二句一亘聯下不可作兩意說春者如春氣之融和無不周徧下女有八月一日之詞不可實作春字解三千宮女列金屋五十絃瑟海上聞漢武故事武帝數歲長公上抱置膝上問曰兒欲得婦否指左右長御百餘人皆曰不用指其女阿嬌好否笑對曰若得阿嬌當作金屋貯之漢書泰帝使素女鼓五十絃瑟悲帝禁不止游上聞謂遠至海上猶得一聞之則近地無不聞也。宮女一作綵女天江碎碎銀沙路嬴女機中斷烟素縫舞縷八月一日君前舞曾謙甫註天江天河也吳正子註天江一作天河嬴女謂織婦借天河織女以兒之然謂之嬴女殊不可曉八月一、日吳正子引韋應物詩世間綵翠亦作囊八月一日仙人方爲註徐文長引金鏡節爲註皆似不的當是八月一日宮庭將有慶會歌舞之事宮人預爲習樂其聲飄揚遠聞于外又見斷素裁縫以製舞人之服而備用長

[illegible]

吉職隸太常故得與聞其事而賦之如此苟欲援古事以証其失之也遠矣○嬴女機機中斷烟素縫舞衣曾本二姚本皆同吳本作嬴女機中烟素素斷烟素縫衣縷似非

摩多樓子 摩多樓子樂府曲名莫詳所自大抵言從軍征戍之事樂府收入雜曲歌辭中吳正子曰今諸本皆誤作樓子

玉塞去金人○二萬四千里○ 謝莊舞馬賦乘玉塞而歸寳玉塞玉門關也太平寰宇記玉門關在沙州壽昌縣西南一百十八里霍去病開玉門關通西道七十餘國西漢地理志云龍勒縣有漢玉門都尉治西域傳云東則接漢扼以玉門陽關漢書漢使驃騎將軍去病將萬騎出隴西過焉者山千餘里得休屠王祭天金人按金人當作休屠右地解然人字終衍是書寫之誤

風吹沙作雲○一時渡遼水○ 塞外多沙風吹之成陣而起遠望濛昧若雲氣漢書地理志大遼水出遼東塞外南至安市入海行千二百五十里高誘淮南子註遼水出碣石山自塞北東流直遼東之西南入

海○風吹姚經三本作風捲天白水如練甲絲雙串斷紉甲用雙綫貫之今又斷矣見行役勞苦之久行行莫苦辛城月猶殘半曉氣朔烟上趨趄胡馬蹄曾益註天將曙故朔烟隨曉氣而上吳正子註趨趄音鹿鏃東京賦狹三王之趨趄薛綜註趨趄局小貌行人臨水別隴水長東西行人臨水而別而水亦東西分流不能同歸一處以見觸景傷心之意凡山脊之上有泉不流出東出者則歸于東西出者則歸于西勢必然也不僅隴山之分水嶺爲然且隴山地在中上不在邊塞此詩所謂隴水者指所見岡隴之水而言不謂隴頭之水也又玉門關與休屠右地相去太必有二萬四千里而遼水遠在東北與西域了不相干乃長吉連類舉之若在一方者蓋興會所至初不計其道路之遠近而後修詞學者玩其大意可也○隴水吳本作隔隴

猛虎行

長戈莫舂強弩莫抨史記魯敗翟于鹹獲長狄僑如富父終甥舂其喉以戈殺之服虔曰舂猶衝也抨音繃廣韻抨彈也陳素子曰莫者乃莫能之詞雖有長戈強弩而莫能舂抨其惡甚矣○強弩吳本作長弩抨一作烹非乳孫哺子教得生獰獰惡也舉頭爲城掉尾爲旍論衡鮌爲諸侯欲得三公而堯不聽怒甚猛獸欲以爲亂比獸之角可以爲城舉尾以爲旍長吉此等句法世所詫爲牛鬼蛇神鯨呿鰲擲者也而不知其蓋有所本非出于杜撰東海黃公愁見夜行西京雜記東海人黃公少時爲術能制蛇御虎佩赤金刀以絳繒束髮立興雲霧坐成山河及衰老氣力羸憊飲酒過度不能復行其術秦末有白虎見于東海黃公以赤刀往厭之術既不行遂爲虎所殺道逢騶虞牛哀不平毛萇詩傳騶虞義獸也白虎黑文不食生物有至性之德則應之淮南子昔公牛哀轉病也七日化爲虎其兄掩戶而入覘之則虎搏而殺之言騶虞仁獸不食生物而牛哀見之而心爲之不平以其具虎之形冐虎之名而無虎食人之心暴也甚

結到諷刺嘗有寵坡長老張弩卒莫之能禁禦也

言其虎之殘虐非仁德所能感化

何用尺刀壁上雷鳴

刀之靈異者風雨之夕往往能作嘯聲所謂雷鳴亦其類也人方畏虎無能與角雖有尺刀但懸之壁間而無所用刀作雷鳴似憤人不能見用之意然人終不肯用也雖雷鳴又何用乎○尺刀曾本二姚本作刀尺

泰山之下婦人哭聲

檀弓孔子過泰山側有婦人哭于墓者而哀夫子式而聽之使子路問之曰子之哭也一似重有憂者而曰然昔者吾舅死于虎吾夫又死焉今吾子又死焉夫子曰何為不去也曰無苛政夫子曰小子識之苛政猛于虎也長吉用此不過言虎之傷人纍纍與苛政絶不相干而舊註多云為譏猛政而作者非是

官家有程吏不敢聽

劉須溪註云吏畏嚴刑犯險穿虎而行是謂不敢聽婦人之哭聲也邱季貞註云官家雖有程命捕虎而吏不敢聽者懼又傷于虎是謂不敢聽官司之期限也二說皆可而邱註似優

日出行

白日下崑崙發光如舒絲史記崑崙其高二千五百餘里日月所相隱蔽爲光明也徒照葵藿心不照遊子悲曹植求通親親表若葵藿之傾葉太陽雖不爲之迴光終向之者誠也折折黃河曲日從中央轉暘谷耳曾聞若木眼不見河圖河出崑崙千里一曲九曲入海爾雅河出崑崙墟色白所渠并千七百一川色黃百里一小曲千里一曲一直錢飲光曰河流最急猶九曲以逝豈如日從中央取道甚直更急于河言去之速也淮南子暘谷榑桑在東方高誘註暘谷日之所出也楚辭折若木以拂日王逸註若木在崑崙西極其華照下地奈爾鑠石爲銷人楚辭招魂十日代出流金鑠石王逸註鑠銷也言東方有扶桑之木十日並在其上以次更行其勢酷烈金石堅剛皆爲銷釋也○奈爾二姚本作奈何羿彎弓屬矢那不中足令久不得奔詎教晨光夕昏楚辭章句淮南言堯時十日並出草木焦枯堯令羿仰射十日中其九日日中九鳥皆死墮其

羽翼詩意謂羿已射中九日此一日何不射中其足令不得奔馳可以長在天上即古人長繩繫白日之意與前苦晝短一篇意旨相類○文苑英華作羿能彎弓屬矢那不中足令烏不得翔火不得奔詎教晨光夕昏

苦篁調嘯引 吳正子註樂府有調笑引笑一作嘯

請說軒轅在時事伶倫采竹二十四伶倫采之自崑邱軒轅詔遣中分作十二伶倫以之正音律軒轅以之調元氣當時黃帝上天時二十三管咸相隨唯留一管人間吹無德不能得此管此管沉埋虞舜祠 風俗通黃帝使伶倫自大夏之西崑崙之陰取竹于嶰谷生其竅厚均者斷兩節而吹之以為黃鍾之管制十二篇以聽鳳之鳴其雄鳴為六雌鳴亦為六天地之風正而十二律之五聲于是乎生八音于是乎出史

記五帝本紀黄帝者少典之子姓公孫名曰軒轅封禪書上曰吾聞黄帝不死今有冢何也或對曰黄帝已仙上天群臣葬其衣冠風俗通昔章帝時零陵文學奚景于冷道舜祠下得笙白玉管知古以玉爲管後乃易之以竹耳○此章以見于史傳實有之事而雜以虛無荒誕之詞似近乎戲而實有至理在焉唯置一管者謂黄鍾一管管爲萬事之根本其製可考而知也無德不能得此管謂非有聖賢之德不能得此管之制度音律其實此管尚在人間人自不能知之耳非竟無可考也想當時新聲競作上下之人皆習聞之而溺好焉任古律之日淪于亡而不能正長吉身爲協律郎有掌和律吕之職目擊其弊思欲正之而作此詩歟元遺山曰七言長詩于中獨一句九言章郎有此例長吉亦有此例蓋謂軒轅詔遺中分作十二之句是也○崑邱會本二姚本作崑崙

拂舞歌辭

晉書拂舞出自江左舊云吳舞檢其歌非吳辭也琦按拂舞者持拂而舞兼歌其辭也古辭五篇一曰白鳩篇二曰濟濟篇三曰獨祿篇四曰碣石篇五曰淮南王篇長

不越古詩不如飲美酒被服紈與素服食求神仙多為藥所誤之意

宗遠云拂舞出乎
江左故云吳娥聲
絶天其詞云神仙
本自淮南王蘅也
蘅亦諷刺之詞奇
甚云神仙者也化
為異物不足道也
武英華作舞
寒英華作共

吉不言篇名而但曰拂舞歌辭鄭詩言謂撮其大意而爲之是也

吳娥聲絶天空雲開徘徊門外滿車馬亦須生綠苔

淮南王古辭少年窈窕何能賢揚聲悲歌音絶天絶天言聲之高亮上及于天也史記天官書絶漢抵營室索隱曰絶過也此絶字亦當作此解空雲徘徊用秦青撫節安歌響遏行雲事門外句見賓客來往之盛亦須句就車馬喧闐之時逆嘆此地不久即生綠苔所謂勝地不常倏忽之間已成陳迹矣

樽有烏程酒勸君千萬壽全勝漢武錦樓上曉望晴寒飲花露

李善文選註盛弘之荊州記曰淥水出豫章康樂縣其間有烏程鄉有酒官取水爲酒酒極甘美吳地理志曰吳興烏程縣若下酒有名太平寰宇記湖州烏程縣按郡國志云古有烏氏程氏居此能醞酒故以名縣方輿勝覽烏程美酒吳興新錄秦時程林烏巾二家以釀美酒因得其名三輔黃圖武帝承雲表之露和玉屑服之以求仙道曾益註全勝言飲酒勝飲露也○文苑英華漢武作漢舞晴寒作晴

李長吉歌詩卷四

空
東方日不破天光無老時日出東方使常在其所而不西墮則天光無晝無夜常得如此安得有老時耶然此乃必無之理日不能常在天而不落人又安能長在此世間而不死耶破者謂日將隤時先沒其下體漸漸虧時蔽猶物之圓者忽破也老時謂日暮時丹成作蛇乘白霧千年重化玉井土從蛇作土二千載吳堤綠草年年在背有八卦稱神仙邪鱗頑甲滑腥涎明不請篇右辭上下神龜雖壽猶有竟時騰蛇乘霧終爲土灰此詩後六句全用其語背有八卦邪鱗頑甲指龜而言也而上下不露一龜字何乃晦澀至此其間似有訛缺郭茂倩樂府詩集本作千年重化玉井土從蛇作龜二千載一本作千年重化玉井龜玉非龜二千載云云按上文時字只一韻今以龜字聯上作二韻似屬可從○此詩首言聲色之娛轉眼成空幸有酒在尊正可樂飲想漢武帝有志神仙飲雲表之露以求長生終竟不得我今日飲酒自樂豈不遠勝之乎觀之于天不能常晝而不夜而人可知矣即物中之多壽者皆

井上之土一作龜
文集作有
春綠集作綠草
樂府作綠草文作有

一本此篇在第二卷

稱龜蛇浸假而化爲蛇能乘雲霧而遊殆至千歲之後終亦必死而化爲土灰又浸假而化爲神龜雖能行氣導引歷久不死見稱于神仙之流然而鱗則鱗甲則頑甲腥涎滑濁終是異類亦焉足貴耶大旨總言長生不可求即求得長生亦無可羨可貴之處不如及時行樂爲是之意。長土千載一作一千載文苑作三千載綠草文苑作春綠姚仙期本作陸草背有文苑作背文

夜坐吟　樂府有夜坐吟始于鮑照

踏踏馬蹄誰見過眼看北斗直天河夜深之侯西風羅幕生翠波鉛華笑妾顰青娥陸機詩蘭室接羅幕張銚註羅幕羅帳也風吹羅帳閃閃而動有若水波之狀見室中寂靜之意鉛華粉也婦人傅粉靚粧本爲悅己者容今所歡不來深夜顰青蛾而坐無人見憐鉛華亦應見笑矣。青娥姚經三本作青蛾爲君起唱長相思簾外嚴霜皆倒飛長相思樂府曲名嚴霜倒飛見歌聲之妙。起唱曾本二姚本俱作

李長吉歌詩　卷四　七

起舞明星爛爛東方陲明星爛爛將曉之候紅霞紅霞稍出東南涯稍出則天大明矣詩鄭風子興視夜明星有爛古雞鳴歌東方欲明星爛爛陸郎去矣乘斑騅此何是迴念前此去時之況因其不來而追思之遂有無限深情夜坐者夜坐而俟其來也爲君起唱長相思君者即指其人通篇總是思而不見之意徐文長以來遲去早爲解反覺末何無甚雋永樂府明下童曲陳孔驕赭白陸郎乘斑騅陳孔謂陳宣孔範陸謂陸瑜皆陳後主狎客說文騅馬蒼黑雜毛也

箜篌引古今註箜篌引朝鮮津卒霍里子高妻麗玉所作也子高晨起刺船而濯有一白首狂夫披髮提壺亂流而渡其妻隨呼止之不及遂墮河水死于是援箜篌而鼓之作公無渡河之歌聲甚悽愴曲終亦投河而死霍里子高還以其聲語妻麗玉麗玉傷之乃引箜篌而寫其聲聞者莫不墮淚飲泣麗玉以其聲傳鄰女麗容名曰箜篌引焉古辭曰公無渡河公終

衍一作羨

奈居猶安居也作君字無味

渡河公隱河
死當奈公何

公乎公乎提壺將焉如屈平沉湘不足慕徐衍入海誠爲愚如往也新序屈原者名平疾闇王亂俗汶汶嘿嘿以是爲非以清爲濁不忍見于世遂自投湘水汨羅之中而死王襃九懷屈子兮沉湘漢書徐衍負石入海服虔曰周之末世人也公乎公乎牀有菅席盤有魚北里有賢兄東鄰有小姑隴畝油油黍與葫瓦甒濁醪蟻浮浮黍可食醪可飲公乎公乎其奈居山海經白菅爲席郭璞註菅茅屬也音間葫廣韻類篇以爲彫胡玉篇以爲大蒜然與上隴畝油油不甚合按箕子歌曰麥秀漸漸兮禾黍油油索隱曰油油者禾黍之苗光悦貌一本有作禾字者近是然嫌其出韻禮記君尊瓦甒鄭康成註壺大一石瓦甒五斗玉篇甒盛五升小甖也蟻已見二卷註又鄴天挺曰南中竹篘篘酒常帶米殼故謂之浮蟻浮字亦出韻當叶作夫音讀○菅

居一本君
宋金居本

席姚仙期本作管席葫一作菰其奈居曾本二姚本作其奈君一作可奈君　被髮奔流竟何如賢兄小姑哭嗚嗚

巫山高　宋書漢鼓吹鐃歌十八曲有巫山高曲四川省志巫山在夔州巫山縣東三十里形如巫字

碧叢叢高插天大江翻瀾神曳烟　陸放翁入蜀記過用真人祠真人即世所謂巫山神女也祠正對巫山峰巒上入霄漢山脚直插江中議者謂太華衡廬皆無此奇然十二峰不可悉見所見八九峰惟神女峰最爲纖麗奇峭宜爲仙真所託祝史云每八月十五夜月明時有絲竹之音往來峰頂山猿皆鳴達旦方漸止烟雲也曳烟即行雲之意○首句一作巫山叢碧插高插天文苑英華本高插天作齊插天大江作巴江　楚魂尋夢風颸然曉風飛雨生苔錢瑤姬一去一千年丁香筇竹啼老猿昔日

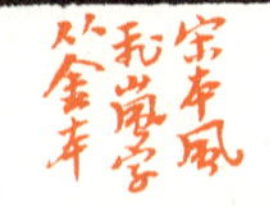

楚王之魂尋夢于此而空山之中湫無踪跡荔瑶姬
之去已久今之所見惟有竹木蒙籠猿狖哀嘯而已
說文颸凉風也襄陽耆舊傳赤帝女曰瑶姬未行而
卒葬于巫山之陽故曰巫山之女楚懷王遊于高唐
晝寢夢見與神遇自稱是巫山之女遂爲置觀于巫
山之陽丁香樹生交廣南番非蜀地所産恐是今之
紫丁香耳葉小而有岐花紫色狀如藥中之母丁香
故亦得目其名而其實不香也今園圃中多植之唐
人詩多入咏劉淵林蜀都賦註邛竹出興古盤邛
江人似南中亦多實而高節可以作杖史記正義邛都
山出此竹因名邛竹高節實中可爲杖按史記漢書
言邛竹事皆作邛後人加竹作笻笻竹邛竹一也○

颸一作颸 **古祠近月蟾桂寒椒花墜紅溼雲間** 近月蟾佳寒吉其高

峻椒花墜紅即無人花自落之意圖經本草蜀椒今
歸峽及蜀川陝洛間人家多作園圃種之木高四五
尺似茱萸而小有針刺葉堅而滑可煮飲食四月結
子無花但生于枝葉間顆如小豆而圓皮紫赤色據
此則椒無花也所謂椒花墜紅即是指其紅實耳長
吉生長中原身未入蜀蜀地之椒目所未覩出于想

像之間
故云耳

平城下 挍元和郡縣志河東道之雲州即秦雁門郡地在漢雁門郡之平城縣也史記曰漢七年韓王信亡走匈奴上自將逐遂至平城爲匈奴所圍是也漢末大亂匈奴侵邊其地遂空曹操鳩集荒散又立平城縣屬新興郡晉改屬雁門郡晉亂劉琨表封猗盧爲代王都平城後魏道武帝于此建都孝文帝改爲司州又改恒州周武平齊改置恒安鎮隋因之唐爲雲州及雲中縣之地新唐書地理志謂雲州有雲中樓煩二守捉有陰山道青坡道皆由兵路是郎古時之平城縣也唐時亦有平城縣隷河東道之儀州與太原上黨相鄰不在邊境此所云平城乃古之平城非唐時之平城也

飢寒平城下。夜夜守明月。別劍無玉花。海風斷鬢髮。

別劍謂別家時所携之劍玉花謂劍光明潔有同玉色久而不用則鏽澀而其光晦也海風謂嚴厲之風

自瀚海而至者塞長連白空遙見漢旗紅青帳吹短笛烟霧濕畫龍○白空塞外空曠之色與天相連接之狀畫龍即旗幟上所畫者也詩意遙望塞外亦有屯戍之兵彼則旗帳鮮明士卒嬉戲而吹短笛與我之苦飢忍寒者大不相同古詩云從軍有苦樂但問所從誰正是此意自兩漢以後長城以外之人稱長城以內地總曰漢地相沿不改此云漢旗𣏌言漢地之旗與漢高祖平城被圍杳無干涉日晚在城上依稀望城下風吹枯蓬起○城中斷瘦馬○不但人苦飢即馬亦苦飢而斷也借問築城吏去關幾千里○惟愁裹屍歸○不惜倒戈死○死于飢寒與死于戰鬭等死耳然死于戰鬭者英魂毅魄猶足以爾國殤而爲鬼雄較之飢餓而死者不大勝乎故今所愁者惟飢寒死而裹屍以歸若倒戈而死固不自惜矣後漢書馬援傳男兒要當死于邊野以馬革裹屍還葬耳何能臥牀上在兒女子手中耶倒戈者謂戰死而戈倒于地與武城篇中前徒倒戈之解不同○此章以守邊之

一本在第二卷

江字以英華改作天亦可兩存

李長吉歌詩卷四　十

將不恤其士卒之飢寒其下苦之代作此辭以刺然通首竟不作一怨尤之語洵爲高妙舊註以平城及漢旗紅之語作漢高祖被困平城之解者非是

江南弄　樂府詩集樂府解題曰江南古辭蓋美芳晨麗景嬉遊得時若梁簡文桂檝晚應旋唯歌遊戲也按梁武帝作江南弄以代西曲有采蓮采菱蓋出于此

江中綠霧起涼波天上疊巘紅嵯峨　天色將晚水中先見霧氣天上雲氣爲落日反照皆作紅霞其嵯峨層起者如疊巘之狀　水風浦雲生老竹渚暝蒲帆如一幅　風雲與竹相雜似從竹中生出洲渚漸暝遠望蒲帆不甚分明髣髴見一幅而已廣韻風土記曰大水有小口别通曰浦國史補舟船之盛盡于江西編蒲爲帆大者爲數十幅○如姚仙期本作猶　鱸魚千頭酒百斛酒中倒臥南山綠　世說庾冰爲起大舍市奴婢使門內有百斛酒終其身酒中飲酒方半也倒臥者酒酣倒地而臥也南山綠者悠然見南

山之色也徐文長以爲山影入杯斝者意似巧而反覺味短吳歈越吟未終曲江上團團貼寒玉左思吳都賦荊艷楚舞吳歈越吟劉淵林註歈吳歌也寒玉喻月初出○吳歈一作吳龡貼一作疊俱非

榮華樂此篇專咏梁冀事以爲貴戚之戒○一本作東洛梁家謠

鳶肩公子二十餘齒編貝脣激朱後漢書梁冀傳冀爲人鳶肩豺目洞精矘眄章懷太子註鳶鵄也鳶肩上竦也漢書東方朔傳目若懸珠齒若編貝李善文選註貝海螺其色白莊子脣如激丹齒如齊貝司馬彪云激明也氣如虹霓飲如建瓴走馬夜歸叫嚴更劉劭趙郡賦煦氣成虹霓漢書營猶居高屋之上建瓴水也如淳註瓴盛水瓶也居高屋之上而翻瓴水言其向下之勢易也建音蹇蘇林曰瓴讀曰鈴傳言冀性嗜酒又言少爲貴戚遊逸自恣徑穿複道遊椒房龍裘金玦雜花光玉堂調笑金

樓子○臺下戲學邯鄲倡○史記乃作複道華昭日閣道也三輔黃圖椒房殿在未央宮以椒和泥塗壁取其溫而芬芳也後世稱皇后宮日椒房本此或云兼取其椒實蕃衍之義梁冀妹爲順帝皇后故得出入椒房也左傳衣之尨服佩以金玦杜預註尨雜色也玦如環而缺不連冀傳稱其改易輿服之制作埤幘狹冠折上巾擁身扇孤尾單衣北云尨裘金玦蒸諭言冀之衣佩皆不正也古詩調笑酒家胡王金珠歡聞歌豔豔金樓女心如玉池蓮古相逢行黃金爲君門白玉爲君堂堂上置尊酒作使邯鄲倡二句甚言冀在宮中無禮之狀然史傳未嘗載其事疑另有所據○尨裘曾本作龍裘戲學恐當作戲狎爲是

口吟舌話稱女郎○錦袪繡面漢帝旁○得明珠十斛白璧一雙○新詔垂金曳紫光○冀傳稱冀口吟舌話裁能書計章懷太子註謂語吃不能明了稱女郎者謂其才能本無可稱惟女郎稱之耳蓋謂其娣也錦袪繡面猶言爲鬼爲蜮之狀曾益註以爲能媚君而姚仙期非之謂以冀之凶暴必不肯進媚于君而不知冀之跋扈在

凌氛見勢迫君

順帝既崩之後若其前未必不巧言令色以邀恩寵也垂金曳紫垂金印曳紫綬也

煌煌馬如飛人如水九卿六官皆望履將迴日月先反掌欲作江河惟畫地

後漢書馬皇后紀前過濯龍門上見外家問起居者車如流水馬如游龍西京雜記畫地成江河撮土為山岳冀本傳專擅威柄凶恣日積機事大小莫不咨決之宮衛近侍並所親樹禁省起居纖悉必知百官遷名皆先到冀門牋檄謝恩然後敢詣尚書

峩峩虎冠上切雲竦劍晨趨凌紫氛繡段千尋貽皁隸黃金百鎰貺家臣

上二句言其畜養勇士勢逼君上下二句言其廣收賄賂徧及家人廣雅峩峩高也虎冠疑是危冠之訛虎與危字畧相類楚辭冠切雲之崔嵬王逸註戴崔巍之冠其高切青雲也左思吳都賦危冠而出竦劍而趨也李周翰註竦劍謂帶劍竦立而趨也冀本傳客到門不得通皆請謝門者門者累千金此云皁隸家臣乃推廣而言之也

十二門前張大宅晴春烟起連天碧

金鋪綴日雜紅光銅龍齧環似爭力後漢書洛陽城十二門其正南一門曰平城門其餘上西門雍門廣陽門津門小苑門開陽門耗門中東門上東門穀門夏門凡十二門張開也左思蜀都賦金鋪交映劉淵林註金鋪門首以金為之冀本傳冀乃大起第舍而妻孫壽亦對街為宅殫極土木互相誇競堂寢皆有陰陽奧室連房洞戶柱壁彫鏤加以銅漆窗牖皆有綺疏青瑣圖以雲氣仙靈臺閣周通更相臨望飛梁石磴陵跨水道金玉珠璣異方珍怪充積藏室瑤姬凝醉臥芳席海素籠窗空下隔瑤姬喻姬妾之類海素海中鮫人所織之素即鮫綃也以鮫綃籠窗其明亮如空也丹穴取鳳充行庖貜貜如拏那足食甚言飲食之奇異山海經丹穴之山有鳥焉其狀如雞五采而文名曰鳳凰首文曰德翼文曰義背文曰禮膺文曰仁腹文曰信是鳥也飲食自然自歌自舞見則天下安寧謚部方物畧記貜出邛蜀間與猿猱無異但性不躁動肌質豐腴蜀人炮蒸以為美味金蟾呀呀蘭燭香軍裝

武妓聲琅璫金蟾鑄金肖蟾形爲燭臺薰爐之類呀呀蟾張口貌軍裝武妓侍立之妓皆令武扮作軍士裝束項璫甲冑聲誰知花雨夜來過但見池臺春草長宴飲諠譁繼之以夜天色晴雨亦不知覺冀本傳冀壽共乘輂車張羽蓋飾以金銀游觀第內多從倡妓鳴鐘吹管酣謳竟路或連日繼夜以騁娛恣嘈嘈絃吹匝天開洪崖簫聲遶天來天長一矢貫雙虎雲弝絕騁聒旱雷匝徧也西京賦洪崖立而指揮薛綜註洪崖三皇時伎人弝音霸弓弝中手執處也旱雷謂弓弦震烈之聲冀本傳曰冀能挽滿後漢紀冀與壽及諸子相隨游獵諸苑中縱酒作倡樂亂袖交竿管兒舞吳音綠鳥學言語楚辭衽若交竿撫案下些王逸註言舞者便旋衣衽掉搖迴轉相鉤狀若交竿吕向註言舞人回轉衣衿相交如竿也吳音吳地之歌聲綠鳥鸚鵡也謂歌者作吳地之歌聲其音嬌姹有似鸚鵡學人言語上句言舞下句言歌正相對也舊註有直作鸚鵡解謂異方珍怪充積冀室

者非是**能教刻石平紫金解送刻毛寄新兔**刻石平紫金謂刻石作穴積金其中而與地相平見冀之聚斂無厭舊註謂刻石立碑而以金平之者非是紫金金之美者謂之紫磨金冀本傳起兔苑于河南城西經亘數十里發屬縣卒徒繕修樓觀數年乃成移檄所在調發生兔刻其毛以爲識人有犯者罪至刑死嘗有西域賈胡不知禁忌誤殺一兔轉相告言坐死者十餘人按下句是冀之實事上句亦必冀之實事而范史不載今失傳者耳**三皇后七貴人五十校尉二將軍**冀本傳一門前後七封侯三皇后六貴人二大將軍夫人女食邑稱君者七人尚公主三人其餘卿將尹校五十七人○七吳本會本姚仙期本俱作三皇皇后誤**當時飛去逐彩雲化作今日京華春**承上言冀之一門之盛如此誠莫與京矣一旦身死家破化爲烏有若彩雲散滅曾不可以久存今日京華之貴戚則亦有若然者也彼前車之覆獨非後車之鑒乎此二句乃文賦所云立片言而居要乃一篇之警策者也其所戒之也深矣

相勸酒

羲和騁六轡晝夕不曾閑彈烏崦嵫竹扶馬蟠桃鞭廣雅曰御日羲和初學記淮南子爰止羲和爰息六螭是爲懸車註曰日乘車駕以六龍羲和御之春秋元命苞陽成于三故日中有三足烏山海經西南三百六十里曰崦嵫之山郭璞註日沒所入山也楚辭章句崦嵫日所入山也下有蒙水其中有虞淵楚辭暾將出兮東方照吾檻兮扶桑撫余馬兮安驅王逸註言日既墜天運轉而西將過太陰徐撫其馬安驅而行是言日輪之運有馬牽之而行也淮南子日入虞淵爰息其馬亦是此羲楊升菴曰古者羲和爲日御莊子因御字遂有日車之說楚辭淮南因車字遂有馬之說河圖括地象桃都山有大桃樹盤屈三千里上有金雞日照則鳴彈擊也扶音𠯛亦擊也彈之扶之欲其流行不住○晝夕文苑英華作晝夜崦嵫竹一作崦嵫石蓐收既斷翠柳青帝又造紅蘭月令孟秋之月其神蓐收仲秋之月其神蓐收季秋之月其神蓐收蓋其神專

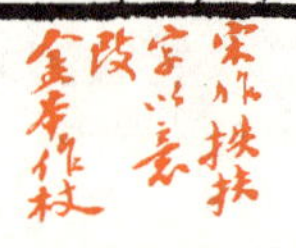

志一作意

宋本臛臑字

金本

司秋令者也青帝東方之神司春令者江淹別賦見紅蘭之受露蓋春蘭之花其色帶微紅者是也李周翰文選註謂蘭至秋而色紅非也二句言春秋代謝○又造文苑作更造堯舜至今萬萬歲數了將爲傾蓋間自堯舜至唐元和中未滿三千歲云萬萬歲趁筆之誤也徐文長註數了指羲和蓐收青帝傾蓋間言其爲時不久家語孔子之郯遭程子于途傾蓋而語王肅註傾蓋駐車也史記白頭如新傾蓋如故索隱曰志林云傾蓋者道行相遇軿車對語兩蓋相切小欹之義青錢白璧買無端丈夫快意方爲歡光陰迅疾縱有青錢白璧亦不能買其罰而不去可不及時行樂耶臛蠵臛熊何足云會須鍾飲北海箕踞南山楚辭露雞臛蠵厲而不爽王逸註有菜曰羹無菜曰臛蠵大龜也劉勰新論炮羔煎鴻臛蠵臑熊衆口之所嗛袁孝政註臑是蹯即熊掌也煮熟以寮滄之可食臛熊字未見所本恐是臑熊之訛曹植與吳質書願舉泰山以爲肉傾東海以爲酒此云鍾飲北海蓋本其意箕踞南山言其坐處之寬廣

終不歇英華終作然注云一作終々

麗音熇蠵音奚臑音歌湑湑管愔愔横波好送離題而〇云文苑作言

湑湑歌聲洋溢貌愔愔管聲安和貌周捨樂府歌金管愔愔鏗鼓鏘鏘傳毅舞賦目流睇而横波離題金謂南蠻中所出之金也禮記南方曰蠻雕題交趾鄭元註雕題謂刻其肌以丹青涅之孔穎達正義雕謂刻也題謂額也謂以丹青雕刻其額横波好送離題金吳正子以目送金杯宴飲以樂爲解姚仙期以纒頭費爲解姚經三以異域航海貢金爲解三說之中言纒頭費者近是人生得意且如此何用強知元化心元化造化也蓋謂不必逆料未來之事相勸酒終無輟伏願陛下鴻名終不歇子孫綿如石上葛惟願者天子聖明國祚久遠天下得享太平無事之福使我輩快意歡飲終無止矣封禪書前聖之所以永保鴻名而常爲稱首呂向註鴻大也詩國風緜緜葛藟在河之滸毛傳云綿綿長而不絕之貌來長安

車騑騑中有梁冀舊宅石崇故園騑騑聯緜竝行之貌梁冀宅石崇園

皆在河南長吉恭舉其路中所見者言之耳權貴如梁冀豪富如石崇不久之間身死家滅徒留園宅故迹于荒烟茂草之中富貴之不足恃如此以見人生當行樂之意一統志金谷園在河南府城西十三里地有金水自太白原南流經此谷晉石崇因川阜造園館崇自作詩序有清涼臺郎崇妾綠珠墜樓處○來長安車駢文苑英華作東洛長安車軿軿曾本姚仙期本少一駢字

瑤華樂　楚辭折疏麻兮瑤華王逸註瑤華玉華也拾遺記周穆王即位三十二年巡行天下馭黃金碧玉之車傍氣乘風越朝陽之岳自明及晦窮寓縣之表有書史十人記其所行之地又副以瑤華之輪十乘隨王之後以載其書也三十六年王東巡大騎之谷詣春宵宮西王母乘翠鳳之輦而至前導以文虎文豹後列彤麟紫麏曳丹玉之履敷碧蒲之席黃莞之薦供玉帳高會薦清澄琬琰之膏以爲酒進洞淵紅蕖嵊山甜雪昆流素蓮陰岐黑棗萬歲水桃千年雪藕此篇專咏穆王事而題曰瑤華樂殆採記中瑤華輪事以立名耶曾益謙甫曰瑤當爲瑤

池樂其說應是

此當為瑤池樂

穆天子走龍媒八轡冬瓏逐天迴五精掃地凝雲開

列子周穆王肆意遠遊命駕八駿之乘右服驊騮而左綠耳右驂赤驥而左白犧主車則造父爲御𪊍𪊍爲右次車之乘右服渠黃而左踰輪左驂盜驪而右山子柏夭主車參百爲御奔戎爲右馳驅千里至于巨蒐氏之國遂宿于崑崙之阿赤水之陽別日升崑崙之邱以觀黃帝之宫而封之以詒後世遂賓于西王母觴于瑤池之上西王母爲王謡王和之其辭哀焉乃觀日之所入一日行萬里王乃嘆曰予一人不盈于德而諧于樂後世其追數吾過乎漢武帝天馬歌天馬徠龍之媒應劭曰天馬者乃神龍之類今天馬已來此龍必至之效也轡馬轡也一馬兩轡故詩經正義謂四馬則八轡長吉則以八馬爲八轡冬瓏轡聲逐天迴與天之行相逐而迴轉言其速也漢書五星者五行之精也張衡東京賦五精帥而來摧薛綜註五精五方星也姚仙期註五精掃地風伯清塵雨師灑道意。冬瓏吳本作冬朧姚經三郎本作玲

瓏

高門左右日月環，四方錯鏤稜層殿。舞霞垂尾長盤䠠，江瀯海淨神母顏。此言穆王至王母所居之處也。門之左右日月環之，其四方皆有雕文錯鏤，稜層突起。作殿紅色。殿音烱，赤黑色也。又有采霞旋繞，或如蛟龍之垂尾，或如龜龍之盤䠠。盤䠠，即蹣跚，跛行貌。神母，即王母也。江瀯海淨，揄其清淨不動聲色之意。施紅點翠照虞泉，曳雲掩玉下崑山。穆王升崑崙之邱，及觀日之所入，與賓于西母，原是三事。詩意似謂借王母以往觀虞淵，上崑崙也。故用施紅點翠、曳雲掩王等字。紅翠謂婦人粧飾。雲，雲衣也。王，玉佩也。李嶠詩：羅帶玉佩當軒出。點翠施紅鏡春出。楚辭：因靈元于虞淵。王逸註：虞淵，日所入也。淮南子：日入于虞淵之汜，曙于蒙谷之浦。虞泉即虞淵也。唐人以避高祖諱，故以泉字易淵字。列旆如松，張蓋如輪。金風殿秋，清明發春。八鑾十乘，蓋如雲屯。韻會：旆，說文：繼旐之旗也。沛然而垂。旐以全帛爲之，續旐末爲燕尾者，旆也。釋名：雜帛爲旆，以雜色帛綴其邊爲翅尾也將帥所建象物雜也軍前曰啟軍後曰殿發郎啟宇之意蓋謂侍從之後以秋時金風爲殿其前以春時清明之氣爲導郎楚辭前望舒使先驅後飛廉使奔屬之意歲華紀麗秋風曰金風楚辭九思陽氣發兮清明詩小雅約軧錯衡八鸞瑲瑲鄭康成箋鸞在鑣四馬則八鸞也蓋以八鸞爲馬上之八鈴後人用之或作鑾或作鸞其事一也玉篇轟齊也集韻轟長直貌謝靈運山居賦直陌轟其東西陲饑詩胡馬如雲屯雲屯雲之聚也六句皆言王母侍從之盛○殿秋一作斂秋

瑣鍾瑤席甘露文。元霜絳雪何足云。

瑣鍾玉杯也楚辭瑤席兮玉鎮王逸註瑤玉爲席也初學記瑞應圖云露色濃爲甘露王者施德惠則甘露降其草木晉中興書曰甘露者仁澤也其凝如脂其美如飴江淹別賦露下地而騰文露有五色照着草木故成文漢武內傳其次藥有元霜絳雪子得服之白日升天二句言宴饗之盛

薰梅染柳將贈君。鉛華之水洗君骨。與君相對作真質。

薰梅染柳亦似指仙藥而言仙家丹法先用黑鉛一味煉起鉛華之

李長吉歌詩　卷四

水蓋謂金丹神水也洗骨洗去凡質濁垢眞質長生不老之質

北中寒

一方黑照三方紫。黃河冰合魚龍死。三尺木皮斷文理。百石強車上河水。漢書胡貉之地陰積之處木皮三寸冰厚六尺此云三尺恐是三寸之誤因凍故木皮雖厚亦至拆裂河冰堅甚雖以百石重車行其上亦不碎陷霜花草上大如錢。揮刀不入迷濛天。霜凝草上有似花葩揮刀不入亦言其冱寒凝結之甚崢嶸海水飛凌喧。山瀑無聲玉虹懸。爭灣波濤迴旋互激之謂凌積冰也北海近岸淺狹之處至十月即凍而天色脂和暫或解散其碎冰爲波濤所擁觸作聲甚喧山中瀑水激流而下如挂匹練遇寒而凍寂然無聲似白虹懸于澗中

梁臺古意 意吳本作愁

强印數之强弱謂車所載百石强耳

崢嶸以意改

一本在第二卷

梁王臺沼空中立，天河之水夜飛入。臺前鬬玉作蛟龍，綠粉掃天愁露濕。西京雜記：梁孝王好營宫室苑囿之樂，作曜華之宫，築兔園。園中有百靈山，山有膚寸石、落猿巖、棲龍岫，又有雁池，池間有鶴洲鳧渚，其諸宫觀相連，延亘數十里，奇果異樹，珍禽怪獸畢備。王日與宫人賓客弋釣其中。詩言平地之中本無臺沼，乃積土以爲臺，若空中忽然而立者；鑿地以爲池，又若天河之水飛瀉而入者也。說文：鬬，遇也。今人謂木石鑲準合之處謂之鬬。鬬玉，以玉相鬬合，作臺前欄楯，而鏤爲蛟龍之形也。綠粉掃天，指竹而言。水經註：睢水又西南流，歷于竹圃，水次綦竹蔭渚，菁菁世人言梁王竹圃也。白帖：梁孝王有修竹園。

撞鐘飲酒行射天，金虎蹙裘噴血斑。史記殷本紀：帝武乙無道，爲革囊盛血，仰而射之，命曰射天。宋世家：宋王偃盛血以韋囊，懸而射之，命曰射天。梁孝王未嘗有射天事，當是喻言其怙親無厭，時有犯上之意，蓋指其不得爲嗣，陰使人刺殺漢臣袁盎等十餘人也。禮記：君之右虎裘。噴血斑，裘色鮮赤。琦按：旋衡東

李長吉歌詩　卷四

京賦周姬之末政用多僻始于宮鄰卒于金虎李善註應劭漢官儀曰不制之臣相與比周比周者官鄰金虎言小人在位比周相進與君爲鄰貪求之德堅若金虎讒謗之言惡若虎此用金虎噴血等字雖指衣褰而言意則指梁王親近小人聽信其讒諂阿諛之辭

朝朝暮暮愁海翻長繩繫日樂當年滄海無翻轉之期白日非長繩所能繫蓋言其朝暮行樂不知所止也傅元詩安得長繩繫白日芙蓉凝紅得秋色蘭臉別春啼脈脈蘆洲客雁報春來寥落野湟秋漫白言秋而春春而秋四時代謝而倏成今古憑其跡而弔者但見芙蓉蘭蕙客雁野燎而已臺上梁王竟安在哉駱賓王詩宿雁下蘆洲雁春至則自南徙北秋至則自北徂南有似客然故曰客雁野湟野水也漫廣大貌○野湟吳本作野篁恐誤

公無出門徐文長註此即小招四方上下俱不可往意故曰公無出門蓋有意于棄世違俗也

天迷迷地密密熊虺食人魂雪霜斷人骨楚辭招魂雄虺九首往來儵忽吞人以益其心些王逸註言有雄虺一身九頭往來奄忽常喜吞人魂魄以益其心賊害之甚也○雪霜斷人骨一作雪風破人骨二姚本作霜雪斷人骨嗾犬唁唁相索索舐掌偏宜佩蘭客嗾使犬聲左傳公嗾夫獒馬唁唁乃狺狺之訛楚辭九辨猛犬狺狺而迎吠韻會狺狺犬吠聲音與銀同離騷紉秋蘭以爲佩王逸註佩飾也所以象德也故行清潔者佩芳詩意謂惡物害人偏于修身清潔之上爲尤甚○嗾曾本二姚本作嗾誤帝遣乘軒災自滅玉星點劍黃金軛徐文長註言一念則災自滅矣是天厚之故令其死也下文引顏鮑以寶其說帝天帝乘軒謂精魂乘軒而上升披真誥赤水山中學道者朱孺子乘五色雲車登天潛山中學道者鄭景世張重華以雲軿白日升天是仙人多乘雲車而去世也軿轅端橫木以駕馬領者此句言去時服飾之精好非世間富貴者可比○自滅吳本作自息我雖跨馬不得還歷

陽湖波大如山毒蚪相視振金環狻猊貘貐吐饞涎言我雖跨馬出門未得還家然尚在善地聞他險阻之處多有害人惡物所謂毒蚪狻猊貘貐疑指當時藩鎮郡守而言其人必暴戾恣睢難可與居長吉知其不可往也而言人將有往者故作公無出門之詩以阻之摟神記歷陽之郡一夕淪入地中而爲水澤今麻湖是也一統志麻湖在和州城西十里周圍七十里爲之巨浸舊名歷湖後訛爲麻湖淮南子云歷陽之都一夕爲湖大歷陽本陸地一日陷而爲湖長吉用此當是以喻平地有風波之意或者是其人所往之地故舉以爲言說文蚪龍子有角者毒蚪謂凶惡之龍人觸其毒氣即死爾雅狻麑如虦猫食虎狻郭璞註即獅子也出西域穆天子傳狻猊日走五百里是狻麑狻猊同一物也又爾雅貘貐類貙虎爪食人迅走述異記貘貐獸中最大者龍頭馬尾虎爪善走以人爲食遇有道君即隱無道君即出食人蚪音求狻麑音酸倪貘貐音擾愈鮑焦一世披草眠顏回廿九鬢毛斑顏回非血衰鮑焦不違

天天畏遭啣嚙所以致之然風俗通鮑焦耕田而食穿井而飲非妻所織不衣餓于山中食棗或問之此棗子所種耶遂嘔吐立枯而死史記顏回年二十九髮盡白早死廿讀如入聲俗作念音讀者非分明猶懼公不信公看呵壁書問天觀鮑顏二子事理分明可以深信不疑若猶不信再觀屈原之書壁問天知志潔行芳之士不容于人世如此戒其無事出門叮嚀反覆之意深矣楚辭章句天問者屈原之所作也屈原放逐憂心愁悴彷徨山澤經歷陵陸嗟號旻昊仰天歎息見楚有先王之廟及公卿祠堂圖畫天地山川神靈琦瑋僪佹及古聖賢怪物行事周流罷倦休息其下仰見圖畫因書其壁呵而問之以渫憤懣舒寫愁思

神絃曲樂府詩集古今樂錄曰神絃歌十一曲一曰阿宿二曰道君三曰聖郎四曰嬌女五曰白石郎六曰清溪小姑七曰湖就姑八曰姑恩九曰採菱童十曰明下童十一曰同生左克明前云古辭然觀阿宿聖郎諸曲雖爲水仙之類不在祀典者也琦按神絃曲者乃祭祀

神祇絃歌以娛神之曲也此詩言貍哭狐死火起鴞巢是所祈者其誅邪討魅之神歟

西山日沒東山昏旋風吹馬馬踏雲日沒雲昏旋風忽起乃神降時景象旋風風之旋轉而吹者中必有鬼神依之低三只以下鬼風也高丈餘而上者神風也聽野中時有之遇者亟避焉馬謂神所乘之馬

畫絃素管聲淺繁花裙綷縩步秋塵神既至于是作樂以迎之女巫起舞以娛之班婕好賦紛綷縩兮紈素聲顏師古註綷縩衣聲也音與翠蔡同縩郎綷字

桂葉刷風桂墜子青狸哭血寒狐死刷刮也神將用威以驅戮妖邪故猛風颷起而樹葉刮落桂子飄墜狐狸之類哭者死者悉受其驅除矣狸與狐相似而異類今人混而稱之曰狐狸非也爾雅翼狸者狐之類狐口銳而尾大狸口方而身文黃黑彬彬蓋次于豹狐妖獸說者以為先古淫婦所化善為媚惑人故稱狐媚

古壁彩虯金帖尾雨工騎入秋潭水百年老鴞成木魅笑聲碧火巢中

起文言古壁畫龍有作孽者則驅之而放于潭水百年老鷄有成魅者則逐之而焚其巢穴蓋言神威之無不懾伏柳毅傳毅過涇陽見有婦人牧羊于道畔曰妾洞庭龍君女也毅曰子之牧羊何所用哉神祇豈宰殺乎女曰非羊也雨工也曰何爲雨工曰雷霆之類也數復視之則皆矯顧怒步飲齕甚異而大小毛角則無別羊焉埤雅鵋大如斑鳩綠色所鳴其民有禍諺俗云鵋禍鳥也今謂之晝鳥蓋聲之誤也草木疏云惡聲之鳥也入人家凶賈誼所賦鵩鳥是也説文魅老精物也鮑照蕪城賦木魅山鬼野鼠城狐碧火火之碧色者蓋鬼神所作之火笑聲火燄四出有聲如笑也

神絃

女巫澆酒雲滿空玉爐炭火香鼕鼕女巫澆酒以迎神而神將降止遂有雲滿空中于是焚香擊鼓以迓之鼕鼕鼓聲然與上五字不合疑有譌文海神山鬼來座中紙錢窸窣鳴颷風鼠璞法苑珠林載紙錢始于殷長史唐王璵傳載漢以來

寒雲 從金本
宋本海神 本注一作寒雲

喪葬皆有瘞錢後世里俗稍以紙寓錢璵乃用于祠
祭封氏聞見記紙錢案古者享祀鬼神有圭璧幣帛
事畢則埋之後代既寶錢貨遂以錢送死漢書稱盜
發孝文園瘞錢是也率易從簡更用紙錢紙乃後漢
蔡倫所造其紙錢魏晉以來始有其事今自王公逮
于士庶通行之矣凡鬼神之物其像似亦猶塗車芻
靈之類古埋帛今紙錢則皆燒之所以示不知神之
所爲也天祿識餘唐臨冥報錄云鑱紙爲錢以供鬼
神自唐以來始有之謂之寓錢言其寄形象于紙
也窸窣音悉速聲小貌杜子美詩枝撐聲窸窣　相
思木帖金舞鸞攢蛾一嚬重一彈　太平廣記載店婦以子中惡令人召
一女巫至焚香彈琵琶名請蕣唐時巫師之狀人率
相同如此詩所云以相思木爲琵琶而金畫一雙鸞之
狀于其上攢蛾者蹙其眉也嚬音接多言也一嚬重
一彈者每出一言則彈琵琶一聲以和之也會謙甫
以金帖木鸞爲巫所執以憑神者姚經三以爲畫板
皆非也若依其說下文彈字杳無根着劉㵎林留都
賦註相思大樹材理堅斜斫之有文可作器其實
如珊瑚歷年不變也按今相思木多出廣東他處亦間

有其木多文理作器皿可玩子如大豆而赤謂之相思子亦謂之紅豆者是也呼星召鬼歆杯盤山魅食時人森寒說文歆神食氣也蕊鬼神陟降所饗者肴酒之氣而已若山妖木魅之類其形雖不能見而食物之形體必有虧缺人之見者爲之森然寒慄山魅山中精怪爲神所收役以爲僕從者下文所云萬騎中之一種不可以爲郎巫所召之邪神終南日色低平灣神兮長在有無間神嗔神喜師更顏送神萬騎還青山元和郡縣志終南山在京兆府萬年縣南五十里日色低平灣者日啣山而將落也平灣謂山峰空缺處有無間謂神之來格來享或有或無人不能知今忽而言神嗔忽而言神喜僅于巫師之顏色更變知之亦荒忽難信矣劉須溪曰讀此章使人神意森索如在古祠幽黯之中親覩巫覡賽神之狀

神絃別曲

巫山小女隔雲別春風松花山上發綠蓋獨穿香徑歸白馬花竿前孑孑綠蓋神之蓋也白馬花竿神之前驅也姚仙期註以爲皆指巫而言若神靈何以知其綠蓋者然則楚辭九歌之孔蓋翠旌青衣白裳何以言之耶詩鄘風孑孑干旄在浚之郊孑孑特出貌蜀江風澹水如羅墮蘭誰泛相經過南山桂樹爲君死雲衫淺汚紅脂花巫山之下郎蜀江也風恬浪息水紋細如羅縠蘭花墮水中風景殊美然道路阻長誰能泛舟經過其地以瞻仰神靈今神旣惠然肯來宴享而去不特人人欣樂即南山桂樹受神之披拂者亦爲之死死者猶言喜殺雲衫即楚辭所謂青雲衣之說汚染也謂神之衣服披拂其上亦沾染其氣也紅脂花謂桂樹之花蓋桂花有三色白者曰銀桂黃者曰金桂紅者曰丹桂其花秋開者多亦有春開者亦有四季開者此詩于春風中而言桂花紅色非妄言也○姚仙期曰秦俗鄙俚其陰陽神鬼之間不能無褻慢荒淫之雜長吉更定其辭以巫不可信故言多諷

刺云琦謂不然長吉詩脈本自楚騷以楚騷之解解三詩求所謂諷刺之言竟安有哉

緑水詞

今宵好風月阿侯在何處爲有傾人色翻成足愁苦

梁武帝歌河中之水自東流洛陽女兒名莫愁十五嫁爲盧家婦十六生兒字阿侯李延年歌北方有佳人絕世而獨立一顧傾人城再顧傾人國美色可以娛人今愛而不見使我心痗是傾人之色適以釀成愁苦耳曾謙甫詩足言莫以加也○今宵姚經三本作今夜

東湖採蓮葉南湖拔蒲根未持寄小姑且持感愁魂

承上阿侯在何處而言或在東湖採蓮葉或在南湖採蒲根俱未可知若有所採莫寄小姑且持以貽我庶幾感慰我愁苦之魂古採蓮童歌東湖扶菰童西湖採菱芰不持歌作樂爲持解愁思○拔蒲根姚仙期本作採蒲根愁魂曾本二姚本俱作秋魂

一本在第三卷

臉文粹作陰

宋作燭騎啼鳴

擬宋本闕

一作帝前動笏移

南山金本動移

笏宋本笏

沙路曲

國史補凡拜相禮絕班行府縣載沙塡路自私第至于城東街名曰沙堤

柳臉半眠丞相樹，珮馬釘鈴踏沙路。吳正子註柳臉半眠一作柳陰半眠者樹倚斜也三輔故事漢苑中有柳狀如人形曰人柳一日三眠三起此借用其字丞相樹者以其在相臣所行路上之樹故云珮馬馬之羈絡上有鸞鈴玉珂之飾者釘鈴珮聲

斷燼遺香裊翠烟，燭騎啼烏上天去。燭騎以燭炬擁衛相臣之騎也上天去猶云朝天去也○燭騎吳本云一作獨騎啼烏鳴曾本二姚本俱作啼烏

帝家玉龍開九關，帝前動笏移南山。九門既啟入至帝前執笏奏事則諫行言聽雖南山之重亦可以移也○開九關一作擬九關

獨垂重印押千官，金窠篆字紅屈盤。押管押也舊唐書賜牟尋印鑄用黃金以銀爲窠文曰貞元冊南詔印通鑑唐紀以祠部郎中袁滋爲冊南詔使賜銀窠金印文曰貞元冊南詔印觀二書所云知所云銀窠金印者是以金爲印而印文空白之處以銀爲之也金窠則以

純金爲印紅屈盤謂印文

沙路歸來聞好語旱火不光天下雨

好語謂民間稱頌之語旱火不光天下雨喻言苛虐之政不興而膏澤廣被于天下也

上之回

樂府古題要解上之回漢武帝元封初因至雍遂通回中道後數幸焉其歌稱帝遊石闕望諸國月支臣匈奴服皆美當時事也

上之回大旗喜懸紅雲撻鳳尾

古詞上之回指幸回中道而言此云上之回指言天子回京師也紅雲大旗之色曾謙甫註撻往來翻擊如撻鳳尾析羽而置于旗之首者

劍匣破舞蛟龍

拾遺記顓頊有曳影之劍騰空而舒若四方有兵此劍則飛起指其方則尅伐未用之時常于匣中如龍虎之吟此晴用其事謂劍飛出匣騰舞空中有若蛟龍之狀破者謂劍破匣而出若畫龍之破壁而飛同解

蚩尤死鼓逢逢

史記蚩尤作亂不用帝命于是黃帝乃徵師諸侯與蚩尤戰于涿鹿之野遂擒殺蚩尤詩大雅鼉鼓逢逢毛傳逢逢和也此謂戰時得勝而鼓也

天樂府作大
慶雷蛇蟄度
宋本全本

李長吉歌詩卷四

天高慶雷齊墮地，地無驚烟海千里。吳正子註揚雄甘泉賦云直嶢嶢以造天兮厥高慶而不可乎彊度天高慶即此意慶音羌發語聲也曾謙甫註天高羌聲薄天雷齊墮地鼓聲薄天而雷應之二解俱模稜不成句法琦謂慶雷疑是慶雲之訛漢書天文志若烟非烟郁郁紛紛蕭索輪囷是謂慶雲慶雲見喜氣也齊墮地謂雲下垂至地也地無驚烟海千里謂海外千里之遠無烽火之警也爾雅九夷八狄七戎六蠻謂之四海孫炎註以海之言晦晦闇于禮義也此詩海字應作此解曾註以海晏爲釋者非是。吳正子曰此篇後卷有白門前一曲與此同云白門前大樓喜懸紅雲撻龍尾劍匣破鼓蛟龍嗤尤死鼓逢逢天齊慶雷墮地無驚飛海千里當以此篇爲正

高軒過

韓員外愈皇甫侍御湜見過因而命作摭言李賀年七歲名動京師韓退之皇甫湜覽其文曰若是古人吾曾不知若是今人豈有不知之理二公因詣其門賀

總角荷衣而出二公命而賦一篇目爲高軒過琦按元和三年皇甫湜以陸渾尉應賢良方正直言極諫舉指陳時政之失爲宰相李吉甫所惡久之不調其爲侍御必在此年之後韓爲都官員外郎在元和四年約其時長吉已弱冠矣恐摭言七歲之說爲誤否則此詩前一行十五字乃後人所增歟

華裾織翠青如蔥金環壓轡搖玲瓏馬蹄隱耳聲隆隆入門下馬氣如虹云是東京才子文章鉅公隆隆聲貌漢書天文志隆隆如雷聲又如鼓音曹植七啟慷慨則氣成虹霓○吳本云隱耳一作隱隱西都賦槩乎隱隱乃明盛貌一本無云是鉅三字二十八宿羅心胸元精耿耿貫當中殿前作賦聲摩空筆補造化天無功後漢書元精所生王之佐臣章懷太子註元謂天精謂天之精氣聲摩空謂聲價之高也○元精耿耿吳本作九精照耀註云九精

九星之精也春秋運斗樞云五帝遵七政之紀九星之法是也**麗眉書客感秋蓬誰知死草生華風**麗眉長吉自謂已見三卷註蓬蒿至秋則將敗而死矣今得榮華之風吹之而復生郎古人所謂吹枯噓生之意**我今垂翅附冥鴻他日不羞蛇作龍**喻言今雖失意苟得攀附二公長其聲價自能變化飛騰于異日揚子鴻飛冥冥弋人何纂焉冥冥謂空中青闇之處

貝宮夫人貝宮夫人不知是何神吳正子曾謙甫以爲龍女姚經三以爲海神俱從貝官海女四字起義故云耳考任昉述異記有貝宮夫人廟云在太乙山下是懷元王夫人廟郎其基未知郎此神否

丁丁海女弄金環雀釵翹揭雙翅關曾謙甫註丁丁弄環聲釋名雀釵釵頭及上施雀也翹揭皆高起之貌雙翅關謂雀之雙翅收而不開○吳本云環一作錢翹揭曾本二

姚本作揭翹

六宮不語一生閑高懸銀牓照青山　鄭康成周禮註婦人稱寢曰宮后象王立六宮而居之正寢一燕寢五神既稱夫人則亦應立六宮儀制不語一生閑余文長以爲泥塑之說者是也神異經東方有宮青石爲牆門有銀牓張正見詩即此神山內銀牓映仙宮

長眉凝綠幾千年清凉堪老鏡中鸞　長眉凝綠幾千年謂神壽長久清凉堪老鏡中鸞謂神無有匹偶孤鸞覩鏡中之影哀鳴而死今神以清凈爲心無有情慾鏡中鸞影常存安有老期

秋肌稍覺玉衣寒空光帖妥水如天　詩意本謂空光帖妥水如天秋肌稍覺玉衣寒一倒轉用之便覺有搖曳不盡之致吳正子註玉衣言其衣之華好裴松之三國志註魏書曰甄后生每寢寐家中髣髴見如有人持玉衣覆其上帖妥即妥帖之倒文言其工緻服帖無不穩稱韓退之元和聖德詩亦有獸盾騰挐圓壇帖妥之辭疑當時習用此倒字法耶

蘭香神女廟

三月中作○太平廣記杜蘭香者有漁父于湘江洞庭之岸聞兒啼

連下首一本在第三卷

聲四顧無人惟一三歲女子在岸側漁父憐而舉之十餘歲天姿奇偉靈顏姝瑩迨天人也忽有青童靈人自空而下來集其家攜女俱去臨昇天謂漁父曰我仙女杜蘭香也有過謫人間元期有限今去矣自後時亦還家其後于洞庭包山降張碩家授以舉形飛化之道其碩亦得仙長吉所稱但云蘭香神女不連杜字又據呂谷詩下元註謂昌谷中之女山御蘭香神女上昇處遺几在焉與廣記所載不類蓋另是一人其廟亦當在女山上

古春年年在，閑綠搖暖雲。松香飛晚華，柳渚含日昏。

沙砲落紅滿，石泉生水芹。幽篁畫新粉，蛾綠橫曉門。

弱蕙不勝露，山秀愁空春。古春謂古時之春年年在謂至今猶然沙砲沙中石子蛾綠謂廟前之山其色如蛾綠東坡志林大業拾遺記宮人以蛾綠畫眉亦石黛之類也今世無復此物琦按隋遺錄殿腳女爭效為長蛾眉司宮吏日給螺子黛五斛號為蛾綠然則蛾綠故是青黛耶姚經

硎字叢本宋同

沙砲未詳

三註以上咏廟中花卉竹木石泉山水之勝。生水芹二姚本作水生芹舞珮剪鸞翼帳帶塗輕銀蘭桂吹濃香菱藕長莘莘舞珮帳帶皆神像之飾蘭桂吹濃香謂所焚之香濃馥如蘭桂菱藕長莘莘謂所供之物清潔無腥羶班固東都賦俎豆莘莘章懷太子註莘莘衆多也看雨逢瑶姬乘船值江君瑶姬即巫山神女詳見巫山高註中以其朝爲行雲暮爲行雨故看雨而逢焉江君即湘君也以其爲湘江之神故變稱江君楚辭湘君云沛吾乘兮桂舟令沅湘兮無波使江水兮安流乘船字本此吹簫飲酒醉結綬金絲裙走天呵白鹿遊水鞭錦鱗古仙人如衛叔卿在山中常乘白鹿琴高入涿水騎赤鯉此用其事密髮虛鬟飛膩頰凝花勻團鬢分珠窠珠窠一本作珠巢濃眉籠小脣弄蝶和輕妍風光怯腰身謂舞蝶輕妍尚不如神女腰身之姣好深幃金鴨冷奩鏡幽鳳塵金鴨香爐鑄作

李長吉歌詩　卷四

李長吉歌詩　卷四　三

鴨形以金塗其上幽鳳鏡上蕊袱刺繡鳳形者二
句見神女上升之後廟中雖陳設器具終是冷寂

踏霧乘風歸撼玉山上門

撼搖也玉門上玉飾長門賦
擠玉戶以撼金鋪是也一本
作撼玉山上聞蕊以撼玉爲珮環之聲耳
與下三字不相粘合作聞字始克稱耳

送韋仁實兄弟入關

按舊唐書王播傳長慶四
年補闕韋仁實伏延英抗
疏論播厚賂貴要求
領鹽鐵使是其人也

送客飲別酒○千觴無赭顏○何物最傷心○馬首鳴金環○

赭顏二姚
本作赬顏

野色浩無主○秋明空曠閒○坐來壯膽破○斷目不能看○行槐引西道○青稍長攢攢○

行槐道上所植
官槐排列成行
自此而西入關中夾路不斷故曰引西西道攢一攢攢簇聚
貌○斷目文苑英華作新月青稍長攢攢一作青松
稍長攢俱非又文苑本此處下有
君子送黍水小人巢洛烟二句

韋郎好兄弟疊玉

生文翰翰筆也今人皆作去聲讀然古韻平去二音皆逼疊玉生文翰者言其文筆之妙字字皆美如玉積累其間我在山上舍一畝嵩磽田夜雨叫租吏舂聲暗交關嵩磽謂田中多生嵩萊而薄脊者租吏催租吏也其叫呼之聲與舂聲交關相雜也舂字似謌與三聯秋明字有礙○暗交關文苑作闘暗闘誰解念勞勞蒼突唯南山言韋郎兄弟既去我獨困守田園而受催租之擾並無知己相勞苦朝夕所對者唯蒼然突起之南山而已蓋言此別之後不堪為懷也○勞勞文苑作勞苦

洛陽城外別皇甫湜

洛陽吹別風龍門起斷烟以人之離別而風亦為別風以交際斷隔而烟亦為斷烟黯然神傷不覺景因情異矣一統志龍門在河南府城南二十五里兩山對峙東曰香山西曰龍門石壁峭立伊水中出又名伊闕冬樹束生澀晚紫凝華天冬樹枯落枝幹森森

如東風繞其間另作生澀之態此句承上別風而言晚烟凝映遠天另作紫色王子安所謂烟光凝而暮山紫也此句承上斷烟而言

單身野霜上疲馬飛蓬間豫言別後途中苦況以起下文淚墮之意小傳言長吉獨騎徃還京洛讀單身疲馬之句宛然如見

凭軒一雙淚奉墮綠衣前按舊唐書貞觀四年詔三品以上服紫五品以上服緋六品七品以綠八品九品以青上元元年敕文武官三品以上服紫四品深緋五品淺緋六品深綠七品淺綠八品深青九品淺青皇甫君于時爲陸渾尉乃畿縣尉官只九品理不應服綠豈其時已受辟于潞府而借用幕職之服抑其爲侍御之時歟

一本在第三卷

全本碧空作玉空

谿晚凉

白狐向月號山風秋寒掃雲留碧空本草狐有黃黑白三種白色者尤稀鮑照蕪城賦木魅山鬼野鼠城狐風嘷雨嘯昏見晨趨狐號風當本此掃雲留碧空謂浮雲斂盡天

玉煙作石煙

漣一作連從宋本漣

質獨露

玉煙青溼白如幢，銀灣曉轉流天東。晚烟直上青潤不散狀如幡幢銀灣銀河也上下用玉字白字中夾青字恐是清字之譌題是谿晚涼而詩用曉字亦疑有譌

溪汀眠鷺夢征鴻，輕漣不語細游溶。鷺眠鴻夢見水中群鳥皆已安息故波水輕漣靜而安流不語言水無聲游溶言水緩動○輕漣曾本二姚本俱作輕連

層岫迴岑複疊龍，苦篁對客吟歌筒。山有穴者曰岫層岫層累而見者也山小而高者曰岑回岑其勢轉曲回翔者也複疊龍複疊起伏如龍行也苦篁苦竹也吟歌筒竹受風而有聲如歌筒之吟也

官不來題皇甫湜先輩廳

官不來，官庭秋，老桐錯幹青龍愁。桐老故幹有錯節其勢夭矯翔舞有若青龍之狀

書司曹佐走如牛，疊聲問佐官來否。按唐書百官志

凡縣有司功佐司倉佐司戶佐司兵佐司法佐司士佐纔縣減司兵上縣有司戶司法而已所謂書司曹佐者也吳正子註否音浮官不來門幽幽

長平箭頭歌

元和郡縣志長平故城在澤州高平縣西二十一里白起破趙四十萬衆于此圖書編長平驛卽秦白起坑卒四十萬人處也問居人不能指其所苐云旁村人鋤地尚得銅鏃如絲玉

漆灰骨末丹水砂淒淒古血生銅花白翎金簳雨中盡直餘三脊殘狼牙箭頭之上其色黑處如漆灰白處如骨末紅處如丹砂蓋因古時征戰常染人血積久變成斑點故也今之箭首惟以鐵爲之古時軍器皆銅鐵兼用鐵入土久則多爛蝕銅入土年深又沾人血能變出諸種顏色白翎箭羽金簳箭幹以其堅好如金故曰金簳三脊者箭頭作三脊形俗謂之狼牙箭蓋言其鋒利如狼之牙也我尋平原乘兩馬驛東石

田蒿塢下風長日短星蕭蕭黑旗雲濕懸空夜爾雅大野曰平廣平曰原後人合之以稱曠野之處驛即長平驛也石田地中多石不可耕者山阿曰塢蒿塢謂平地之中蒿萊叢生有類山塢也風風長日短不覺天暮而星出蕭蕭寂寥貌黑雲懸于空中有似旗狀二句言古戰場內慘然可畏景象左魂右魄啼肌瘦酪瓶倒盡將羊炙蟲棲雁病蘆筍紅迴風送客吹陰火左魂右魄見國殤甚多久無祭祀聞其啼嘯之聲知其餓餒求食于是傾瓶中之酪以奠之又奉羊炙爲餚以薦之遂罄四野蟲棲雁病蘆筍焦枯滿目淒其但見旋風忽起陰火明滅蓋感其祭祀之惠知其將去競來送客也酪乳漿也將奉也蘆筍初生白色漸長變青此云紅者蓋阜地所生爲風日所爍故變作紅色迴風即旋風鬼所乘之風陰火鬼火也琦按瘦炙火三字皆不同韻亦不相通疑有譌處以意度之或是左魂右魄啼肌瘠酪瓶倒盡將羊炙蟲棲雁病蘆筍紅陰火迴風吹送客附更于此以俟知者

訪古汍瀾收斷鏃

李長吉歌詩　卷四　三十

折鋒赤璺曾封肉南陌東城馬上兒勸我將金換簝竹○陸機弔魏武帝文㳽垂睫而汍瀾註汍瀾淚疾流貌學音問物將斷而未離之義也封剌也自今日觀之箭鋒已折缺殘敗而當日穿堅入肉其傷人之毒猶可想見換簝竹者買竹合箭鏃以成完矢也簝有聊勞老三音然皆不作竹名解恐字有譌○三封曾本二姚本作封

江樓曲

樓前流水江陵道鯉魚風起芙蓉老曉釵催鬢語南風抽帆歸來一日功樓前流水道通江陵際此佳時郎主歸期未卜若果欲歸仗南風吹帆之助不過一日之功耳奈何竟未能歸耶唐時江陵郡即荊州也梁簡文帝詩飄散鯉魚風提要錄鯉魚風九月風也歲時記九月風曰鯉魚風石溪漫志鯉魚風春夏之交觀下文用梅雨事則漫志之說爲是耶曷爾雅疏今江東人呼荷華爲芙蓉卑雅荷總名也郭璞以爲芙蕖一名芙蓉按說文未發爲

菡萏已發爲芙蓉老者謂其花開已久僬鬢文苑英華作摧鬢猶言掠鬢也語南風向南風而語抽帆引帆也

鼉吟浦口飛梅雨竿頭酒旗換青苧蕭騷浪白雲差池黃粉油彩寄郎主埤雅純將風則湧鼉欲雨則鳴故里俗以鼉識風以鼉識雨本草鼉龍其聲如鼓夜鳴應更謂之鼉鼓又曰鼉更俚人聽之以占雨藝文類聚說文曰浦水濱也風土記曰大水有小口別通爲浦初學記梅熟而雨曰梅雨江東呼爲黃梅雨埤雅江湘二浙四五月之間梅欲黃落則水潤土溽礎壁皆汗蒸鬱成雨其霏如霧謂之梅雨沾衣服皆敗黦故自江以南三月雨謂之迎梅五月雨謂之送梅轉淮而北則否蕭騷水波擾動貌差池猶參差左傳何敢差池杜預註差池不齊一也雲差池謂雲勢迭起三句皆言梅雨時之景以黃粉油彩寄之以爲其夫作禦雨之具胡三省通鑑註門生家奴呼其主爲郎今俗猶謂之郎主

新槽酒聲苦無力南湖一頃菱花白眼前便有千里思小玉開屏見山色新酒已熟槽牀

滴滴注有聲然飲之不能消愁反苦酒之無力舊註謂滴滴將盡蓋以下五字相聯作一解亦通然意味殊覺短淺一頃百畝也菱花紫色不當言白始謂南湖水色明淨如菱花鏡耳飛燕外傳有七出菱花鏡一奩爾雅翼昔人取菱花六觚之象以爲鏡元稹詩小玉上牀鋪夜衾路德延詩酒礵丹砂暖茶催小玉煎疑唐時多以小玉爲侍女別稱夫酒既不能消愁南湖一望或可遣悶無如眼前已有千里之思侍女開屏南湖之外又見山色周遮江陵杳在何處千里之思愈不能已矣○千里思吳本作千里愁

塞下曲

郭茂倩樂府詩集晉書樂志曰出塞入塞曲李延年造唐有塞上塞下曲盖出于此

胡角引北風，薊門白于水。胡角吹時北風適至遂若其風爲角聲所引而來通志地理畧薊門在幽州北琦按薊門即薊州也戰國時屬燕秦爲漁陽郡唐開元十八年改置薊州取薊邱以爲名文人多謂之薊門曰于水者曠地風沙之色

天含青海道，城頭月千

月 英華作見
金本見 宋本月

里天含者自遠而望若與天相接周書吐谷渾治伏俟城在青海西十五里青海周圍千餘里露

下旗濛濛寒金鳴夜刻金謂軍中警夜時所擊銅器即古時刁斗之類因塞下寒冷而金聲亦帶寒氣似謂其音不甚清亮夜刻每更中深淺刻數

蕃甲鎖蛇鱗馬嘶青塚白蕃人之甲鎖銜細密狀同蛇鱗其馬群牧處水草皆盡青塚變爲白地二句見敵人甲堅馬多當畱心防守不可玩忽之意青塚詳三卷註

秋靜見旄頭沙遠席羈愁史記天官書昴曰旄頭胡星也正義曰昴七星爲旄頭六星明與大星等大水且至其兵大起搖動若跳躍者胡兵大起一星不見皆兵之憂也席羈愁曾註一片羈愁或云所席之地羈愁姚經三註坐臥羈愁之席吳正子曰席羈愁一本作席箕愁爲是蓋臥沙中以豆箕爲席也劉須溪曰如箕踞坐也楊升菴曰恐是塞上地名焦弱侯曰草名琦按數說之中焦說是也酉陽雜俎席箕一名塞蘆生北方胡地古詩云千里席箕草王建有咏席箕簾詩云單于不向南牧馬席箕徧滿天山下當此敵人甲馬精壯之時仰觀

天象旄頭又復明耀恐將來不能無窺伺之患卽覘塞草亦應有蹂躪之愁耳**帳北天應盡**

河聲出塞流帳軍中帳幕也北望茫茫渺無所見疑天亦應至此而盡乃河流之聲尚㴠㴠不息而去知其外地廣大荒莫之紀極自古有中國卽有外裔征戍之苦更何時已乎河水自塞外流入反流出塞重復流入中國而後歸海故有出塞流之語薊門青海青塚皆相去甚遠不在一方讀者賞其用意精奥自當畧去此等小疵○河聲文苑英華作黃河

染絲上春機

玉罌汲水桐花井蒨絲沉水如雲影玉罌玉瓶也桐花井古時井上多植梧桐古詞非桐花落盡是也蒨與茜同染絳草郭璞爾雅註茹藘今之蒨也可以染絳詩意謂汲水染絲紅白鮮明相映如雲霞之影**美人嬾態燕脂愁春梭拋擲鳴高樓**絲既染成于是上機而織**綵線結茸背復疊白袷玉郎寄桃葉**

唐書地理志袁州宜春縣有宜春泉醖酒入貢此句却是虛用

㑹議甫註絲線即染成之絲結茸謂絲吐處茸茸然背複疊以機有正背正則齊而重疊接續在背琦謂絲線結茸背複疊者蓋另是一物即白袷玉郎所寄者也以絲線結茸而成覗其背則複疊相交按其物形當是同心結之類詳言其狀而隱晦其名正長吉弄巧避熟處不必如曾氏仍粘機織說也袷有二音亦有二義作夾音讀者爲複衣語林所謂周侯著白袷憑兩人來詣丞相者是也作劫音讀者爲曲領世說支道林見王子猷兄弟還日見一群白頸鴉但聞喚啞啞聲王氏子弟多服白領故也此川王家事則音當從劫解當從曲領爲是六朝事跡桃葉渡圖經云在縣南一里秦淮口桃葉者晉王獻之愛妾名也其妹曰桃根獻之詩曰桃葉復桃葉渡江不用楫但渡無所苦我自迎接汝嘗臨此渡歌送之○柳亭詩話以玉郎爲王郎謂玉字乃坊刻之誤然玉字正佳

爲君挑鸞作腰綬。願君處處宜春酒。

腰綬者腰帶也其絲紋如組綬故謂之綬帶與印綬之綬不同唐人詩有云願得化爲紅綬帶許教雙鳳一時啣蓋繡鳳鳥于帶上以爲彩飾此詩所謂挑鸞作腰綬者亦是此製因玉郎有

所寄而思有以報之故染絲上機織成綬帶更挑綴鸞鳥于上以荅贈遠人願君處處宜春酒者更爲祝頌之詞謂繫此腰綬當無處不宜也○春酒會本二姚本作春雪

五粒小松歌并序○五代史聞華山有五粒松脂淪入地千歲化爲藥能去三尸松癸辛雜識凡松葉皆雙股故世以爲松釵獨栝松每穗三鬚而高麗所產每穗有五鬚今所謂華山松是也李賀有五粒小松歌酉陽雜組云五粒者當言鬣自有一種名五鬣皮無鱗甲而結實多新羅所種云云然則所謂粒者鬣也太平御覽松葉有五粒者名五粒松服之長生本草蕭炳日五粒松一叢五葉如釵道家服食絕粒子如巴豆新羅往往進之蘇頌日五粒字當作五鬣音訛傳也五鬣爲一叢或有兩鬣七鬣者

前謝秀才杜雲卿命予作五粒小松歌予以選書多事不治曲辭經十日聊道八句以當命意

蛇子蛇孫鱗蜿蜿新香幾粒洪崖飯詩人咏松多以蛟龍爲比此則以蛇比更以蛇子蛇孫爲比蓋爲小松寫照鱗蜿蜿枝幹屈曲貌新香幾粒洪崖飯姚經三以爲松子之猗琦謂小松米必仰能生子恐是指松花之蕊如米粒者而言飯者以其爲仙家之所採食故云洪崖古仙人已見本卷註

綠波浸葉滿濃光細束龍髯鉸刀剪葉寄有光若爲水所浸故潤澤若此其整齊不亂若束龍髯而以刀剪截之鉸音絞六書故交刃刀也利以剪蓋今之剪刀也姚仙期日似移植盆中爲盆景者故細束之而又剪其繁鬣姚經三日滿濃光色之深也束龍鬣葉之齊也二說之中後說爲是

主人壁上鋪州圖主人堂前多俗儒州圖州邑地道之圖係俗筆與此松相對則不稱多俗儒則又無人能賞識此松

月明白露秋淚滴石筍溪雲肯寄書秋露沾松葉之上泫然墮下有似滴淚石筍石之峻挺瘦立似筍者松在深山原與石筍相依而生溪雲往來朝夕相護一入主人庭中永與相別不知

能相憶而寄書否夫松與雲石皆無情所謂淚與書皆假人事言之以明小松托根不得其所耳○吳本云月明白露秋淚滴一作月明露泣懸秋淚背寄書曾本姚經三本作好寄書

塘上行

按王僧虔技錄塘上行乃相和歌清調六曲之一吳正子註塘上行又曰塘上辛苦行或云甄后所作或云魏武歌陸機亦有此曲註云婦人衰老失寵行于塘上爲此歌也鄴中故事云蒲生我池中有葉何離離豈無蒹葭艾與君生別離此歌乃魏文帝后甄氏爲郭后所譖賜死臨終時作也非魏武長吉此篇與陸機作皆本古意

藕花涼露濕花缺藕根澀飛下雌鴛鴦塘水聲溢溢

冷露既下則花日就凋殘藕根亦老而味澀○雌一作雄非有作雙者尤謬

呂將軍歌

呂將軍騎赤兔獨携大膽出秦門金粟堆邊哭陵樹

藝文類聚曹瞞傳曰呂布乘馬名赤兔語曰人中有呂布馬中有赤兔因將軍是呂姓故以呂布比之世語美維死時見剖膽如斗大秦門謂西京城門也大唐新語元宗嘗謁橋陵至金粟山覩岡巒有龍盤鳳翔之勢謂左右曰吾千秋後宜葬此地寶應初追述先旨而置山陵焉長安志元宗泰陵在蒲城縣東北三十里金粟山呂將軍蓋爲泰陵護衛之官故云曾謙甫以將軍爲明皇時將是時不用而西京者非也

北方逆氣汙青天劍龍夜叫將軍閑將軍振袖拂劍德宗憲宗時北方藩鎮互相盟結旅拒王命所謂逆氣汙青天**鍔玉闕朱城有門閣**也此正志士効命立功之日乃棄在閑地匣中龍劍夜中空自鳴吼有時振袖起舞思一試其雄心無奈君門九重斷隔不開劍龍以古時之劍有化爲龍者故云劍龍鍔音諤劍之鋒刃也玉闕朱城天子所居之處外有門閤重重止隔外人此即楚辭君門九重意○拂吳本作揮

榼榼銀龜搖白馬傅粉女郎火旗下恒山鐵騎請金槍遥聞箙中花

箭香笑其時所用將帥一腰佩銀印身騎白馬非不形似而孱怯無能乃一傳粉女子在旗白纛之下何足以威服敵人是以恆山鐵騎請與比較金槍藏匿不出但遥聞其簸中花箭香而已蓋傳言其善射也日花日香亦從傳粉女郎生出言其不見可畏之意又曰遥聞則又不曾親試之行陣可知銀龜銀印也漢官儀曰王公侯金印二千石銀印皆龜鈕舊註或以佩龜爲解非也改内外官佩魚爲龜乃武后時事中宗神龍初依舊易佩魚矣詩人借用古事初無害若武后所變易之制度已經改正者後人初未嘗致用以爲典實誠惡之也亦醜之也搖者徘徊之意當依俚謠搖擺解火旗旗之紅者李太白詩火旗雲馬生光彩杜子美詩火旗邊錦纜是也恆山郡名戰國時趙地漢置恆山郡後以文帝諱改曰常山郡唐改爲恆州又改恆山郡又改平山郡元和四年成德軍節度使王承宗據郡叛帝遣宦官吐突承璀率諸道兵討之王師屢挫所謂恆山鐵騎者指承宗麾下驍卒而言請金槍者單騎挑戰請與比試金槍高下卯註以爲邊將請而甲兵者非也遥聞簸中花箭香卽指銀龜白馬之將而言卯註以爲邊塞之間亦知有

將軍之名者亦非○火旗一作大旗西郊寒蓬葉如刺皇天新栽養神驥廄中高桁排寒蹄飽食青芻飲白水神驥乃德力兼備之馬人不能識放棄郊野僅以蓬葉充飢而廄中排列之馬俱係塞蹄不善馳走者反得安飽豈不可歎寒蓬之葉如刺驥不得已而食之長吉則謂天實生此不堪適口之物以爲驥食新栽者見向來尚不至此而今乃新見之也意中一腔憤懣不平之氣于此二字中發露殆盡桁音衡屋中横木所以繫馬者塞蹄不善行走之馬○新曾本二姚本作親排吳本作挑圓蒼低迷蓋張地九州人事皆如此圓蒼天也低迷蓋張地言其不明也董懋策註卽詩人視天夢夢之意如此承上指神驥塞蹄而言赤山秀鋌禦時英綠眼將軍會天意赤山秀鋌乃禦世之英器天意未必竟棄置于無用之地將軍當會天意徐以俟之可也越絕書當造此劍之時赤堇之山破而出錫若耶之溪涸而出銅太平寰宇記赤堇山在會稽縣南三十里會稽記昔歐冶子造劍于此山云

殷橋未詳

涸耶溪而採銅破赤堇而取錫張景陽七命耶溪之鋌赤山之精說文鋌銅鐵璞也據此則若溪之銅可以言鋌赤山之錫不可以言鋌今曰赤山秀鋌亦是語疵綠眼將軍正指呂也蓋其綠眼故云

休洗紅　古詩休洗紅洗多紅色淡不惜故縫衣記得初按茜人壽百年能幾何後來新婦今爲婆長吉蓋擬其調而意則殊也

休洗紅洗多紅色淺卿卿騁少年昨日殷橋見封侯早歸來莫作弦上箭　騁猶趁也正當及時之意殷橋一地名未詳所在弦上箭謂其一去而不還也○淺姚仙期本作淡

野歌

鵶翎羽箭山桑弓仰天射落銜蘆鴻　爾雅檿桑山桑也郭璞註似桑材中作弓及車轅淮南子雁銜蘆而翔以備矰弋古今註雁自河北渡江南瘦瘠能高飛不畏矰繳江南

沃饒每至還河北體肥不能高飛恐爲虞人所獲常啣蘆數寸以防矰繳一說代山高峻鳥飛不越惟有一鈌門雁往來向此鈌中過人號曰雁門山中鷹雁過鷹多捉而食之雁欲過皆相待兩兩相隨口中啣蘆一枝然後過鈌中鷹見蘆懼之不敢捉

麻衣黑肥衝北風帶酒日晚歌田中

唐時舉子皆着麻衣蓋芋葛之類黑肥垢膩狀也舊註以麻衣黑肥爲雁翎黑白相雜之比或以爲指射雁人皆誤

男兒屈窮心不窮枯榮不等嗔天公寒風又變爲春柳條條看即烟濛濛

長吉自謂身雖屈抑窮困心却不爲窮所困凡人之遭際枯榮不等謂天意偏私其實天意未常偏私試看寒風時候又變爲春柳時候枯者亦有榮時不可信乎條條柳枯無葉之狀烟濛濛綠葉初生望之有若濛濛烟護之狀

將進酒

宋書漢鼓吹鐃歌十八曲有將進酒曲古詞云將進酒乘大白大暑以飲酒放歌爲言

李長吉歌詩　卷四

琉璃鍾琥珀濃小槽酒滴真珠紅晉書汝南王亮嘗讌公卿以琉璃鍾行酒珍珠紅當是酒名烹龍炮鳳玉脂泣羅幃繡幕圍香風曹植詩其在釜下然豆在釜中泣詩人用泣字作釜中煮物聲者皆本此古樂府繡幕圍香風耳飾朱絲桐○羅幃吳本作羅屏繡幕一作翠幕香風一作春風吹龍笛擊鼉鼓皓齒歌細腰舞虞世南琵琶賦鳳簫輟吹龍笛韜吟傳元正都賦吹鳳簫擊鼉鼓陸機詩疏鼉形似蜥蜴四足長丈餘生卵大如鵝卵甲如鎧其皮堅厚可以冒鼓楚辭朱脣皓齒嫭以姱只韓非子楚靈王好細腰況是青春日將暮桃花亂落如紅雨暮指時節言謂春日無多皆將暮矣不謂日暮也桃花亂落正暮春景候勸君終日酩酊醉酒不到劉伶墳上土按晉書劉伶字伯倫沛國人放情肆志嗜酒著酒德頌一篇一統志劉伶墓在光州北旁有非相傳死葬此又衞輝府亦有伶墓

美人梳頭歌

西施曉夢綃帳寒香鬟墮髻半沉檀韻會綃說文生絲繒一曰綺屬魯詩註綉也禮記註縑也轆轤咿啞轉鳴玉驚起芙蓉睡新足韻會轆轤井上汲水木一作轆轤一作樚櫨轉鳴玉謂轆轤之轉其聲如玉之鳴也芙蓉指美人而言明皇喻楊妃醉狀曰真是海棠睡未足耳蓋唐時多有此等比擬雙鸞開鏡秋水光解鬟臨鏡立象牀雙鸞乃鏡蓋上所綉者開去鏡蓋則鏡光始見如秋月之明淨矣吳正子註立象牀髮長委地故立于牀而梳也一編香絲雲撒地玉釵落處無聲膩董懋策註狀髮之濃也蓋髮濃雖立而尚撒地故釵墜無聲琦按鬟已解矣安得尚有玉釵在上以致落地況此句已用玉釵下文又用寶釵何不憚重複至是恐是鐃字之訛鐃是櫛髮器他選本有作玉梳者蓋亦疑釵字之非矣落處謂梳髮凡梳髮原無聲無聲是襯帖字下着一膩字方見其髮之美纖

李長吉歌詩卷四

手𨚗盤老鴉色翠滑寶釵簪不得老鴉色言其色之黑也古西洲曲雙鬢鴉雛色春風爛熳惱嬌慵十八鬟多無氣力粧成鬖鬌欹不斜雲裾數步踏雁沙髮髙上聲好髮髻也鬌音朶劉夢得詩鬖鬌梳頭宮樣裝踏雁沙如雁足踏沙上言其行步勻緩背人不語向何處下堦自折櫻桃花本草櫻桃樹不甚高春中開白花繁英如雪

月漉漉篇

二首一本在第三卷

月漉漉波烟玉漉漉月光瑩潤狀出于波烟之中有如玉鏡莎青桂花繁芙蓉別江木芙蓉荷花也別江木者江木依然芙蓉已謝也粉態裌羅寒雁羽鋪煙溼裌夾衣無絮者也誰能看石帆乘船鏡中入水經註石帆山東北有孤石高二十餘丈廣八尺望之如帆因以爲名北臨大湖水深不測會稽志石帆山在會稽

宋本煙

縣東十五里舊經引夏侯曾先地志云射的山北有石壁高數十丈中央少紆狀如張帆下有文石如鷄一名石帆十道志云山遥望如張帆臨水謝惠連泛南湖至石帆詩蓮濟繁波綠參差層峰峙南湖即今鏡湖也宋之問詩云石帆來海上天鏡出湖中初學記輿地志曰山陰南湖縈帶郊郭白水翠巖互相映發若鏡若圖故王逸少曰山陰道上行如在鏡中遊曾謙甫曰此詩似有慕鏡湖而作

秋白鮮紅死水香蓮子齊杜詩鮮于注江浙謂江米曰紅鮮死稍熟也猶萬寶盡死之死舊註有以秋白鮮紅死即芙蓉別江木之說者有以芙蓉為木芙蓉鮮紅死為荷花謝木者恐皆非是

挽菱隔歌袖綠刺罥銀泥挽菱挽菱科而採之也綠刺菱角也罥音畎挂也杜審言詩絲刺罥薔薇闥朝隱詩蓮刺罥銀鉤銀泥謂衣裙中華古今註秦始皇令宮人披淺黃銀泥飛雲帔隋煬帝宮中有雲鶴金銀泥披襖子則天以赭黃羅上銀泥襖子以燕居國史補以熟綵衣給其夫氏以銀泥衣給其女氏仙傳拾遺有黃羅銀泥裙五暈羅銀泥衫子單絲羅紅地銀泥帔子

李長吉歌詩　卷四

京城

驅馬出門意，牢落長安心。兩事向誰道，自作秋風吟。

始也驅馬出門之時意氣方壯以爲取富貴如拾芥乃羈旅長安牢落無味非復前日之心矣左思魏都賦臨淄牢落李善註第五倫自度仕宦牢落李延濟註牢落闊寂也兩事未詳所指何事徐文長姚經三俱以功名當之恐亦未確

官街鼓

唐書日暮鼓八百聲而門閉五更二點鼓自內發諸街鼓承振坊市門皆啓鼓三千撾辨色而止其制蓋始于馬周舊制京城內金吾昏曉傳呼以戒行者周上書令金吾每街偶懸鼓夜擊以止行李以備竊盜時人呼曰鼕鼕鼓公私便焉見中華古今註海錄碎事諸書

曉聲隆隆催轉日，暮聲隆隆催月出。催月出曾本二姚本作呼月出漢城黃柳映新簾柏陵飛燕埋香骨吳正子註陵寢多栽柏故云柏陵琦按通鑑德宗紀自乾陵北過附柏城而行宋胡三省註山陵樹柏成行以遮迴陵寢故謂之柏城柏城宋白日唐諸陵皆栽柏環之貞元六年十一月敕諸陵柏城四面各三里內不得安葬柏陵即柏城也飛燕以喻當時宮嬪磓碎千年日長白孝武秦皇聽不得漢武秦皇志求長生然不能長在聽此鼓聲○磓碎吳本作鎚發從君翠髮蘆花色獨共南山守中國幾回天上葬神仙漏聲相將無斷絕人少髮色翠黑老則白如蘆花由少而老人人如是乃有人獨欲長生與南山並壽守此中國而不死豈知神仙不死之說本是虛誕之辭雖或可以却病延年終有死期豈能如漏聲之日夜相將而無斷絕乎將猶隨也此詩蓋爲求長生者諷而借宮街鼓作題以發其意

許公子鄭姬歌鄭園中請賀作

桂開客 集作桂開容

後解 英華作後醉

許史世家外親貴宮錦千端買沉醉銅駝酒熟烘明

膠古堤大柳烟中翠漢書上無許史之屬應劭曰許伯宣帝皇后父史高宣帝外家也顔師古曰許氏史氏有外屬之恩許公子當是一戚畹故以漢許史北之杜預春秋經傳集解二丈爲一端吳正子註銅駝街也楊升菴曰張萱宮騎圖畫從騎有挈金駝駝者蓋唐制宮人用金駝貯酒玉龜藏香留謙甫註以銅駝爲酒器似本其說琦按二說之中吳說似優公子以宮錦千端爲纏頭之費作一楊飲酒必擇其佳者而銅駝街之熟酒可飲地必選其勝者而古堤大柳之處可遊若以銅駝爲貯酒之器似于熟字無當曾本二姚本以熟字作熱字似又以銅駝爲温酒器矣邱季貞註烘明膠酒色瑩徹而厚也

桂開客花名鄭袖入洛聞香鼎門口先將芍藥獻

粧臺後解黃金大如斗桂開客花揄鄭姬之清雅有如幽桂自遠方而至客遊斯上故曰客花或桂字客花字乃姬之小名亦未可知鄭袖楚懷王寵姬見史記楚世家及張儀傳中以姬

許　英華作的

宋本馬上

袷　閣板英華作給

姓鄭故以古鄭袖比之入洛聞香謂至洛陽者皆聞其香名也鼎門口是鄭所居之地後漢書河南周公時所城洛邑也東城門名鼎門註云帝王世紀曰東南門九鼎所從入將送也將芍藥所以助其粧解黃金所以恣其用大如斗者葢修言之或以芍藥謂莫芳華之辭或以斗大金印繫肘後作解者皆非是

愁簾中許合歡清絃五十爲君彈彈聲咽春弄君骨骨興牽入馬上鞍初學記釋智匠古今樂錄曰石城西有女子名莫愁善歌謠許合歡謂許其來作歡會也葢此時尚在鄭姬家中彈箏作樂俟其彈畢然後乘馬偕行以至閨中兩馬八蹄踏蘭苑情如合竹誰能見夜光玉枕棲鳳凰袷羅當門刺純綫蘭苑宴會之所上文所謂古堤大柳烟中翠者卽是其處王融謝武陵王賜弓啟暢華蘭苑葢用其語以爲美稱也太平御覽明皇雜錄曰號國夫人夜光枕希代之寶莫能計其直鄭嵎津陽門詩註號國夜明枕置于堂中光燭一室西川節度使所進事載國史袷羅夾羅也當門謂

翻 一作胡

宋本少見人入注
見注金本

鬟 吳本作眉

宋金本王

幃幔之屬純絲也二句雖言閨中陳設之美兼以喻男女好合之情鳳凰取雙棲之意純綫取纏綿不相離之意

長翻蜀紙卷明君，轉角含商破碧雲。自從小曆來東道，曲裏長眉少見人。

吳正子註長翻合作番長幅也錢飲光註似以明妃圖長在手展玩此一說也卯季貞註長翻蜀紙乃錄曲也卷明君書于冊內蓋以明君為樂府相和歌吟歎四曲中王明君之曲此又一說也琦謂二句是美姬之技藝上言其善畫下言其善歌第卷字恐有譌耳裏陽者舊傳含商吐角絕節赴曲破碧雲謂其響過行雲也小曆頰上之飾作小樣者張正見詩裁金作小曆散縣起微黃孫棨北里志平康里入北門東同三曲即諸妓所居之聚也妓中錚錚者多在南曲中曲其循牆一曲卑屑妓所居頗為二曲輕斥蕃曲唐時謂妓女聚居之處為曲少見人謂不易見客

相如冢上生秋柏，三秦誰是言情客。蛾鬟醉眼拜諸宗，爲謝皇孫請曹植。

相如已死不可復作不如當今誰是言情之客此時幸有才人在座

拜懇諸客爲我代白于皇孫請展曹植之才思贈一詩以增聲價宗尊也諸宗蓋謂諸尊客皇孫曹植皆以自謂○塚上曾本二姚本作墳上三秦曾本二姚本作三春蛾鬟文苑英華作蛾眉

新夏歌

曉木千籠真蠟綵落蔕枯香數分在千籠猶云千株其葉濃密團欒似以物籠罩者故云蠟綵言其光明鮮麗如以蠟飾綵上爲之上句言樹木之茂盛下句言花時已過開將盡也○吳本云蠟綵一作絳采落蔕吳本作落蘂陰枝拳芽卷縹茸長風迴氣扶葱蘢陰枝日色不照之處其枝晚長故其芽尚拳曲而未舒展縹青白色茸芽上細茸毛也長風夏時之風所處風土記仲夏長風扇暑郭璞江賦潛薈葱蘢李善註葱蘢青盛貌○茸曾本二姚本作帶野家麥畦上新壠長畛徘徊桑柘重野家郊野人家也畦區也壠田中高處今謂之田塍新壠亦有麥生其上見麥苗之盛畛音軫田間之道可容大車者徘徊不

進之貌桑柘之葉紛披垂倚所謂垂也人行其下徘徊不進也

刺香滿地菖蒲草雨

梁燕語悲身老刺謂其葉火如刺**三月搖楊入河道天濃地**

濃柳梳掃搖揚已見二卷註天濃地濃猶言漫天漫地之意

題歸夢

一本在第二卷末

長安風雨夜書客夢昌谷怡怡中堂笑小弟裁澗菉爾雅菉王芻郭璞註菉蓐也今呼鴟腳莎爾雅翼毛詩菉竹作綠竹先儒皆以綠爲王芻竹爲萹竹說文亦云菉王芻也引詩曰菉竹猗猗則綠與菉同本草名藎草俗亦呼淡竹葉所謂終朝采綠不盈一掬者上林賦稱香草云揜以綠蕙被以江離張揖亦以綠爲王芻

家門厚重意望我飽

飢腹勞勞一寸心燈花照魚目此四句爲夢後自言其情也飽飢腹謂得沾薄祿以慰調飢吳正子註魚目不瞑言勞思不寐也董懋策註魚目淚目也琦按古詩燈擎昏魚目魚

目有珠故以喻含淚珠之目董説是
也吳註勞思不寐之説似與夢不洽
經沙苑 元和郡縣志沙苑一名沙阜在同州馮
翊縣南十二里東西八十里南北三十
里今以其處宜六畜置沙苑監太平寰宇記沙
苑監在同州馮翊朝邑兩縣界按唐六典掌牧
養隴右諸牧牛羊以供其
宴會祭祀及尚食所用
野水汎長瀾宫牙開小蒨 野水泛濫宫室鞠爲茂草
以見牧地荒殘之狀瀾水
波也蒨草盛貌又草名今謂之蒨草詩經謂之茹藘
可以染絳會謙前註牙當作芽芽開小蒨草叢生也
姚經三註沙苑有興德宫爲高祖趨長安所次言
此宫之牙門競長新叢也琦按别本有以宫牙爲宫
牙者牙古與衙通蓋謂沙苑監之衙署官牙
開小蒨者官衙傾毁其地開治種蒨茜草也 無人柳
自春草渚鴛鴦暖 無人柳自春見牧戸逃亡晴斷臥
草渚鴛鴦暖見畜牧鮮少
沙馬老去悲啼展 僅有疲老不堪用 今春還不歸塞
之馬嘶臥沙中

嚶折翅雁雁者隨陽之鳥木落南翔冰泮北徂若折翅則不得高飛遠逝長吉自謂今當春時尚淹滯他鄉不能歸里猶之塞上嚶嚶鳴折翅之雁能不見之生感乎說文嚶鳥鳴也

出城別張又新酬李漢按唐書張又新字孔昭工部侍郎薦之子善文詞元和中及進士高第以詔附李逢吉及李訓南遭貶逐喪其家聲官至左司郎中李漢字南紀宗室淮陽王道明之後爲韓愈子壻少師愈爲文長于古學元和七年登進士第官至吏部侍郎

李子別上國南山崆峒春上國謂京師南山終南山也在京師萬年縣南五十里崆峒山在原州平高縣西一百里與京師相去遠未必指此恐所謂崆峒是終南山中峰嶺巖洞之名耳不聞今夕鼓差慰煎情人在京則聞昏晨街鼓之聲出城則今久不復聞矣在京則動思家之情有如煎逼出城則到家計日可必差足以自慰矣趙壹賦命薄馬

卿家業貧鄉書何所報紫蕨生石雲自分命薄如趙壹既不得顯職

家貧如司馬長卿又不能留滯長安鄉書來報紫蕨已生可以采食明已所以有歸去之志後漢書趙壹體貌魁梧身長九尺美須豪眉望之甚偉而恃才倨傲爲鄉黨所擯後屢抵罪幾至死友人救得免作刺世疾邪賦以舒其怨憤曰且各守爾分勿復空馳驅哀哉復哀哉此是命矣夫初袁逢使善相者相壹云仕不過郡吏竟如其言漢書司馬相如字長卿客遊梁得與諸侯游士居數歲梁孝王薨相如歸而家貧無以自業陸璣詩疏蕨鼈也山菜也初生似蒜紫黑色可食如葵

長安玉桂國戟帶披侯門戰國策楚國之食貴于玉薪貴于桂唐書百官志凡戟一品之門十六二品及京兆河南太原尹大都督大都護之門十四三品及上都督中都督上都護上州之門十二下都督下都護中州下州之門各十衣幡壞者五歲一易之帶節幡也披披拂之意徐文長註以下十二句並狀長安富貴之態

慘陰地自光寶馬踏曉昏言雖慘陰之地亦自有光采不論朝夕總有人馬馳

李長吉歌詩　卷四　四

驅不絕西京賦大人在陽時則舒在陰時則慘史記中廄之寶馬臣得賜之

臘春戲草苑玉輓鳴轀轔綠網縋金鈴霞卷清地滑

四句言遊獵之事臘十二月也以其月中有臘祭之事世俗遂謂之臘月輓引車也玉輓猶玉輪玉篇轞車聲也說文轔車聲也又東京賦隱隱轔轔呂延濟註隱隱轔轔皆車馬聲綠網掩取禽獸之網縋鈴于其上鈴動有聲則知有物入其中而獲取之也霞卷者猶風卷雲卷之謂言其獲取之多爾雅夷上洒下漘邪昜疏李巡云夷上平上洒下陗下郭璞云涯上平坦而下水深者爲漘詩王風葛藟云在河之漘是也

開貫瀉蚨母買冰防夏蠅

搜神記南方有蟲名𧌒蠋又名青蚨形似蟬而稍大生子必依草葉大如蠶子取其子母即飛來不以遠近雖潛取其子母必知處以母血塗錢八十一文以子血塗錢八十一文每市物或先用母錢或先用子錢皆復飛歸輪轉無已故淮南子術以之還錢名曰青蚨太平御覽干寶搜神記曰南方有蟲其形若蟬而大其子著草葉如蠶種得子以歸則母飛來就之若殺其母以塗錢以

其子塗貫用錢貨市旋則自還故淮南子術以之還
錢名曰青蚨其文與今本搜神記少異觀長吉此句
似當以御覽本爲正埤雅傳曰以冰致蠅蠅逐臭者
懷蛆營利常喜暖而惡寒故遇冰輒側翅遠引所謂
夏蟲不可以語冰者也時宜裂大被劍客車盤茵虞喜志林江夏孟宗少遊
學其母作十二幅被以招賢士同臥此云大被者益
借用其事以見賓友之留宿者甚多劍客佩劍之客
市盤茵者出則乘車以茵褥盤曲于車而坐也以見門客之待遇者甚厚小人如死灰心
切生秋榛吳正子以此二句爲長吉自謂非也裴李乃其知己安有對之而自謙稱小人之理
連下文四句觀之知其所稱小人是指其時與長吉
相忌嫉而排擠之者如死灰言其無可用處心切生
秋榛者其心切切以傷人爲事如有荊棘生其胸中也皇圖跨四海百姓施長
紳光明霾不發腰龜徒甃銀言天子神聖幅員廣大人民安樂正可以興起
文明之事乃霾蔽不能振發尸位素餐徒然腰佩龜
鈕之銀印而已紳大帶也霾本訓雲集雲集則天光

爲之掩蔽故于此作掩蔽解也極言小人輩之無能銀龜詳見呂將軍歌註中褻結也。施一作掩吾

將譟禮樂聲調摩清新謂作爲雅頌以歌咏休明之德譟者不憚多言之意欲

使十千歲帝道如飛神飛神猶言天神使後世仰美不可企及也華實自

蒼老流來長傾盆曾謙甫註自蒼老華實並存長傾盆無畢凋之嗟姚仙期註自蒼老見非採春華而忘秋實之比長傾盆文教潤澤豐美姚經三註華實並茂膏液長流錢飲光註華實蒼老苗而秀秀而實無害稼者故流米傾盆也琦按此二句必有譌字未可強解若如諸說則晦澀僻隱幾不成語豈止牛鬼蛇神而已哉。流來姚經三本作流米

沒沒暗齰舌涕血不敢

論言既已爲人所擠若再開口論說更遭忌嫉故計惟有一去而已漢書灌夫傳魏其必媿杜門齰舌顏師古註齰齧也音仕客反齰有宅責二音徐陵與楊僕射書規規默默齰舌低頭涕血猶泣血也今

將下東道祭酒而別秦祭酒謂祖道祭也古者出行必有祖道之祭封土爲山象

以菩芻棘柏爲神主酒脯祈告旣六郡無勳兒長刀
祭以車轢之而去事見毛詩正義
誰拭塵地理陽無正快馬逐服轅四句似謂道路艱阻無枝勇之士以
衛行李況其地理偏僻無正陽之氣乃以快馬服轅以
而去明己久在京師鬱鬱不得志故决于去如此也
漢書從六郡良家材力之士顏師古註六郡謂隴西
天水安定北地上郡西河也勳兒勇健之人猶云健
兒也古幽州馬客吟快馬常苦瘦勳兒
常苦貧服駕也轅車前橫木上鉤衡者二子美年少
調道講清渾調和合也言二子志同道合與我講論處世清濁之道○子調道講清渾一作講
道調清渾譏笑斷冬夜家庭疎篠穿閑時相聚會每多譏笑之詞今夕敘離別
所贈皆要言故譏笑之詞遂斷首聯已用春字至此
又用冬夜下聯又用秋月雜亂至此殊不可解冬夜
或是永夜之訛詵文篠小竹也曙風起四方秋月當東懸賦詩面投
擲悲哉不遇人此別定沾臆越布先裁巾曙風曉風也四方當

作西方臆胸也高適詩開篋淚沾臆太平御覽謝承後漢書曰常勅會稽郡獻越布秦嘉婦與嘉書云今奉越布手巾一枚沾臆之淚從不遇而落不爲離別而酒蓋因不遇而去與知已敍別焉能不悽涼泣下未別之先負知定有此淚故先裁越布爲巾以爲抆拭之用矣

李長吉歌詩外集卷

錢塘　王琦琢崖彙解

趙樹元石堂較

吳正子曰京師本無後卷有後卷者鮑本也常聞薛常州士龍言長吉詩蜀本會稽姚氏本皆二百一十九篇宣城本二百四十二篇蜀本不知所從來姚氏本出秘閣而宣城本則自賀鑄方回也宣城多羨詩十九蜀與姚少亡詩四而姚本者之尤以余校之薛之言諒矣今余用京鮑二本訓註而二本四卷終皆二百一十九篇與姚蜀本同薛謂宣城本二百四十有二首蓋多余本二十有三耳今鮑本後卷二十有三篇適與宣本所多之數合是鮑本即宣本也第一篇內自門前者即與第四卷上之回車文如此則實有二百四十有二矣然觀此卷所作多是後人模倣之爲詞意往往儇淺真長吉筆者無幾余不敢盡削姑去其重出者一篇云　琦按唐書藝文志曰李賀集五卷宋史藝

文志亦曰李賀集五卷文獻通考曰李長吉集四
卷外集一卷晁氏曰或說賀卒後不相悅者盡取
其所著投溷中以故世傳者不多外集予得之梁
子美者姚鉉頗選載文粹中黄伯思跋昌谷别集
後曰右李賀逸詩凡五十二首按唐李公藩嘗綴
賀歌詩爲之序未成知賀有外兄與賀有筆硯舊
名見託以搜採放失其人諾且請曰某盡記賀篇
詠然驩改處多願得公所輯視之當爲是正公喜
并付之彌年絶跡復召詰之乃曰某與賀中表自
幼同處恨其倨忽常思報之今幸得公所藏并舊
有者悉投圂中矣公大恚叱之出嗟慨良久故賀
章什流傳者少今世有杜牧所叙賀歌詩篇才四
卷耳此集所載豈非李藩所藏之一二乎政和元
年三月黄伯思長睿父從趙來叔借傳于右軍官
舍據數說論之古本只四卷其外卷乃逸詩也宋
時已有之今本亦只四卷其外卷之詩散見于四
卷之中雖無缺佚而真贋混矣又黄氏謂五十二
首而今吳本只二十三首蓋其不同又如此黄本
旣不可見故
一遵吳本

長吉作涼

稍宋本注一作蒲痕

注一作濇

南園 鮑欽正云此篇第一卷所脫

方領蕙帶折角巾杜若已老蘭苕春 後漢書朱勃年十二衣方領能矩步章懷太子註頸下施衿領正方學者之服也又儒林傳服方領習矩步章懷太子註方領直領也楚辭荷衣兮蕙帶藝文類聚郭林宗別傳曰林宗常行梁陳之間遇雨其巾一角霑而折二國學士著巾莫不折其角云作林宗巾其見儀則如此本草陶弘景曰杜若今處處有之葉似薑而有文理根似高良薑而細味辛香又絕似旋葍根始欲相亂葉小異爾楚辭云山中人兮芳杜若是也郭璞詩翡翠戲蘭苕李善註蘭苕蘭秀也張銑註苕枝鮮明也○蘭苕文苑英華作蘭茁

南山削秀藍玉合小雨歸去飛涼雲 藍玉合謂山如青玉圜轉也謝朓七夕賦金祇司矩涼雲始浮○涼文苑作長

熟杏暖香梨葉老草稍竹柵鎖池痕 熟杏曾本二姚本作熱杏草稍一作草蒲一作草滿竹柵吳本作竹色池痕文苑作池根一作池濇

鄭公鄉老開

稍英華作鎖

痕英華作根

酒樽坐泛楚奏吟招魂

後漢書國相孔融深敬鄭元告高密縣爲元特立一鄉曰昔太史公廷尉吳公謁者僕射鄧公皆漢之名臣又南山四皓有園公夏黃公潛光隱耀世嘉其高皆悉稱公然則公者仁德之正號不必三事大夫也今鄭君鄉宜曰鄭公鄉王粲登樓賦鍾儀幽而楚奏兮此詩用楚奏事與上泛字不合一本有作楚酒者然又重上句酒字楚辭章句招魂者宋玉之作也宋玉哀憐屈原忠而斥棄愁懣山澤魂魄放佚厥命將落故作招魂欲以復其精神延其年壽外陳四方之惡內崇楚國之美以諷諫懷王冀其覺悟而還之也。酒尊文苑作酒盎

假龍吟歌

唐僧皎然戛銅椀爲龍吟歌序云故太尉房公琯早歲嘗隱終南山峻壁之下往往聞龍吟聲清而靜滌人邪想時有好事僧潛戛之以三金寫之惟銅聲酷似他日房公偶至山寺聞林嶺間有此聲乃曰龍吟復還于茲矣僧因出其器以告公命戛之驚曰真龍吟也大曆十三祀秦僧傳至桐江戛之使兒童戛金皷之亦不減秦聲也孔帖房琯嘗修學終南

鷹　宋注一作鸞

山谷中忽聞聲若物戞銅器之韻蓋未之前聞也問父老云此龍吟也不久雨至矣琯望之冉冉雲氣游漫果驟雨作自爾再聞微驗不差後將赤金鉢戞之爲僞龍吟出靈怪錄

石軋銅杯。吟哢枯瘁。以石轢轢銅杯作聲以効龍之吟吟哢者其聲婉而且久有若人吟哢之態枯瘁者清極而反覺其枯寂況瘁也。石軋曾本二姚本作石乾蒼鷹擺血。白鳳下肺。漢武內傳藥有蒙山白鳳之肺靈丘蒼鸞之血擺擊也禽鳥當擺血下肺之時其聲必淒哀婉轉此狀其聲亦如之也。蒼鷹一作蒼鸞桂子自落。雲弄車蓋。桂子自落風起也雲弄車蓋雲興也蓋真龍吟而風起雲興其常也乃爲假龍吟而亦有風起雲興甚言其聲之相似而足以感通曹丕詩西北有浮雲亭亭如車蓋易通卦驗穀雨太陽雲出張如車蓋宋書魏文帝始生有雲青色圜如車蓋當其上終日曾謙甫註雲弄句狀銅杯摩戞旋轉之勢其說似矣然以桂子句爲蕭索聲殊欠切當木死沙崩惡谿島。阿母得仙今不老。窗中跳汰截清涎隈壖臥水埋金爪窞徒感切談上聲說文窞坎中小坎也蓋謂坎中之最深處跳汰當是洮汰之訛淮南子要畧所以洮汰蕩滌至意後漢書陳元傳洮汰學者之累惑章懷太子註洮汰猶洮濯也說文隈水曲澳也壖讀作輭平聲水邊地也山中溪島向有龍居之乃年時已久木死波崩沓然不見蹤跡疑其潛形養性如王母之得仙不死乎窞中清涎已爲水波洮蕩去而不存或者隈壖水際龍尚臥于其中乃不特全體不可見即其指爪亦埋沒不見不知龍猶在此中否龍不在此則真龍之吟又安可得聞崖磴蒼蒼弔石髮江君掩帳篔簹折尋覓真龍所在杳不可見崖磴之間所見者蒼苔翠竹而已山之高岸曰崖崖間磴陟之道曰磴初學記崩處風土記曰石髮水苔也青綠色皆生于石本草馬志曰陟釐即石髮也色類苔而粗澀爲異水苔性冷浮水中陟釐性溫生水中石上蘇恭曰烏韭石苔也又名石髮生巖石之陰不見日處與卷柏相類二說不同按陸龜蒙苔賦曰高有瓦松卑有澤葵散巖竇者石髮補空曲者垣衣在屋曰昔邪在藥曰陟釐是其

類甚多各因地而名此詩所指殆是烏非一種江君掩帳事未詳異物志篔簹竹生水邊長數丈圍一尺五六寸一節相去六七尺或相去一丈廬陵界有之竹譜篔簹最大大者中甑笋亦中食○蒼蒼一作蒼苔

蓮花去國一千年雨後聞腥猶帶鐵蓮花舊解或以爲太華之蓮花峯或以爲龍劍而引琉璃玉匣吐蓮花以實之琦按孔雀經有青蓮花龍王白蓮花龍王之名或是指龍而言又按埤雅爾雅翼諸書皆言龍性畏鐵故鎮服毒龍多用鐵物沉水中意者昔時山中人畏潭中有龍居止時作風雨擾人乃以鐵沉水中鎮之今龍去已久雨後猶聞鐵之腥氣又安得真龍在此而聞其吟聲哉此篇因假龍吟而思及真龍笑人于真龍則驅去之好事者却又寫其聲以娛人之聽聞真者不好而好者不真寄慨之意深矣

感諷六首

二姚本俱作感調○鮑氏云此六首是第二卷所脫

人間春蕩蕩帳暖香揚揚飛光染幽紅誇嬌來洞房

飛光日也幽紅謂花之幽艷而色紅者言春日花開美人之嬌好足以相誇似來至洞房以結歡愛

舞席泥金蛇桐竹羅花床舞席舞時所踐之席若今時氍毺類金蛇席上所畫螭龍泥卽畫也桐竹琴箏簫管之屬羅列也二句言房中陳設之麗

眼逐春瞑醉粉隨淚色黃春瞑春夜也醉者眼倦開似醉狀二句言洞房中之人心有所思念而暗傷也

王子下馬來曲洛鳴鴛鴦焉知腸車轉一夕巡九方言王子來此洞房婉孌親好有如曲洛之鴛鴦和鳴相樂焉知其心中轉展思憶另有所在卽古樂府心思不能言腸中車輪轉九之爲言多也猶公羊傳所謂救者九國楚詞腸一日而九迴之類皆不作實九字解

其二

苦風吹朔寒沙驚秦木折朔寒北方寒冷之氣沙驚沙爲勁風所激騰起旋轉有若驚躍意秦木折秦地之水爲之吹折也曾本二姚本作秦水折則謂秦地河水曲折之處

舞影

逐空天畫鼓餘清館未嘗無歌舞可以解憂而異方之樂另是一種聲容惟畫鼓僅餘清楚節奏單舉一畫鼓而言則其餘非雅音可知矣蜀書秋信斷黑水朝波咽尚書正義按酈元水經黑水出張掖雞山南流至敦煌過三危山南流入于南海史記正義括地志云黑水源出伊州伊吾縣北百二十里又南流二千里而絶三危山在沙州敦煌縣東南四十里二說皆謂禹貢所稱之黑水也而源流不同未知孰是考之雜傳若延安平凉榆林肅州等處後人名爲黑水凡十餘處究不知古黑水確在何地嬌魂從回風死處懸鄉月楚辭悲回風之搖蕙王逸註回風飄風夫遠去絶國杳無還期一朝身死嬌魂或可從風而回若埋骨之地惟有明月懸于天上猶是故鄉所習見者其餘風景無一相似者矣○此詩姚仙期以爲擬戍婦思夫之辭姚經三以爲爲公主和親而作觀舞影一聯後說近是

其三

婦人言其怯

言邊人之老者以冒功耳

雜雜胡馬塵，森森邊上戟。天教胡馬戰，曉雲皆血色。言天意如此故殺氣之盛見于雲色婦人攜漢卒，箭箙囊巾幗。不慚金印重，跟蹡腰鞬力。說文幗婦人首飾也玉篇幗帨也覆髮上也則知巾幗者乃婦人覆髮之巾跟蹡行不迅也說文鞬所以戢弓矢廣韻鞬馬上盛弓矢器釋名馬上曰鞬鞬建也弓矢並建立其中也方言所以藏箭弩謂之箙弓謂之鞬杜元凱左傳註囊以受箭鞬以受弓此詩上聯用之箭箙下聯用腰鞬恭本後兩說恂恂鄉門老，昨夜試鋒鏑。走馬遺書勳，誰能分粉墨。婦人本宜老于鄉門今乃試其身于鋒鏑之中與男子均勞及至走馬奏功封侯之賞終何能及一女子按唐書史思明之叛有衞州女子侯滑州女子唐青州女子王相與歃血赴行營討賊又言藩鎮相拒用兵作久女子皆可爲孫吳是當時婦女効力行間者誠有之矣長吉有感而作此詩歟姚經三謂諸本作婦人解者無據以貞元元和之間數以宦者典兵故長吉以婦人比之方邊氛肅殺乃借此以竊金印黍不知恥驅老弱以試鋒鏑而妄報戰功天子方惟言是聽誰能辨其黑白是亦一說雖覺新創可喜然愚意作婦女解者較爲帖妥

其四

青門放彈去馬色連空郊何年帝家物玉裝鞍上摇三輔黄圖長安城東出南頭第一門曰霸城門民見門青色名曰青城門或曰青門馬色連空郊言其從馬之多也何年帝家物玉裝鞍上摇謂馬鞍上裝飾玉色乃古時帝王所用之物也即一物觀之其服飾之華美大畧可見○吳本云青門一作青郭一作青鳥去去走犬歸來來坐烹羔千金不了饌貉肉稱盤臊不了猶不足千金不了饌猶云日費萬錢無下箸處貉肉稱盤臊盤中牖臊之味大抵皆貉肉之類稱相等也猶他物稱稱是之稱夫以千金之費尚以爲不足饌乃田獵所獲野味反登之盤盂雄豪粗率之人大畧如是本草貉說文作貈一作貉生山野間狀

如狸頭銳鼻尖班色其毛深厚溫滑可爲裘腦與貛同穴而異處日伏夜出捕食蟲物其性好睡人或畜之以竹扣醒已而復寐狸人言非好睡乃耳聾也故見人乃知趨走考工記曰貉踰汶則死土氣使然也王浚川言北曰狐南曰貉非也○貉曾本姚仙期本皆作格曾引舄舄笑而被格邪以爲屬厭意皆非是

試問誰家子乃老能佩刀董懋策註乃老即乃公言其父以佩刀立功得廕官也○吳本云乃老一作乃云西山白蓋下賢雋寒蕭蕭白蓋白屋也爾雅白蓋謂之苫邢昺疏云孫炎曰白蓋茅苫也郭璞曰白茅苫也今江東呼爲蓋然則蓋即苫也以白茅爲之故曰白蓋顏師古漢書註白屋謂白蓋之屋以茅覆之賤人所居○雋曾本二姚本作俊

其五

曉菊泫寒露似悲團扇風秋凉經漢殿班子泣衰紅劉勰新論秋葉泫露如泣漢書班倢伃傳帝初即位選入後宮始爲少使俄而大幸其後趙飛燕姊弟自

泫宋注一作泣

白蓋當謂白蓋寺

微賤興倢伃失寵稀復進見倢伃嘗作怨歌行其詞曰新裂齊紈素鮮潔如霜雪裁成合歡扇團團似明月出入君懷袖動搖微風發常恐秋節至凉飇奪炎熱棄捐篋笥中恩情中道絶衰紅謂紅顏衰老○泣一作流**本無辭輦意豈見入空宮**漢書班倢伃傳成帝游于後庭嘗欲與倢伃同輦載倢伃辭曰觀古圖畫賢聖之君皆有名臣在側三代末主乃有嬖女今欲同輦得無近似之乎帝善其言而止**腰衱珮珠斷灰蝶生陰松**杜子美詩珠壓腰衱穩稱身蔡夢弼註腰衱即今之帶也灰蝶紙灰飛舞似蝶者陰松墓邊之松○菊木無情見其曉露泣子葉上似悲秋風已至將有搖落之憾如班姬之咏團扇嘗恐有棄捐篋笥之悲夫班姬同嘗見寵于君矣且因秋凉之來漢殿自以紅顏易老君恩難久作詩怨泣可見恩情絶于中道自古有之但班姬以守禮持正不肯與君同輦故不能保其寵幸若我則本無辭輦之意豈謂亦入空宮而見幽閉耶今則棄置已久不但衣珮斷壞且夕之間且見墓木之拱何能再承恩寵耶此詩為失寵宮嬪而作其用團扇辭輦等事皆用

別意點化乃詩家實事盧用之法讀者或以爲爲嫌好咏者失之遠矣

其六

蝶宋注一作蜂

蝶飛紅粉臺柳掃吹笙道十日懸戶庭九秋無衰草

山海經海外東經曰湯谷上有扶桑十日所浴在黑齒北居水中有大木九日居下枝一日居上枝大荒東經又云湯谷上有扶木一日方至一日方出皆載天地雖有十日自使以次第迭出運照又莊子昔者十日並出萬物皆照此借用其語蓋言室中多燃燈燭光明相繼達旦如有十日懸戶庭之間無有晝夜之殊也一秋三月凡得九十日故曰九秋無衰草言其常若春時○衰草一作素草

調歌送風轉杯池白魚小

調歌送風轉謂歌聲隨風婉轉飄揚也杯池池之小者極言其小小僅似杯耳池小故池中之魚亦小姚經三註白魚小船也古詩云波搖白醴舟琦按白魚即今之白鯈長僅數寸形狹而扁狀如柳葉性好群泳水面下句承上句而言似謂魚聞歌聲出而游泳晴用瓠巴鼓瑟淫魚出

聽事杜子美詩魚吹細浪搖歌扇亦是此意

水宴截香腴菱科映青罩水宴于水邊宴飲也截取也香腴謂水族中魚鱉之屬菱科菱之莖葉茂盛成科也廣韻罩竹籠取魚具韻會罩說文捕魚器按爾雅籗謂之罩网捕魚籠也詩烝然罩罩李巡曰編細竹以為罩無竹則以荆二句言水邊宴飲以捕魚為戲之事

芊蒙梨花滿春昏弄長嘯芊蒙亂貌春昏春夜也○芊蒙一作芊井長嘯一作長笑

惟愁苦花落不悟世衰到撫舊惟銷魂南山坐悲峭曾謙前註歌舞歡愛時知有盛不知有衰知有樂不知有苦自今思之已成陳迹故魂為之銷坐對南山徒成悲嘯而已歡愛何在耶○衰會本作哀銷魂一作傷魂悲峭會本二姚本作悲嘯與上韻相重恐非

莫愁曲

樂府古題要解石城有女子名莫愁善歌謠故石城樂和中復有莫愁聲其詞曰莫愁在何處莫愁石城西艇子打兩槳催送莫愁來

李長吉歌詩　外集

草生龍坡下鴉噪城堞頭何人此城裏城角栽石榴

水經註江陵西北有紀南城城西南有赤坂岡岡下有瀆水東北流入城又東北出城西南注于龍陂陂古天井水也廣圓二百餘步在靈溪東江堤內水至淵深有龍見于其中故曰龍陂陂北有楚莊王釣臺城堞城上女牆○龍陂樂府詩集作隴坂

青絲繫五馬黃金絡雙牛

古羅敷行青絲繫馬尾黃金絡馬頭五馬雙牛皆駕車之畜

白魚駕蓮船夜作十里遊

姚經三以白魚即船同前首註然句中又用船字重複不成句恐魚字有訛

歸來無人識

暗上沉香樓羅牀倚瑤瑟殘月傾簾鉤

言刻坐牀上倚瑟而歌至于殘月傾側照于簾鉤之上尚未就寢漢書上自倚瑟而歌顏師古註倚瑟即今之以歌合曲也陸機詩佳人理瑤瑟

今日槿花落明朝桐樹秋

言容色易變不能長美好埤雅木槿似李五月始花月令木槿榮是也華如葵朝生夕隕爾雅翼梧葉春晚乃生瑩秋輒稿

莫負平

生意何名何莫愁郭茂倩樂府詩集作若負平生意何名作莫愁句調較亮似當以此爲正

夜來樂

紅羅複帳金流蘇華燈九枝懸鯉魚古樂府紅羅複斗帳四角垂香囊十六國春秋石虎冬月施蜀錦流蘇斗帳又用光明錦以白縑爲裏名曰複帳江總詩新人羽帳挂流蘇流蘇帳上纈帶詳見二卷惱公註中楚辭蘭膏明燭華燈錯些王逸註燈錠盡雕琢錯鏤飾以禽獸有英華也沈約傷美人賦拂螭雲之高帳陳九枝之華燈鯉魚燈式作爲鯉魚形者○流蘇吳本作塗蘇

麗人映月開銅鋪春水滴酒猩猩沽之春水滴酒言酒多如春水也猩猩嗜酒之器刻畫猩猩之形于上前送秦光蘇北征詩有銀壺拂狖嗜之句可以互明太平御覽蜀志日封溪縣有獸曰猩猩體似猪面如人音作小兒啼聲既能語又知人姓名人以酒取之猩猩覺初

重上一本有價字
宋本無

暫嘗之得其味甘而飲之終見羈縛價重一篋香十株赤金瓜子兼雜
麩五色絲封青玉鳧阿侯此笑千萬餘癸辛雜識廣西諸洞産生
金洞丁皆能淘取其碎粒如蚯蚓泥大者如甜瓜子
故世名瓜子金其碎者如麩片名麩皮金金色深紫
此之尋常金色復加二等封緘也青玉鳧刻青玉爲
鳧鴨形蓋玩器也阿侯已見四卷綠水詞註蓋以阿
侯一笑贈貽之物約值千萬即上三句所稱者是也
○吳本無價字色字玉字殊不成調然價重一篋猶
是歌後不完語句南軒漢轉簾影疎桐林啞啞挾子烏漢轉天河
轉而西流也江淹詩桐林帶晨霞吳均詩惟聞
啞啞城上烏漢轉夜深之候烏啼天將曉之候劍崖
鞭節青石珠白騧吹湍凝霜鬣劍崖似指劍之鞘而言鞭節謂馬鞭之起節
者其上皆以青石珠飾之騧馬乃黃身黑喙之馬不
嘗言白騧者用古樂府白鼻騧事刪去鼻字殊失其
義吹湍凝霜鬣馬口噴沫皆凝爲冰狀漏長送珮承明
下垂若鬣二句言客去時裝束之狀

盧倡樓嵯峩明月孤承明盧已見四卷註嵳峩高貌續客下馬故客去綠蟬秀黛重拂梳綠蟬鬢也中華古今註魏文帝宮人莫瓊樹始製爲蟬鬢望之縹緲如蟬翼故曰蟬鬢秀黛青黛也婦人用以畫眉拂字承秀黛梳字承綠蟬○秀黛姚經三本作粉黛

嘲雪

昨日發蔥嶺今朝下蘭渚喜從千里來亂笑含春語太平御覽西河舊事云蔥嶺在燉煌西八千里其山高大上悉生蔥故曰蔥嶺釋法顯佛國記蔥嶺冬夏有雪伽藍記蔥嶺高峻不生草木是時八月天氣已寒北風驅雁飛雪千里釋迦方志蔥嶺高可千餘里兩邊漸下南北豎嶺行數極多百餘條矣多有山蔥崖峽青翠因以名焉蘭渚水中小洲芳草叢生之處美其稱謂之蘭渚曹植詩朝發鸞臺夕宿蘭渚是也吳正子以爲山陰蘭亭下之蘭渚姚仙期以爲蘭州之水皆求其地名以實之則非也○春語一作春雨龍沙溼漢旗鳳扇迎秦素

徐宋注一作雨

李長吉歌詩　外集

後漢書坦步葱雪咫尺龍沙章懷太子註龍沙白龍堆沙漠也

久別遼城鶴毛衣已應故

搜神後記丁令威本遼東人學道于靈墟山後化鶴歸遼集城門華表柱時有少年舉弓欲射之鶴乃飛徘徊空中而言曰有鳥有鳥丁令威去家千年今始歸城郭如故人民非何不學仙塚纍纍遂高上冲天○應故曾本二姚本作如故

春懷引

曾本二姚本作懷春引

芳蹊密影成花洞柳結濃烟花帶重

芳蹊芳徑也結枝條交加如結也重花盛開一枝垂下而重也○芳蹊二姚本作芳谿濃烟一作濃陰花帶重一作香帶重

蟾蜍碾玉挂明弓捍撥裝金打仙鳳

言對月而彈琵琶也蟾蜍謂月碾玉謂其軸雲而行挂明弓月形未滿有若弓狀海錄碎事金捍撥在琵琶面上當絃或以金塗爲飾所以捍護其撥也打仙鳳未詳按李義山詩撥絃驚火鳳火鳳者琵琶曲名貞觀中裴神符所作打仙鳳或仰驚火鳳之意

○挂曾本二姚本作作寶枕垂雲選春夢，鈿合碧寒龍腦凍。阿侯繫錦覓周郎，憑仗東風好相送。垂雲謂髮垂枕畔如雲也選春夢曾謙甫註先期爲好夢是也下三句正是所期之夢境鈿合金花合子也翠寒者鈿合之色龍腦香名今謂之冰片酉陽雜俎龍腦香樹出婆利國婆利呼爲固不婆律亦出波斯國樹高八九丈大可六七圍葉圓而背白無花實其樹有肥有瘦肥者出龍腦香瘦者出婆律膏香在木心中斷其樹劈取之膏于樹端流出所樹作坎而承之圖經本草龍腦香今惟南海番舶賈客貨之南海山中亦有之相傳云其木高七八丈大可六七圍如積年杉木狀旁生枝其葉正圓而背白結實如荳蔻皮有錯甲香卽木中脂也根下清液謂之婆律膏兩說微異三國志周瑜長壯有姿貌爲建威中郎將時年二十四吳中皆呼爲周郎此借之以喻所懷之人也言念所懷思以鈿合盛龍腦香外繫以錦將覓之而贈憑仗東風送我夢魂以往也夫思以物贈人而不能而會手授乃欲託之魂夢以將之其懷思之人意一何深至乎○垂雲吳本作誰云

白虎行　刺秦始皇也

火烏日暗崩騰雲，秦王虎視蒼生群。史記武王渡河有火自上復于下至于王屋流爲烏其色赤其聲魄云班固西都賦周以龍興秦以虎視呂延濟註虎視喻暴上句言周之亡下句言秦之王燒書滅國無暇日，鑄劍佩玦惟將軍。燒詩書滅六國皆始皇實事鑄劍佩玦是喻言鑄劍謂其好凶威之器不修文治佩玦謂其剛暴自任獨斷而行無所遲疑呼將軍謂其所用者悉武健嚴酷好殺伐之人○呼貝本作惟玉壇設醮思冲天，一世二世當萬年。燒丹未得不死藥，挐舟海上尋神仙。鯨魚張鬣海波沸，耕人半作征人鬼。始皇遣齊人徐市率童男女數千人入海求仙人數歲不得費多恐譴乃詐曰蓬萊藥可得然常爲大鮫魚所苦故不得至雄豪猛毅烈燒空，無人爲決天河水。喻言暴虐之甚無有人能制滅之者○猛獸烈燒空吳本作氣猛如獸烟誰最苦兮誰最苦報人義士深相許漸離擊筑荆卿歌荆卿把酒燕丹語劍如霜兮膽如鐵出燕城兮望秦月天授秦封祚未終衮龍衣點荆卿血事見史記刺客傳中左傳晉楚唯天所授祚福也○未終吳本作未移朱旗卓地白虎死漢王知是真天子朱旗漢旗也漢以赤帝子之祥故旗幟皆赤尚赤卓特立也白虎死謂秦國破滅昔人謂秦爲虎狼之國其地在中原之西西爲金方而色白故以白虎爲喻吳本作白蛇死反以作白虎者爲非是殊謬吳正子曰此篇及嘲少年顯然非長吉之作○地姚經三本作立

有所思

宋書漢鼓吹鐃歌十八曲有有所思曲後人多擬之以咏離思之苦

去年陌上歌離曲今日君書遠遊蜀簾外花開二月

李長吉歌詩　外集　三

風臺前淚滴千行竹淚滴揮于竹上暗用湘妃事琴心與妾腸此夜斷還續琴心字見司馬相如傳郭璞以琴中音為解想君白馬懸彫弓世間何處無春風君心未肯鎮如石妾顏不久如花紅夜殘高碧橫長河河上無梁空白波西風未起悲龍梭年年織素攢雙蛾因仰觀天河而嘆牽牛織女只隔一水之間尚不能常相會合如此以反起下文江山迢遞之意高碧謂天氣高而色碧也以長河天河也河上無梁則不可徑渡西風未起則七夕尚遠故執龍梭而悲思也異苑陶侃嘗釣于山下得一織梭還挂壁上有頃雷雨梭變成赤龍從空而去張文恭七夕詩鳳律驚秋氣龍梭靜夜機江山迢遞無休絕淚眼看燈乍明滅自從孤館深鎖窗桂花幾度圓還缺迢遞路遠貌桂花謂月中桂樹○深鎖窗一作鎖深窗鴉鴉向曉鳴森木風過池

森木聚生

塘響叢玉白日靜仙夢不成橋南更問仙人卜之木叢玉即風箏之類古以玉石爲之懸于簷下因風相觸成聲自諧宮徵謂之風馬今改以銅鐵謂之鐵馬同一物也元微之詩鳥啄風箏碎珠玉天寶遺事岐王宮中于竹林內懸碎玉片子每夜聞玉片子相觸之聲即知有風據二事觀之其製可想姚仙期以叢玉爲竹恐未是卜者卜其夫何日當還○橋南吳本作城南

嘲少年一作刺年少

此元和他家所作決非長吉

青驄馬肥金鞍光龍腦入縷羅衫香美人狹坐飛瓊觴貧人喚云天上郎青驄馬馬毛色如蔥青者也西京賦促中堂之狹坐羽觴行而無算○狹坐會本二姚本作挾坐一作押坐別起高樓臨碧篠絲曳紅鱗出深沼有時半醉百花前背把金丸落飛鳥篠小竹也曳引

文粹作剌年少

衫　文粹作衣

狹　文粹作押

臨　文粹作連

狹作挾

宋本狹

李長吉歌詩　外集　三

也李也西京雜記韓嫣好彈常以金爲丸所失者日有十餘長安爲之語曰苦飢寒逐金丸見童每聞嫣出彈輒隨之望丸所落輒拾焉

自說生來未爲客一生美姿過三百

豈知斸地種田家官稅頻催沒人織田吳本作苗長金積

玉誇豪毅每揖閑人多意氣生來不讀半行書只把

黃金買身貴少年安得長少年海波尚變爲桑田榮

枯遞傳急如箭天公豈肯于公偏神仙傳麻姑云接待以來見東海三爲桑田○豈肯吳本作不肯

莫道韶華鎮長在髮白面皺專相待

韶會韶美也凡言韶華韶光取此法華經衆生衰老年過八十髮白面皺將死不久

高平縣東私路元和郡縣志河東道澤州有高平縣南至州八十里

侵侵槲葉香木花滯寒雨今夕山上秋永謝無人處

侵侵葉稠密交加也本草槲有二種一種叢生小者名枹見爾雅一種高者名大葉櫟樹葉俱似栗長大粗厚冬月凋落三四月開花亦如栗八九月結實似橡子而稍短小其蔕亦有斗其實僵澀味惡荒歲人亦食之

石谿遠荒澀棠實懸辛苦路少人行故草蔓荒澀實無人採故懸着不落按陸璣詩疏今棠梨一名杜梨赤棠也與白棠同耳但子有赤白美惡子白色爲白棠白棠甘棠也少酢滑美赤棠子澀而酢無味俗語曰澀如杜是也是棠實之殊殊以甘澀此云辛苦者恐棠字有誤

古者定幽尋呼君作私路幽尋言爲幽隱之人所尋也

神仙曲

碧峯海面藏靈書上帝揀作仙人居仙人吳本作神仙**清明**

笑語聞空虛闘乘巨浪騎鯨魚古今註鯨魚者海魚也大者長千里小者數十丈鼓浪成雷噴沫成雨水族驚畏皆逃匿莫敢當者○清明樂府詩集作晴時**春羅書字**

李長吉歌詩　外集

邀王母共宴紅樓最深處春羅羅名唐書地理志鎮州常山郡貢春羅○書字樂府詩集作剪字鶴羽衝風過海遲不如却使青龍去二姚本少此二句猶疑王母不相許垂霧妖鬟更轉語垂霧謂垂鬟也猶前首垂雲之意轉語轉達誠意期其必來也○吳本妖作娃轉作傳

龍夜吟咏吹笛也馬融長笛賦近世雙笛從羌起羌人伐竹未及已龍吟水中不見已伐竹吹之聲相似云云此于夜中吹笛故題以龍夜吟

鬈髮胡兒眼睛綠高樓夜靜吹横竹笛以竹爲之而横執以吹故曰横竹一聲似向天上來月下美人望鄉哭謂其聲之幽鳴悲慘似美人于月下望鄉而哭也蓋比擬之辭若作聞笛聲而生悲與後玉堂美人數聯犯複直排七點星藏指暗合清風調宮徵蜀道秋深雲滿林湘江半

夜龍驚起（上句盼其聲之蕭森下句盼其聲之激烈）玉堂美人邊塞情碧窗皓月愁中聽寒碪能擣百尺練粉淚凝珠滴紅線胡兒莫作隴頭吟隔窗暗結愁人心（樂府古題要解隴頭吟一曰隴頭水樂府橫吹曲辭道衡詩羌笛隴頭吟胡舞龜茲曲）

崑崙使者（漢書張騫傳漢使窮河源其山多玉石采來天子按古圖書名河所出山曰崑崙云詩題蓋用其事旨意則謂漢武帝也）

崑崙使者無消息茂陵烟樹生愁色（漢書武帝紀後元二年二月丁卯帝崩于五柞宮三月甲申葬茂陵）金盤玉露自淋漓元氣茫茫收不得（漢書武帝作柏梁銅柱承露仙人掌之屬蘇林曰仙人以手掌擎盤承甘露顏師古曰三輔故事云建章宮承露盤高二十丈大七圍以銅爲之上有仙人掌承露和玉屑飲之張衡西京賦所云立修莖之

李長吉歌詩　外集

仙掌承雲表之清露屑瓊蘂以朝餐必性命之可度也求仙之道能服天地元氣始可長生而武帝之不能故不得久壽**麒麟背上石文裂虬龍鱗下紅肢折**封氏聞見記秦漢以來帝王陵前有石麒麟石辟邪石象石馬之屬虬龍亦指柱上及碑上所琢之龍也紅肢即虬龍之肢足而染以丹朱者舊本或有作枝者徐文長遂以虬龍為松以紅枝折為木之殘毀恐未是**何處偏傷萬國心中天夜久高明月**

漢唐姬飲酒歌後漢書董卓廢少帝為弘農王明年山東義兵大起討卓卓乃置弘農王于閣上使郎中令李儒進酖曰服此藥可以辟惡王曰我無疾是欲殺我耳不肯飲強之不得已乃與妻唐姬及宮人飲宴別酒行王悲歌曰天道易兮我何艱棄萬乘兮退守藩逆臣見逼兮命不延逝將去汝兮適幽元因令唐姬起舞姬抗袖而歌曰皇天崩兮后土頹身為帝兮命夭儚死生異路兮從此乖奈我煢獨兮心中哀因泣下嗚咽王謂姬曰卿王者妃勢

不復爲吏民妻自愛從此長辭遂飲藥而死唐姬潁川人也王薨歸鄉里父會稽太守明欲嫁之姬誓不許○漢曾本二姚本俱作嘆

御服沾霜露天衢長蓁棘御服沾霜露喻言帝位已失越在草野也天衢猶天堦長蓁棘謂國家多難蓁路之上化爲蓁棘也史記伍被諫淮南王諸臣見宮中生荊棘露沾衣也二語蓋自此化出

金隱秋塵姿無人爲帶飾姬際此危難之時如以精金之美爲塵埃所隱蔽黯然無光待御奔散不復有人爲之帶飾

玉堂歌聲寢芳林烟樹隔寢息也歌吹之聲不能復閒苑囿花木不能復見

雲陽臺上歌鬼哭復何益二句未詳疑是當時實事

仗劍明秋水兇威屢脅逼吳本作鐵劍常光光主凶威屢逼

強梟噬母心奔厲索人魄張華禽經註梟在巢母哺之羽翼成啄母目翔去也陸璣詩疏自關而西謂梟爲流離其子長大還食其母故張奐云鶹鷅食母許慎云梟不

李長吉歌詩　外集

（孝烏是也犇厲惡鬼索求也求人魂魄而食招魂曰長人千仞唯魂是索蓋其類也）相看兩相泣淚下如波激寧用清酒爲欲作黃泉客（一作隔）不說玉山頹且無飲中色（晉書嵇叔夜之醉也俄然若玉山之將頹）勉從天帝訴天上寡沉厄（言死當勉力上訴天帝惟天上少沉厄之苦若在人間不堪日受奸臣凶虐見不如速死之愈）無處張繐帷如何望松柏（王薨之後無靈筵之設喪帷張于何處又不知葬地所在欲一遠望墓木亦不可得鄭元儀禮註凡布細而疏者謂之繐謝朓詩繐帷飄井幹蓋以疏布爲靈座之帷帳也魏武帝遺令于銅雀臺上施八尺牀張繐帳朝晡上脯糒之屬汝等時時登臺望吾西陵墓田此借用其事○張會本姚經三本俱作覓）妾身晝團團君魂夜寂寂（團團行走不安貌）蛾眉自覺長頸粉誰憐白矜持昭陽意不肯看南陌（三輔黃圖武帝時後宮八區有昭陽飛翔增成合歡蘭林披香鳳凰）

鴛鴦等殿不肯看南陌吳正子本如此諸本皆作不肯郎南陌徐文長嘗郎字未穩董懋策云郎恐作卽會註二姚註皆從之故字皆從郎解皆從卽會曰卽就也言念君寵不肯就南陌而死姚仙期曰如是則苟活何用南陌東頭當是父珥欲其嫁而不肯卽之去也姚經三曰矜持昭陽之意不肯苟爲南陌之遊守節更難于死節矜持二字最妙說各不同琦謂總不若吳本看字之妥矜持昭陽意卽傳中所謂王者妃勢不復爲吏民妻不肯看南陌言不肯看南陌之繁華誓不允父嫁之意

聽穎師彈琴歌

別浦雲歸桂花渚。蜀國絃中雙鳳語。別浦天河也詳見一卷七夕註中桂花渚似謂月所行之道蜀國絃琴也唐時琴材以蜀地爲貴故謂之蜀國絃與樂府所傳蜀國絃之曲不同雙鳳語狀其聲之和緩似鳳之雌雄和鳴也上句言雲淨月明見天景之佳下句言器美手高見琴音之妙芙蓉葉落秋鸞離。越王夜起遊天姥。太平寰宇記天姥山在越州剡縣南八十里傳云登者聞天姥歌謡之響謝靈運詩云瞑投剡中宿明登天姥岑高高入雲霓還期那可尋郎此也越王事未詳芙蓉句狀其聲之凄切越王句狀其聲之高卓句暗佩清臣敲水玉渡海蛾眉牽白鹿清臣臣子之志潔行廉者山海經堂庭之山多水玉郭璞註水玉今水晶也渡海蛾眉跨白鹿蓋謂仙女騎白鹿而遊戲海上者其事亦未詳暗佩句狀其聲之清遠渡海句狀其聲之縹緲誰看挾劍赴長橋誰看浸髮題春竹言既聞此琴聲凡世間一切可驚可喜之事皆以爲不足觀也矣即稽康琴賦所謂王豹輟謳狄牙喪味之意長橋事已見三卷註宣和書譜張旭喜酒叫呼狂走方落筆一日醒醉以髮濡墨作大字既醒視之自以爲神不可復得○鸞姚經三日別浦狀其幽忽也雙鳳狀其和鳴也秋鸞狀其激楚也越王夜遊天姥狀其飄渺淩空也清臣鳴佩狀其清肅也渡海蛾眉狀其珊瑚欲仙也如周處之斬蛟狀其時而猛烈也如張顛之屬草狀其時而縱橫也姚仙期註以爲首句狀其幽緩次句狀其和三句狀其蕭騷激楚四句

狀其浩蕩五句狀其潔而清六句狀其神七句狀其勇八句狀其縱橫恣皆以首句至此悉爲比擬琴聲之辭按昌黎亦有聽穎師彈琴詩云妮妮兒女語恩怨相爾汝劃然變軒昂勇士赴敵場浮雲柳絮無根蔕天地闊遠隨飛揚喧啾百鳥群忽見孤鳳凰躋攀分寸不可上失勢一落千丈強云云皃僧義海以爲此數語皆指下絲聲妙處洪興祖亦引或人之說以浮雲柳絮二語爲泛聲謂輕非絲重非木也啾喧百鳥二語爲泛聲中之寄指聲躋攀分寸語爲吟繹一聲失勢一落語爲強歷聲二姚之解蓋皆本此是亦一說

竺僧前立當吾門，梵宮真相眉稜尊。釋教出于天竺故謂僧曰竺僧梵宮真相謂如梵天宮殿中所供養古佛羅漢相也

古琴大軫長八尺，嶧陽老樹非桐孫。陳氏樂書古者造琴之法其制長三尺六寸六分象期之日也司馬遷曰其長八尺一寸正度也由是觀之則三尺六寸六分中琴之度也八尺一寸大琴之度也書禹貢嶧陽孤桐蔡九峰註地志云東海郡下邳縣西有葛嶧山古文以爲嶧山下邳今淮陽軍下邳縣也陽者山南也孤桐

特生之桐其材中琴瑟詩云梧桐生矣于彼朝陽菶草木之生以向日爲貴也太平御覽風俗通曰梧桐生于嶧陽山巖石之上採東南孫枝爲琴聲甚雅今本所傳風俗通少此一則孫枝是後生之旁枝稀康琴賦乃斲孫枝准量所任至人據思制爲雅琴廣信詩楓子留爲式桐孫待作琴蓋用其說此詩取老本不取孫枝以大琴也故孫枝不中用也

凉館聞絃驚病客藥囊暫別龍鬚席病中聞顈師琴聲高妙不覺爲之坐起有霍然病已之意獨本草石龍芻叢生莖如綖所在有之俗名龍鬚草可爲席唐書地理志岐州隴州涇州原州寧州鄜州坊州丹州皆貢龍鬚席

請歌直請卿相歌奉禮官里復何益吉欲人作詩贊美以長聲價當請卿相爲之始動人觀聽若我則僅一奉禮郎耳官職卑小何能爲顈師增重此亦長吉憤世之辭作自謙者非○直請一作當請歌僧本姚仙期本作飲設

謠俗

上林胡蝶小試伴漢家君飛向南城去誤落石榴
脈脈花滿樹翾翾燕逶雲出門不識路羞問陌頭人

此詩似爲宮人出嫁不得其配偶惜之而作者梁元帝詩芙蓉爲帶石榴爲裙　翾翾音與暄同小飛也鮑照詩翾翾燕弄風嫋嫋柳垂道
〇漢家君一作漢家春

李長吉歌詩外卷終

補遺

靜女春曙曲

嫩蝶憐芳抱新蕊泣露枝枝滴天淚粉窓香咽頹曉
雲錦堆花密藏春睡戀屏孔雀摇金尾鶯舌分明呼
婢子冰洞寒龍半匣水一隻商鸞逐烟起

南方異物志孔雀交趾雷羅諸州甚多生高山喬木之上大如雁高三四尺不滅于鶴細頸隆背頭栽三毛長寸許數十群飛

李長吉歌詩　卜長　七

棲遊岡陵晨則鳴聲相和其聲曰都護雌者尾短無金翠雄者三年尾尚小五年乃長二三尺夏則脫毛自至春復生自背至尾有圓文五色金翠相繞如錢自愛其尾山棲必先擇置尾之地雨則尾重不能高飛南人因往捕之

少年樂

芳草落花如錦地二十長遊醉鄉裏紅纓不動白馬驕垂柳金絲香拂水吳娥未笑花不開綠鬢聳墮蘭雲起陸郎倚醉牽羅袂奪得寶釵金翡翠

二詩見郭茂倩所編樂府詩集而元人所選唐音遺響亦載其少年樂一首似皆後人擬作非長吉錦囊中所貯者至錦繡萬花谷海錄碎事所引斷句數則尤不類故棄而不錄

李長吉歌詩外集

乾隆丁巳夏五從弟三學借得侍讀先生批校本傳閲一過跋中所爲懸本蓋會稽曹氏本也此本寔勝曹刻更得校勘審細便爲良書勿易視也　虹橋何仲子記

孝章金先生身後圖籍散失此本亦其架上物也卷中印記并卷首標題皆屬不寐道人手蹟余數歲前於城隍廟前書肆中以白金數銖得之并識于後

廣往年在京師邸時琉璃廠肆延堂書坊以何仲子臨義門先生校閲本長吉歌詩見示原書即吳正子本當時因索價甚昂適余罷官返桑一帙應細核一過而還之是帙遂藏伯兄篋中自戊戌還滴出國燈伏處里人事叢不可問矣及此郎庚辛之交病嫲余聊乃向伯兄借讀重録此本上方

竭三十日之力而竟，虛生平服膺三李（又太白、玉溪），于此尤有新癖。每一字沈吟，未肯輕易放過。讀書人之之自有見地，因各不同。有人喜看當經丹黄之本，予竊不然，寫錄此等不過取其魚魯之資，非必就先輩臆人于中也。晰日當思更以異色筆出之。已竟第日月擲人千載，滿地西烟，非修文偃武之日耳。

辛丑正月赤鳳志於玉蘭軒（玉蘭堂 朱文　翁錫印 白文　三虔）

中華民國二十九年六月廿八日過錄一過　廷龍記

傳古樓景印

“四部要籍選刊”已出書目

序號	書名	底本	定價 / 元
1	四書章句集注（3 册）	清嘉慶吴氏刻本	150
2	阮刻周易兼義（3 册）	清嘉慶阮元刻本	150
3	阮刻尚書注疏（4 册）	清嘉慶阮元刻本	200
4	阮刻毛詩注疏（10 册）	清嘉慶阮元刻本	500
5	阮刻禮記注疏（14 册）	清嘉慶阮元刻本	700
6	阮刻春秋左傳注疏（14 册）	清嘉慶阮元刻本	700
7	楚辭（2 册）	清初毛氏汲古閣刻本	100
8	杜詩詳注（9 册）	清康熙四十二年初刻本	450
9	文選（12 册）	清嘉慶十四年胡克家影宋刻本	600
10	管子（3 册）	明萬曆十年趙用賢刻本	150
11	墨子閒詁（3 册）	清光緒毛上珍活字印本	150
12	李太白文集（8 册）	清乾隆寶笏樓刻本	400
13	韓非子（2 册）	清嘉慶二十三年吴鼒影宋刻本	98
14	荀子（3 册）	清乾隆五十一年謝墉刻本	148
15	文心雕龍（1 册）	清乾隆六年黄氏養素堂刻本	148
16	施注蘇詩（8 册）	清康熙三十九年宋犖刻本	398
17	李長吉歌詩（典藏版）（1 册）	顧起潛先生過録何義門批校清乾隆王氏寶笏樓刻本	198

圖書在版編目（CIP）數據

李長吉歌詩 : 典藏版 / (唐) 李賀撰 ; (清) 王琦彙解. -- 杭州 : 浙江大學出版社, 2019.9
(四部要籍選刊 / 蔣鵬翔主編)
ISBN 978-7-308-19603-1

Ⅰ. ①李… Ⅱ. ①李… ②王… Ⅲ. ①唐詩－詩集
Ⅳ. ① I222.742

中國版本圖書館 CIP 數據核字 (2019) 第 217859 號

李長吉歌詩（典藏版）
（唐）李賀 撰 （清）王琦 彙解

叢書策劃 陳志俊
叢書主編 蔣鵬翔
責任編輯 王榮鑫 吴 慶
責任校對 蔡 帆
封面設計 項夢怡
出版發行 浙江大學出版社
（杭州市天目山路 148 號 郵政編碼 310007）
（網址：http://www.zjupress.com）
排 版 杭州尚文盛致文化策劃有限公司
印 刷 浙江海虹彩色印務有限公司
開 本 880mm×1230mm 1/32
印 張 14.75
字 數 96 千
印 數 0001—1000
版 印 次 2019 年 9 月第 1 版 2019 年 9 月第 1 次印刷
書 號 ISBN 978-7-308-19603-1
定 價 198.00 元

浙江大學出版社市場運營中心聯繫方式 （0571）88925591；http://zjdxcbs.tmall.com